Couvertures supérieure et inférieure
en couleur

COUVERTURES SUPERIEURE ET INFERIEURE D'IMPRIMEUR

LA CONSCIENCE

A LA MÊME LIBRAIRIE

DU MÊME AUTEUR

747. — ABBEVILLE, TYP. ET STÉR. A. RETAUX. — 1890.

LA
CONSCIENCE

PAR

RAOUL DE NAVERY

NEUVIÈME ÉDITION

PARIS

LIBRAIRIE BÉRIOT
HENRI GAUTIER SUCCESSEUR
55, QUAI DES GRANDS-AUGUSTINS, 55

1890

LA CONSCIENCE

I

Cette fois ELLE est morte ! et bien morte !

Avec une lente préméditation, une froide persévérance, une obstination que rien n'a pu rebuter, je me suis débarrassé d'ELLE... Après ce que je lui devais de tortures, n'étais-je pas dans mon droit ? Quel est le plaisir auquel ELLE n'ait opposé ses larmes, l'ivresse à laquelle ELLE n'ait mêlé son poison ? Le rêve qu'ELLE n'ait changé en cauchemar ?... Partout et toujours présente : comme mon ombre ! reproche vivant, figure fatale, projection sinistre... ses yeux ternis, ses joues couvertes de pleurs, ses vêtements souillés de cendre et de poussière m'attristaient, m'oppressaient, me jetaient dans une secrète épouvante... En la voyant ainsi flétrie je me souvenais de l'avoir connue jeune, belle, éclatante, virginale, et il me semblait que ses douleurs, ses plaies et ses souillures lui venaient de moi... Je la haïssais

1

en raison d'une ressemblance étrange qui existait entre mes actes et son visage....

Sans arriver à me rendre compte du phénomène, je le constatais. Je l'ai tuée, anéantie ! jamais plus elle ne reviendra. Son cadavre piétiné avec fureur, lacéré de blessures, est enseveli dans une fange sans nom, tombe immonde qui m'engloutit moi-même... je sens bien qu'il y a en moi quelque chose de brisé ; cette morte me tenait par un lien fatal. Il existe en moi un vide qu'ELLE comblait désolée ou paisible, pâle ou dévorée par l'indignation.

Une part de moi a disparu avec ELLE, mais j'appellerais la solitude, le vide, le néant, plutôt que de la revoir face à face !

Et pendant que je la torturais, ELLE fixait sur moi un regard céleste et semblait me plaindre de sa mort !

II

La première fois que je l'aperçus, j'étais un enfant. Mes premières années se présentent à mon souvenir avec l'impression d'un enchantement de chaque heure.

Nous habitions en province une maison vaste entourée d'un jardin. Il y avait des fleurs dans le parterre, des carpes dans le bassin, des fruits aux espaliers. Un parc continuait très-loin ses ombrages. Nous jouions dans le jardin une partie du jour, excepté de quatre à six heures. Ma mère voulait ce temps pour sa promenade et sa rêverie, et dès que l'heure sonnait, je me retirais sans bruit, me cachant derrière les massifs de syringas, de lauriers, de troënes, et la regardant passer grave, pensive, un livre à la main.

Je ne sais quel ouvrage elle lisait ainsi chaque jour; mais ce n'était pas un roman, car de temps à autre elle fermait à demi le volume sur sa main, et, le front pensif, paraissait méditer. D'autres fois elle regardait le ciel avec une expression d'extase et semblait voir des visions que mes regards ne distinguaient pas. Plus d'une fois j'épiai ainsi ma mère et sans savoir pourquoi, sans me rendre

compte de ce qui se passait en elle de saint et de grand, je
la respectais et je l'aimais davantage, quand, sa promenade
finie, je la retrouvais dans le salon de famille.

Mon père était un homme d'une taille plus qu'ordinaire,
carré d'épaules, à tête puissante, à muscles saillants. Il ne
manquait ni d'intelligence ni d'habileté ; mais sa rudesse
dut plus d'une fois choquer les délicatesses de ma mère.
Elle ne parut jamais s'en apercevoir devant moi. Tous ses
soins tendaient à mettre en relief les qualités de l'homme
à qui on avait lié sa vie sans la consulter peut-être. Elle
me citait mon père comme un modèle de régularité dans
sa conduite ; elle me prouvait que son amour du travail
nous faisait riches et heureux ; elle voulait non-seulement que je l'aimasse, mais que ma vénération à son égard
fût absolue. Certes, j'éprouvais une vive affection pour mon
père ; il me gâtait beaucoup, je ne me souviens pas, durant
mon enfance, de lui avoir entendu m'adresser une seule
dure parole. J'étais son héritier. Je représentais sa maison.
Ma mère craignait sans doute les résultats de cette indulgence, car plus mon père me témoignait de faiblesse, plus
elle s'efforçait de faire pénétrer en moi des idées sérieuses.
Je passai mes premières années dans une liberté absolue ;
j'appris à lire sans m'en rendre compte, en regardant des
images, je crois. Ma mère achetait des livres fort beaux, et
le plaisir d'en admirer les gravures me poussa lentement à
désirer connaître les faits qu'elles représentaient. Si je sais
un peu d'histoire, c'est à cette prévoyance maternelle que
je le dois.

Maintenant que tant d'années se sont enfuies depuis ce
jour, j'apprécie véritablement la douceur, la sainte patience, la tendresse brûlante de cette angélique créature.
Elle eut deux refuges contre les tristesses de sa vie intime : la foi et l'amour de son enfant. Son mari ne la
rendit pas heureuse faute de la comprendre.

Il travaillait sans relâche à l'accroissement de notre aisance et se croyait le meilleur des époux quand il avait
acheté un nouveau bijou pour sa femme. Ma mère acceptait
ses présents comme s'ils l'eussent véritablement réjouie ;
elle s'en parait une fois, puis elle les entassait dans son
tiroir et n'y songeait plus. En hiver j'ai vu souvent mon
père apporter dans le petit salon un gros livre à fermoirs
de cuivre. Il le plaçait sur une table et il exigeait que ma
mère suivît avec lui les longues colonnes de chiffres détail-
lant sa fortune. Elle se prêtait à son désir, mais combien
elle eût préféré une intime causerie à cette longue énumé-
ration de nos revenus !

On m'envoyait me coucher de bonne heure ; quand mon
père sortait pour aller au cercle, ma mère montait dans
ma chambre, s'asseyait près de mon lit, et s'occupant à
quelque ouvrage de femme, elle me regardait dormir. Si je
m'éveillais elle me prenait dans ses bras, m'entourait des
plis soyeux de sa robe, me berçait avec des chansons charmantes, inconnues : musique et poésie, tout devait être
d'elle et je n'entendis jamais plus harmonieux concerts et
mélodies plus originales.

Ma mère s'effrayait pour moi de la vie du collége.

Elle qui avait veillé sur mon enfance avec des soins
attentifs et délicats, se demandait ce qu'on allait faire
de l'âme de son enfant. Elle supplia mon père de me donner un gouverneur. Il y eut une longue discussion de famille à ce sujet. J'étais là, je prêtais une oreille avide à
tout ce que l'un présentait de raisons, à tout ce que l'autre
trouvait de motifs de refus.

Mon père avait l'orgueil d'être l'artisan de ses œuvres. Il
s'en vantait souvent, avec affectation. Son humilité feinte,
quand il parlait des difficultés premières rencontrées par
lui, masquait une grande vanité ; comme il s'était instruit
seul, sa science vaste et puissante manquait d'enchaînement

et de logique. Il le pensait et souhaitait qu'élevé selon les habitudes et les coutumes universitaires, je fusse un jour à même de prendre des brevets et de me choisir une carrière.

Ma mère donnait pour raisons de son opposition à ces projets sa tendresse d'abord, puis la crainte que mes compagnons me fissent perdre les qualités qu'elle m'avait communiquées en m'apprenant mes devoirs, en s'efforçant de me les faire aimer.

— Consultons Vital, dit mon père.

Je me levai de l'angle de la fenêtre où j'étais assis, et je courus vers mon père. Il me tint debout entre ses jambes, découvrant mon front d'une main comme pour lire dans mes yeux, et me demanda :

— Lequel aimes-tu mieux, avoir un précepteur comme ton ami Gilbert, ou aller au collége ?

— Pensionnaire ? m'écriai-je avec une certaine terreur,

— Non, externe.

— J'aime mieux le collége !

— Vous voyez, Amélie, dit mon père.

J'entendis un soupir profond, ce fut l'unique réponse de ma mère.

Mon père se leva.

—Je vais chez le proviseur, dit-il ; la rentrée des classes a lieu dans huit jours.

En me trouvant seul dans le salon avec ma mère, je me sentis embarrassé et troublé.

Ma mère me voyant boudeur parce que je me trouvais coupable, me prit doucement par la main, en lissant mes cheveux que je portais encore longs et bouclés.

— Tu ne te trouves donc pas heureux ici, Vital ?

— Si, ma mère.

— Alors pourquoi souhaiter aller au collége ?

— A cause des récréations, répondis-je.

— Je ne te verrai presque plus, dit-elle.

— Bah ! mère, j'aurai le jeudi et les vacances.

Elle se détourna pour essuyer une larme.

Je lui sautai au cou.

— La maison n'est pas gaie, Vital, je le sais bien, mais tu y es si aimé ! Reste, mon enfant, près, toujours près de ta mère ! quand ton père rentrera je lui dirai que tu as changé vis.... Reste.... je te donnerai ma montre d'or la plus petite, que tu trouves si jolie.

Je refusai.

Souvent, en passant auprès des murs du collége, j'avais entendu pousser des cris de joie, retentir des éclats de rire! les ballons sautaient par-dessus les murs, on jouait aux barres, à saute-mouton, et je ne pouvais me promettre ces bruyants plaisirs avec un précepteur triste, pauvre, humilié de sa situation, et voyant presque un ennemi dans l'enfant riche qu'il est chargé d'instruire.

Ma mère n'alla point ce jour-là faire sa promenade accoutumée. Elle monta dans sa chambre J'avais un remords, et sa douleur m'oppressait comme une faute. Je courus au premier étage, j'entrai dans un salon qui ne s'ouvrait que les jours de réception, je gagnai une sorte de boudoir qu'une glace sans tain en séparait. Une muraille de fleurs lui formait un rideau ; néanmoins je pus voir ma mère agenouillée devant son prie-Dieu, invoquant pour moi le crucifix sur lequel s'attachaient ses yeux...

A six heures mon père rentra.

Pendant le dîner nous restâmes silencieux.

Les premiers jours de la vie de collége furent une sorte d'ivresse. Tout m'enchantait ; j'étais fier de ma gibecière d'écolier, je trouvais un bonheur indicible à lancer comme une fronde mes livres liés par une courroie ; le latin me plaisait comme une musique ; j'apprenais l'argot du collége, je riais du pion ; je taquinais les petits, j'avais un copain ;

je savais écrire ma leçon dans le fond de ma casquette, co-
pier à la fois cinq lignes d'un pensum ; je faisais une banque
de billes, et je fondai une agence de vers à soie.

Parmi mes camarades de classe, Pothin Manjou et Roch
Onfroy étaient les préférés. Je partageais avec eux les
friandises de mon déjeuner, mes billes d'agate ; je leur
permettais de jouer avec mes quilles et de lancer mon
cerf-volant. Je ne tardai pas à demander à ma mère la
permission de les inviter à venir passer le jeudi avec moi.
Elle n'osa me refuser, mais elle fut attristée de me voir
manifester ce désir : ce jour qu'elle croyait réservé pour
elle, je le lui prenais encore ! Elle n'objecta rien, cependant. D'ailleurs, mon père trouvait mon souhait très-na-
turel, et il me donna tout de suite son autorisation.

Pothin Manjou était un garçon de douze ans, hardi, fort,
grand pour son âge, plein de témérité. Apprenant mal et
n'ayant le désir de rien savoir, il doublait régulièrement
toutes ses classes. Pothin m'imposait beaucoup ; s'il ne m'a-
vait pas aimé, il m'eût fait peur : mais il me prenait sous
sa protection, battait ceux qui faisaient mine de m'attaquer ;
et, en raison de ses services au pugilat, il se trouvait le
droit de partager ma bourse et de manger mes confitures.

Roch Onfroy, chétif, malingre, aux longs bras, aux
gestes d'araignée, aux cheveux jaunes, possédait une imagination diabolique. Dans notre association, Roch était la
tête et Pothin le bras. Roch était *boursier* au collége ; nous le
savions et ne nous faisions pas faute de faire des allusions à
sa position peu aisée. Il riait alors amèrement, et la bile jau-
nissait son visage, tandis que le fiel semblait découler de ses
lèvres ; mais il répondait à voix basse, doucement et par
d'humbles paroles. A vrai dire, je n'aimais pas ces amis
avec mon cœur. J'attendais une sorte d'initiation au mal
qu'ils pouvaient me donner. Chaque dimanche, chaque
jeudi, nous jouions un nouveau tour, soit aux gens de la

maison, soit à d'innocents boutiquiers. Je croyais me grandir à chaque escapade. J'avoue que le plus souvent ces farces vulgaires ou brutales ne m'amusaient guère. Ma seule jouissance était de braver une défense, d'enfreindre un règlement. Je constate pourtant que ma conscience était pure d'une faute grave. Je dénaturais mes bons penchants, je viciais ma nature, mais toutes ces fautes pouvaient être imputées à ma jeunesse et à mon ignorance.

Un jeudi, nous étions en octobre et en pleines vacances, l'idée vint à Manjou de prendre dans la maison du jardinier une échelle servant pour l'émondage des arbres, et de regarder ce qui pouvait se passer dans les jardins voisins du nôtre.

L'un d'eux appartenait à un pauvre homme qui bêchait, sarclait et binait un coin de terre, trouvant le moyen de vivre avec les produits d'un arpent.

Pothin avait posé l'échelle sur la crête du mur.

— Oh ! s'écria-t-il avec enthousiasme, les belles poires ! Monte un peu voir, Roch, et toi aussi, Vital.

Celui-ci gravit les échelons comme un sapajou et se mit à cheval sur la muraille.

— On en mangerait ! ajouta Onfroy.

— On en mangera ! conclut Pothin.

En ce moment j'étais au sommet de l'échelle.

— Qu'en dis-tu ? me demanda Pothin.

— Je dis que les nôtres valent bien celles-là ! Si vous en voulez, le jardinier va en cueillir.

— Non, Vital, celles-ci sont meilleures.

— Pourquoi ?

— Parce qu'elles sont difficiles à prendre.

— Au surplus, si tu y tiens, je le dirai à ma mère. Maclou vend ses fruits ; et nous en aurons au dessert.

— Es-tu bête ! s'écria Pothin, où sera le plaisir si tu les achètes ?...

1.

— Maclou est pauvre, je ne peux le prier de m'en faire cadeau...

— Prends-les !

— Voler Maclou !

— Le beau crime, quelques poires ; tu n'en auras pas pour trois francs !

— Ça va, dit Roch, et c'est une bonne farce à faire. Nous te dirons bonsoir de bonne heure ; nous ferons semblant de partir, tu laisseras ouverte la porte de la ruelle ; nous serons cachés dans le jardin pour t'attendre... Une fois tout le monde endormi dans la maison, tu nous rejoins, nous faisons comme tout à l'heure, nous gravissons l'échelle, nous descendons chez le voisin Maclou et nous ravageons ses espaliers.

Pothin battit des mains.

Je me taisais.

— Poltron ! s'écria Roch.

— Je ne suis pas poltron, répondis-je, je suis honnête

— Les braconniers aussi, à ce que dit mon père ; cela n'empêche pas qu'ils tuent le gibier de leurs voisins !

Je refusai énergiquement d'abord, puis faiblement ; enfin je me laissai vaincre ; et je promis mon concours.

Vers huit heures, mes hypocrites amis me quittèrent ; je les conduisis jusqu'au portail ; j'ouvris ensuite la porte de la ruelle ; je rentrai dans le salon, ma mère m'embrassa et je montai dans ma chambre.

Je n'allumai pas de bougie.

La nuit était sombre, à cause de grands nuages qui couvraient la lune, je m'assis auprès de ma petite table, non loin de la fenêtre, et j'écoutai s'éteindre successivement tous les bruits de la maison.

Un balcon de fer ouvragé s'ouvrait sur le parterre ; il touchait presque les hautes persiennes du rez-de-chaussée dont je devais me servir en guise d'escalier.

Dix heures sonnèrent...

Ce fut alors qu'ELLE m'apparut.

Au moment où je levais l'espagnolette de ma fenêtre, pour passer sur le balcon, je l'aperçus.

C'était une enfant de mon âge, vêtue de blanc, au teint de lis, aux cheveux blonds. Sa robe tombait en plis droits sur ses pieds sans chaussure.

Elle se tenait immobile sur le balcon, les mains jointes et pendantes. Son regard était une lueur. Il m'eût été impossible d'en définir la nuance, mais ses yeux me semblaient doués d'une lumière intime, pénétrante.

Tout en elle était non point étrange, mais surhumain.

Je reculai de deux pas.

Elle ne fit aucun mouvement, mais elle continua à me regarder doucement.

Un souffle passa entre ses lèvres fermées, et sans que sa bouche proférât une parole, je compris ce muet langage.

ELLE me disait :

— Voilà ton premier pas dans une voie mauvaise ! ce que tu vas faire, tes amis le traitent d'espièglerie ; moi qui ne mens jamais, je t'avertis que c'est une faute, une faute grave..... Prends garde ! une première injustice coûte plus qu'une seconde..... Ne hasarde point tes pieds dans un mauvais chemin... car le vice les alourdirait jusqu'à les enfoncer, dans le bourbier du crime. Respecte-moi ! moi la pure essence de ton être, que Dieu créa en même temps que ton âme et qui puis encore sourire au ciel et parler à Dieu ! Prends pitié de moi qui les mensonges ne trompent jamais, qui ne peux être séduite par aucun sophisme, qui de même que la vérité, me regarde au clair miroir de la justice ! Ne sors pas ! il est temps de reculer encore... Song donc ! le pauvre homme dont tu veux dévaliser le verg. a trois petits enfants à nourrir...

Pour les gourmets de la capitale, ces fruits qu'il doit expédier représentent une valeur énorme, il a fallu tant de soins pour les faire mûrir ! Maclou a protégé les fleurs contre la gelée, les fruits contre les vents ; il les ombrageait de panaches de feuilles pour éviter que le soleil les mûrît hâtivement. Ce sont des merveilles qui le rendent fier, qui le feront riche....

Ces fruits représentent des sabots pour ses enfants, des vêtements de laine, du pain, et à la Noël une bûche énorme derrière laquelle il cachera les cadeaux du pauvre... Ne sors pas ! reste : vois ton lit blanc drapé par ta mère, le crucifix d'ivoire, la vierge de marbre. Reste ! et je te ferai un doux oreiller, et je t'enverrai non pas des songes menteurs, mais des visions bénies.

Je me sentais ému.

Les paroles qu'ELLE pensait et qu'entendait mon âme me remuaient le cœur... J'hésitai ; voyant mon trouble, elle insista :

— Cette minute décide de toute ta vie, mon enfant ! Après cette faute, j'aurai beau me montrer à toi et te rappeler encore la droite voie, tu auras vers le mal une inclination plus grande... Par l'innocence de ta vie, par la vertu de ta mère !...

Je pris la fenêtre des deux mains et j'allais la fermer, quand un sifflement se fit entendre. Roch s'impatientait.

— Il faut au moins prévenir mes amis, me dis-je.

— Prétexte ! répondit-elle ; si tu les rejoins, tu es perdu !

Roch siffla de nouveau.

J'enjambai le balcon.

ELLE se recula avec lenteur et, par un mouvement insensible. Je posai le pied sur le sommet de la persienne, je m'y cramponnai des deux mains, et posant l'extrémité du pied entre les barres de bois gris, je descendis rapidement, et je rejoignis mes amis.

— Lambin ! dit Roch, j'ai cru que tu ne viendrais pas !

— Il aurait fait beau voir ! répliqua Pothin Manjou en

retroussant les manches de sa veste; pas plus tard que demain, malgré mon amitié, il eût reçu une tripotée de coups
de poings ! pour lui apprendre à se moquer de ses amis.

— Allons, dit Roch, la lune se montre un peu, c'est le
moment.

Nous relevâmes l'échelle couchée dans une plate-bande,
et Pothin monta le premier.

— A ton tour, Vital, me dit-il.

J'obéis.

Roch me suivit, et nous nous trouvâmes en un instant
sur la muraille. Retirer l'échelle, la passer de l'autre côté,
et descendre ne fut pas long. Nous étions enfin dans le jardin de Maclou. La lune brillait complétement dégagée de
nuages. Nous courûmes vers les espaliers; Roch et Pothin
les ravagèrent. Je mordis aux poires comme les autres,
mais je ne leur trouvai point la saveur que mes amis m'a-
vaient promise. Ma mère en possédait certainement d'aussi
belles et de plus parfumées. Pothin détruisait pour détruire.
Il en remplit ses poches, en lança par-dessus le mur; Roch
dévorait en silence; Pothin seul faisait du bruit. Enfin,
nous reprîmes le chemin aérien qui nous était connu, et
une heure après notre sortie nous étions de nouveau dans
le bosquet. Roch et Pothin me serrèrent la main.

— C'est une bonne farce, hein? me dirent-ils.

Ils passèrent par la ruelle et rentrèrent chez eux:
Pothin dit à sa mère que je leur avais montré la lanterne
magique, et Roch apprit à sa grand'tante que mon père
lui avait expliqué une question d'algèbre.

Je regagnai mon balcon.

ELLE y était encore.

Son regard brillait moins, elle était renversée sur la
balustrade et pâle comme les statues des tombes.

Je passai rapidement devant elle, et je me jetai sur
mon lit.

III

Quelques jours après, avant l'heure du dîner, je rentrais du collége. Nous attendions mon père, et ma mère surveillait les apprêts du repas afin d'entourer de toutes les recherches du goût et de la grâce la maison où elle voulait retenir son mari.

Tandis qu'elle remplissait de grands vases de chrysanthèmes, le domestique la prévient que Maclou notre voisin la demandait.

— Faites entrer, dit-elle.

— Excusez-moi, madame, dit le vieillard, de venir vous importuner. C'est bien contre ma volonté, et s'il s'agissait de moi seul.... Mais vous savez, j'élève les trois enfants de ma pauvre fille.... l'aîné a été pris d'une fièvre de croissance, la petite a la coqueluche.... C'est une lourde croix, Madame ! l'année est mauvaise... la terre est sèche ; je manque d'eau et il me faut remplir ma barrique à la rivière... tout cela ne serait rien encore, mais j'ai été volé... Concevez-vous cela, madame, on a dérobé à un pauvre grand-père le pain de ses enfants en lui prenant ses fruits ?... J'avais des poires, madame, des merveilles, elles valaient gros, et Dieu sait quelles peines elles me coûtaient. Des enfants... Ce doivent être des enfants, madame, ont escaladé le mur et ravagé les espaliers... Ils ont cru faire une gaminerie, une farce ! C'étaient des enfants riches, ignorant la valeur des choses et ne tenant pas compte de mon degré de misère.. Ils ne savaient point que faute de récolte, Michette aurait la coqueluche et que Guillaume grelotterait la fièvre... Tant il y a, madame, que me voici sans ouvrage, sans pain et sans remèdes pour les enfants.

Le vieux Maclou parlait en hésitant, en coupant son discours de silences honteux et de soupirs d'angoisse. Il tordait son chapeau entre ses doigts et ses yeux se baissaient. Il tentait de retenir ses larmes entre ses paupières.

Je tressaillis sur ma chaise, et j'appuyai presque mon front sur mon *rudiment*. Enfin d'un bond, je me levai, je franchis l'escalier en courant, j'arrivai à ma chambre, je pris ma bourse dans le tiroir de la table, je descendis à cheval sur la rampe pour être plus vite en bas, et mettant mes économies dans le chapeau de Maclou.

— C'est pour Michette et Guillaume, dis-je suffoqué.

Ma mère m'attira dans ses bras.

Elle me tenait en arrière un peu renversé, sa tête penchée vers la mienne, ses beaux yeux humides de pleurs, ses mains posées sur mes épaules.

— Bien ! bien ! me dit-elle, je suis heureuse ! oh ! oui, bien heureuse, Vital !

Maclou hésitait.

— Madame, dit-il, le jeune monsieur n'a pas compté sans doute, et m'est avis que la bourse est bien lourde.

— Vous êtes quatre ! dit en souriant ma mère.

Maclou salua avec une double gaucherie. Il me remercia en étouffant des pleurs de reconnaissance.

Quand il fut sorti, je m'assis près de ma mère, à ses

pieds, sur un petit tabouret. Elle ne me parlait pas ; sa main lissait ou roulait mes cheveux. Je me sentis l'âme remplie d'un calme mêlé de joie. Et moi, j'entendais comme un concert intime ; il me semblait que les anges me parlaient.

Mon père rentra ; ma mère ne raconta point la visite de Maclou, mais le dîner fut plus gai qu'à l'ordinaire. Mon père lui-même paraissait moins sombre, et au moment où nous nous séparâmes, il serra vivement la main de ma mère.

Quand je me trouvai seul dans ma petite chambre et que la lampe ne jeta plus qu'une lueur faible et tremblante, ELLE m'apparut.

Cette fois son regard rayonnait, ses mains étaient pleines de fleurs répandant un arôme inconnu. ELLE touchait à peine le sol, et sous les rayons de ses yeux les miens se fermèrent. Quel doux sommeil cette nuit-là.

Environ quinze jours après, un jeudi, pendant que je regardais un riche atlas, les trois enfants de Maclou entrèrent dans la salle, Michette et Guillaume portaient chacun l'anse d'une corbeille, sur une couche de mousse trois fruits magnifiques s'étalaient à demi-cachés par les dernières fleurs de la saison.

Michette rougissait comme une faîne, Guillaume marchait en faisant sonner ses sabots. Tandis que Loulou, le plus petit, s'accrochait au tablier de sa sœur. La corbeille était le présent de convalescence que m'offraient les enfants de Maclou...

Je trouvai les petits charmants et j'éprouvai une joie naïve à leur montrer mes joujets, à les lancer au faîte des arbres dans mon escarpolette, à leur donner des joujoux qui n'excitaient plus ma curiosité, et qui leur semblaient le plus haut degré de l'habileté humaine.

Ma mère nous regardait en souriant.

Pothin et Roch arrivèrent.

En me trouvant occupé à jouer avec les enfants de Maclou, ils se moquèrent de moi, l'un avec effronterie, l'autre timidement. Pour la première fois je me révoltai contre Pothin Manjou, il me regarda tout surpris et pour me narguer arracha des mains de Michette un moulin à vent qui l'amusait fort... La petite fille se mit à pleurer. Roch Onfroy la taquina sur les larmes : Guillaume voulut la défendre ; Loulou reçut un soufflet, et mes trois protégés fondirent en larmes.

La colère me saisit, je me lève et tombe sur Pothin à bras raccourci ; des pieds et des poings je m'escrime comme un diable ; il me rend deux coups pour un ; Roch pousse des cris de paon ; ma mère accourt, demande sévèrement ce qui se passe, je lui apprends que l'on tourmente mes protégés et Roch s'écrie :

— Pourquoi t'encanailles-tu avec les enfants d'un jardinier?

— Je leur donnerai une bourse au collége et j'en ferai des écoliers qui te vaudront bien, répondis-je.

Pothin voulut faire la paix, mais je lui gardai rancune et à partir de ce jour notre amitié fut brisée.

Depuis trois semaines je ne me reconnaissais plus moi-même. J'étudiais sérieusement, je me rapprochais de ma mère ; pour la première fois j'avais obtenu la croix et je me réjouissais de l'annoncer à mon père.

Quand il rentra et qu'il me vit fier, joyeux et impatient de me jeter dans ses bras, il eut un mouvement de rapide tendresse, m'enleva de terre, et m'embrassa fortement.

Mes amis dînèrent avec moi. Michette, Guillaume et Loulou étaient partis chargés de mes dons.

Au dessert le domestique, à qui ma mère fit un signe, posa sur mon assiette un paquet soigneusement ficelé ; il enveloppait une boîte, laquelle en contenait une autre qui en renfermait une troisième.

J'arrivai enfin à la dernière : elle servait d'écrin à la montre d'or que j'avais tant convoitée.

IV

— C'est pour ta croix, me dit ma mère.

Mon père occupait au deuxième étage de la maison un appartement complet. Sa chambre à coucher faisait suite à un cabinet de travail meublé de boule, orné de tableaux et sur les consoles duquel s'entassaient de fins ivoires, des médailles, des statuettes de terre cuite, des vases d'argent.

Sur des étagères brillaient les fragiles merveilles de Saxe et de Sèvres, et une bibliothèque de bois des îles, fermée à clef, permettait de voir derrière son étroit vitrage un petit nombre de livres, qui à en juger par leur reliure devaient être d'une grande valeur. Rien n'avait été épargné pour en faire des bijoux et des chefs-d'œuvre. Ils avaient dans leur genre un mérite égal aux pâtes tendres les plus rares. Était-ce en raison du prix des reliures que mon père isolait ces volumes dans une bibliothèque spéciale décorée de bronzes finement ciselés ? la grande bibliothèque restait franchement ouverte et j'avais le droit d'y puiser pour me distraire.

Cette liberté ne me sembla plus d'aucun prix, à partir du jour où, pénétrant sans qu'il s'y attendît dans le cabinet de mon père, je le vis feuilleter un des livres de l'armoire mystérieuse et regarder des gravures qui de loin me parurent merveilleuses, bien que je ne pusse distinguer les sujets qu'elles représentaient.

— Ah! je t'en prie, montre-moi ce livre, dis je à mon père.

— Il n'est point de ton âge, me répondit-il.

Puis se levant, il le replaça dans la petite bibliothèque dont il prit la clef.

— Que venais-tu me demander? me dit-il.

— Je ne veux plus rien.

— Tu boudes, Vital?

— Pourquoi ne me montres-tu pas tes beaux volumes?

— Je t'en ai donné la raison.

— Je ne lirai pas si je ne puis comprendre, mais les gravures sont de tous les âges.

Mon père me regarda sévèrement.

Je n'insistai point; et prenant au hasard un tome de Buffon, je quittai le cabinet de travail.

Mais à partir de ce moment une idée fixe me préoccupa: ou... à mon tour l'armoire mystérieuse et mordre au fruit défendu.

Vingt fois je tentai de surprendre la confiance de mon père. S'il demandait un objet renfermé dans son cabinet, j'offrais avec empressement de l'aller chercher; soit défiance de sa part, soit volonté bien arrêtée de ne confier ses clefs à personne, même à ma mère, il refusa toujours.

Cette résistance irritait mon désir, qu'y avait-il donc dans ces volumes? quelle révélation pouvaient-ils contenir? Mon cerveau travaillait pour imaginer l'inconnu. Ma tête de quatorze ans bouillonnait. Je pressentais un danger et un

plaisir. Sans me rendre parfaitement compte du motif qui
me poussait, je cédai à une tentation misérable. Si ces
volumes contenaient les arcanes de la science, à coup sûr
ce devait être la science du mal ; la pureté de vie de ma
mère, la régularité de notre intérieur me gardaient fort
ignorant et très-chaste, mais si bien défendu que soit
un enfant contre ses curiosités, il possède en lui le germe
des mauvaises pensées. Je voulais ouvrir ces livres défendus!
regarder ces gravures interdites! Plus d'une fois les amis
de mon père y firent allusion, en vantant la rareté des
éditions qu'il possédait. Mon père répondait avec embarras,
et la conversation prenait immédiatement un autre tour.
Après avoir longtemps réfléchi, je me dis que le meilleur
moyen d'ouvrir la bibliothèque et de voir les volumes
prohibés était de me procurer une clef pareille à celle de
mon père ; mon plan fut bientôt arrêté.

Un soir qu'il s'entretenait avec ma mère des divers
systèmes d'éducation, il avança cet axiome :

— Rousseau avait raison de vouloir que chaque enfant
apprît un état manuel, à notre époque tant de fortunes
rapides s'échafaudent, pour s'écrouler subitement, qu'il est
au moins prudent, si l'on élève ses fils en millionnaires, de
leur mettre en mains un métier capable de leur donner du
pain au jour de la ruine.

— Aussi, mon père, m'écriai-je, et si vous le voulez, j'en
apprendrai un.

— Toi, paresseux ?

— Certainement.

— Lequel ?

— Celui de serrurier; on dit que Louis XVI y excellait,
et que même pendant sa royauté il montait souvent à sa
petite forge installée dans les combles de Versailles.

— C'est facile, dit ma mère. Martin, notre voisin, est un
brave homme, tu prendras des leçons chez lui.

A la fin de la semaine, je commençai mon apprentissage. J'avais devant moi deux mois de vacances.

Dès que je sus un peu battre le fer, le travailler et l'assouplir. Je voulus forger une clef. J'en copiai une de modèle ordinaire, puis une seconde plus difficile. Enfin j'entrai un jour dans le cabinet de mon père et je pris l'empreinte de la serrure de la bibliothèque.

— Martin, dis-je le lendemain, ma mère a perdu la clef d'un coffret auquel elle tient beaucoup, serais-je assez habile pour la remplacer d'après l'empreinte?

— Cela dépend, monsieur Vital.

Je lui montrai mon morceau de cire.

— C'est un fin ouvrage tout de même, et l'on voit bien que la clef est faite pour un meuble délicat... Avec du temps et des conseils vous en viendrez à bout.

— Vingt fois je recommençai, vingt fois je désespérai de réussir. Martin y mit toute la science, et une clef achevée, limée, polie, se trouva enfin en ma possession.

Mon père devait effectuer un petit voyage, et j'attendis son absence pour tenter l'épreuve.

Quand mon père nous eut dit adieu, nous rentrâmes à la maison, ma mère et moi; je prétextai une grande fatigue et je gagnai ma chambre.

Ma mère m'embrassa avec tendresse.

J'éprouvai sous ce baiser la sensation du remords.

Ma chambre se trouvait située au premier étage.

Personne ne pouvait s'étonner de m'entendre monter au second; je l'ai dit, la bibliothèque restait ouverte à tous.

Cependant je voulus attendre encore. Il me semblait que si on m'eût rencontré on eût deviné à voir mon visage bouleversé que j'allais commettre un crime.

Je me hasardai enfin, et après avoir gravi l'escalier je traversai le salon. Ma lampe resta postée sur ma table; je n'avais pas besoin de l'emporter dans le cabinet, qu'elle

éclairait du reste suffisamment. Je voulais un des livres
interdits, peu m'importait lequel, pourvu qu'il fût tiré de ce
meuble gardé par les dragons de la défense.

Je m'avançai vers le cabinet.

Alors je la vis ! ELLE ! encore ELLE !

Une de ses mains diaphanes couvrait la serrure de la
bibliothèque comme pour m'empêcher de commettre une
faute irrémédiable.

Son visage était enflammé, non point de courroux, mais
de pudeur.

Je comprenais le sens de cette rougeur céleste, aussi dis-
tinctement que j'avais entendu le souffle sans paroles qui
passait entre ses lèvres, quand elle se dressa sur le
balcon ; je devinai, j'entendis ce que le trouble virginal me
voulait dire :

— Arrière, imprudent, le poison ne se cache pas seulement dans les minéraux et dans les plantes, il est encore et
surtout dans les livres ! Arrête, prends garde ! un feuillet
tourné et te voilà perdu..... On ne retrouve jamais l'innocence envolée... La pureté des anges une fois ravie ne
saurait revenir... On peut heurter le sol de son front, se
couvrir d'un cilice, jeûner et prier, on ne ramène jamais
l'innocence. On ne trouve que le repentir ! oh ! si tu savais
ce que vaut ton âme adolescente ! si tu savais, enfant, que
les anges t'aiment et veillent sur toi ! si tu pouvais sonder
quelle force divine et sacrée puise la source dans la
chasteté sans ombre !

Ne crois pas que tu doives tout savoir parce que tu es
homme ; d'ailleurs qu'es-tu encore sinon un enfant ?...
Malheur sur ceux qui ont écrit ces pages ; malheur sur toi
si tu les parcours ! Ce que les bourreaux inventèrent de
tortures pour le corps serait moins terrible pour ta chair
révoltée que ces pages ne te seront dangereuses. Tu ne
pourras les oublier quand tu les auras lues ! Toutes les fleurs

de ton âme s'effeuilleront, le goût âcre des voluptés te viendra aux lèvres ! et les plaies du crucifix saigneront quand tu oseras les regarder avec les yeux qui se seront repus de ces images.

Va-t-en ! Va-t-en !

Je ne reculai pas et je tournai la clé dans mes doigts. SON visage était pareil à une rose ardente.

Je m'avançai ; elle n'ôta point sa main dont la paume couvrait la serrure fatale.

Je voulais ouvrir cependant... Comme si elle était un poignard, la clef, à ce qu'il me parut, transperça la main d'albâtre, le sang jaillit de la blessure...

L'armoire était ouverte.

ELLE avait disparu.

Semblable à un homme qui vient de commettre un assassinat, tremblant, égaré, regardant mes doigts comme si'ls devaient garder une marque sanglante, je pris un livre et je m'enfuis.

Rentré dans ma chambre, je fermai la porte au verrou. Ma lampe placée sur une petite table éclairait vivemen toute la pièce. Je me jetai sur mon lit et j'ouvris le livre.

Honte sur moi ! damnation éternelle sur l'homme quit l'écrivit, sur l'artiste qui en illustra les pages, sur le graveur qui prostitua son burin à cette œuvre impie.

Rien de ce que l'imagination rêve dans ses fantaisiest rien de ce que les camées de la Grèce et de Rome nous on. légué, ne peut donner une idée de cette composition étrange, furieuse, féroce, où le sang coule en même temps que le vin ; où le bourreau veille a uprès des convives, où la torture s'unit aux plaisirs : monstrueux entassement de crimes dont le ciel doit frémir et que les démons inventèrent.

Je lisais, je lisais... enfiévré, couvert de sueur, halluciné, fou. Mes volets étaient clos, ma lampe brûlait toujours,

Quelle heure était-il ? peu m'importait... Je n'avais pas fini
le volume...

On frappa à ma porte.

— Es-tu réveillé ? me demanda la voix douce de ma
mère.

A peine, répondis-je.

— Tu ne descends pas déjeuner ? il est midi.

— Je serai prêt dans un quart d'heure.

Ce temps me suffit pour me lever et renfermer le volume
dans mon secrétaire.

Ma mère voulut me donner un baiser. Je me reculai.

— Tu ne m'aime pas, aujourd'hui ? dit-elle.

— J'ai le front en sueur, répondis-je.

Je me sentais indigne de ses caresses.

Elle me prit le poignet.

— Mais tu as une fièvre ardente, mon cher enfant.

— Oui, excusez-moi et permettez-moi de rentrer dans
ma chambre.

Ma mère, inquiète, me regarda sortir en me suivant d'un
long regard.

A peine me trouvai-je seul de nouveau que je repris le
livre maudit.

J'avais peur, j'avais honte... Mon front ruisselait, et
j'éprouvais cependant une impression de froid... Mon cœur
battait à coups pressés ; les tempes me faisaient souffrir ;
un cercle douloureux entourait mon front. La notion du
bien et du mal disparaissait pour moi. Un chaos abomina-
ble bouleversait mon être; tout croulait : mes jeunes
pensées, mes illusions fraîches... Je sentais qu'une part
de moi se détachait de mon être... L'enfer doit compter ce
supplice au nombre des plus cruels.

Bientôt ce ne fut plus de la fièvre, mais du délire ; je
voyais passer, folles, avinées, sous l'empire des plus brutales passions, les cités criminelles de la bible ; les bac-

chantes, vêtues de fourrures de panthère, les filles de Grèce et les jeunes Romaines se mêlaient en groupes bizarres. Leur jeunesse naissait sous mes yeux et s'éteignait aussitôt... Tandis que leurs prunelles étincelaient de vie ardente, les vers du cercueil rongeaient leurs pieds blancs... chevelures blondes et noires se mêlaient comme des voiles au souffle de la brise ; les égorgements du cirque et les mystères du Gynécée se confondaient. C'était un cauchemar effrayant, au milieu duquel passaient des scènes de martyre et d'orgie... Je me tordais sur mon lit, lacérant de mes doigts le volume infâme, demandant du secours, me croyant la proie de monstres étranges, appelant pour me défendre ma mère qui ne m'entendait pas et CELLE que j'avais bannie et blessée.

Je poussai des cris de rage et de folie : le cabanon d'un insensé eût été bon pour moi.

Je ne sais ce que je devins durant plusieurs jours.

Quand je rappelai mes souvenirs, ma mère et le médecin étaient auprès de mon lit.

— Rassurez-vous, madame, dit le docteur, le malade est sauvé.

J'ouvris les yeux.

Je regardai ma mère.

Son front était d'une pâleur de marbre ; des traces de larmes se voyaient sur ses joues. Elle montrait pour moi la même sollicitude, mais ses yeux ne se fixaient plus sur les miens avec la même douceur. Elle me soignait, elle ne m'embrassait pas.

Sans rien demander, je compris qu'entrant dans ma chambre sous l'empire d'une maternelle sollicitude, elle me trouva en proie à un inconcevable délire, et vit le plancher couvert des débris du volume impur.

Quand je me trouvai mieux, je m'informai si mon père était revenu.

— Oui, me répondit-elle.

— Que fera-t-il de moi ? demandai-je.

— Nous avons décidé que tu finirais tes études dans un séminaire, le collége est trop sévère et à la fois trop peu châtié.

Un mois après je quittai la maison.

Mon père avait éprouvé une irritation violente et souffert une grande humiliation.

Il affectait devant ma mère un grand rigorisme et une sévérité puritaines. Sa conduite ne paraissait pas démentir ses opinions. Ma mère ne croyait avoir aucun reproche à lui adresser ; s'il n'en était pas exempt, il attachait beaucoup de prix à le paraître.

Quand il revint de son voyage, ma mère lui remit un paquet renfermant les débris du livre.

— Je n'ai pas osé regarder, dit-elle, mais hélas ! votre fils a lu... votre fils se meurt !

Mon père donna-t-il ou brûla-t-il les livres de la bibliothèque ? je ne sais, mais ils disparurent tous.

Ma mère garda rancune à mon père de n'avoir pas assez respecté sa maison pour en éloigner tout ce qui était indigne du toit de la famille ; elle lui pardonna difficilement surtout le mal qui en était résulté pour moi.

L'irritation de mon père était si grande qu'il parlait de m'embarquer.

— Il est coupable, sans doute, objecta ma mère, mais il n'est pas le plus coupable.

— Le plus coupable, est-ce donc moi ?

— Certainement, répondit-elle ; et je vous prie d'être indulgent pour Vital !

— Il ira au collége, alors.

— Je préférerais le petit séminaire de X...

— Comme vous voudrez, dit mon père.

Le matin de mon départ les yeux de tous deux se mouillèrent.

J'étais encore très-faible, épuisé par la maladie ; l'impression terrible que j'avais ressentie s'était dissipée dans les souffrances physiques. Je reconnaissais que j'avais mal fait. Plus je me trouvais coupable, moins le châtiment m'effrayait. Je payais ma dette à une justice dont je méritais le poids ; j'acceptais la punition de la main de mon père.

Aussi, mon dernier mot fut-il :

« — Je mériterai que vous me pardonniez ! »

Je montai en voiture et je vis disparaître la maison. Au moment où je tournais l'angle d'une rue, de petites mains s'agitèrent devant moi en signe d'adieu : c'étaient les enfants de Maclou qui me saluaient une dernière fois.

V

Le séminaire était un ancien couvent élevé sur une colline; les ruines de la chapelle ogivale, séparée du bâtiment, produisent un pittoresque effet, en se détachant sur un vert sombre. Le couvent était simplement et régulièrement construit. Il n'affichait aucune idée ambitieuse, c'était une ruche de travailleurs, voilà tout. Cependant, en dépit de l'absence de grandiose dans le style, de recherches dans les proportions architecturales, on se sentait saisi d'une impression de bien-être quand on franchissait le long couloir sur lequel s'ouvraient les parloirs et les classes.

Le prêtre qui me servit de guide me témoigna une bonté affectueuse, s'efforçant de me prouver que je trouverais dans cette maison des amis sûrs et des pères dévoués.

Je me sentais fort accablé. Le supérieur ne tarda pas à venir; c'était un grand vieillard au front dénudé, vaste et puissant. Il avait le plus souvent les yeux baissés; mais quand il les levait une douceur incroyable, une charité immense s'y pouvaient lire. Sa bouche respirait la sérénité. Il n'en pouvait sortir que des paroles de paix. Je me sentis subitement attiré vers lui, et quand il me tendit les bras, j'y tombai en fondant en larmes.

L'enfant prodigue retournait vers son père...

Pendant deux jours on exigea de moi peu de travail. Mon visible état de souffrance invitait à l'indulgence. On apprécia à quel point en étaient mes études, on analysa mon caractère sans me le laisser voir, et je fus admis le troisième jour parmi mes condisciples.

Je les trouvai sérieux et doux pour la plupart. Quelques-uns, doués d'une vivacité extrême, se livraient à des jeux bruyants dont souriaient les maîtres.

Je m'éloignais de mes camarades et je me promenais le plus souvent seul.

Un poids m'oppressait la poitrine. L'abbé Dominique s'en aperçut; il vint à moi et fut assez bon pour tenter de chasser ma tristesse. Il me parla de ma famille, de mon pays, de mes goûts; il mit tout en œuvre pour me faire oublier les idées qui m'absorbaient.

Ma préoccupation provenait de la pensée fixe de ma déchéance morale. Je me jugeais une brebis galeuse au milieu de ce troupeau. Bien que les souvenirs du livre dont le titre même est une infamie se perdissent dans les étreintes de la fièvre et de ma lutte contre la maladie, j'en conservais une impression pénible qui me rappelait à toute heure que je n'étais pas l'égal de ces jeunes condisciples. Cette clef forgée pour forcer une serrure, ce crime commis dans l'ombre, tout cela m'accablait. Je n'osais rien dire de ma peine, et cette peine m'étouffait. J'aurais eu besoin de confier ce secret et je ne l'osais. Je portais au cœur une blessure et je la recouvrais de crainte qu'on m'en demandât la cause. J'eusse voulu que l'abbé Dominique m'évitât la peine de parler. Mais il ne pouvait lire jusqu'au fond de mon âme; s'il découvrait le mal à ses symptômes, il n'en connaissait pas les causes.

2.

Un jour pourtant, venant me rejoindre dans l'allée des
tilleuls et me trouvant morne comme un prisonnier :

— Vous ennuyez-vous ici ? me demanda-t-il.

— Non, répondis-je.

— Vous souffrez pourtant d'un secret chagrin ?

— C'est vrai, balbutiai-je.

— La confiance ne se commande pas, mon enfant ; mais
si vous en éprouvez pour moi, ouvrez votre cœur gonflé et
je vous consolerai.

— J'éprouve un remords, monsieur l'abbé.

Le prêtre étendit la main vers la chapelle.

— Allons là, me dit-il.

Je le suivis.

Il fallait remonter la grande allée. On était en novembre :
les arbres pleuraient leur feuillage mort : quelques herbes
s'obstinaient seules à donner leur verdure en dépit de la
gelée. Le sol craquait sans les pieds. Des bandes de cor-
beaux passaient dans l'air. Tout en haut la flèche, frappée
d'un rayon de soleil, faisait étinceler sa croix; je marchais
lentement, j'avais à la fois hâte et crainte d'arriver. Le
prêtre allait en avant, me laissant la liberté de mes pensées
et se préparant à m'ouvrir les portes de l'église. Je me sentais effaré comme un oiseau de nuit que frappe subitement
le grand jour. Mes ténèbres allaient s'éclairer; la soif qui
me dévorait serait apaisée; mais une révolte sourde grondait
dans mon esprit et des voix moqueuses riaient à mes côtés.

Tout à coup, pendant que j'attendais sous le grand cloître
que la porte de la chapelle fût ouverte, je vis qu'ELLE s'a-
vançait vers moi, en me tendant la main droite : cette main
était percée de part en part.

Comme son souffle et comme jadis sa rougeur, la plaie
parla :

— Oh! si tu voulais guérir ! Le baume est fait pour la
blessure, ce baume, l'homme de Dieu le tient du ciel

même... Tant que tu n'auras pas réparé le mal, cette plaie saignera et je souffrirai des douleurs indicibles... Aie pitié... aie pitié... Tu devrais m'aimer plus que ta vie, moi qui suis le reflet de ton âme, moi dont les encouragements ou les reproches ne trompent jamais... Dans mon adolescence respire la tienne même. Je suis ta sœur et ta fille. La sagesse des matrones est en moi et j'ai la pudeur des lis que le soleil n'a jamais regardés... Vois donc comme je suis faible et délicate! A l'heure où tu vins au monde j'étais petite comme toi, je grandis en même temps que tu grandis toi-même... Si tu voulais, notre vie, si intimement unie, serait une vie sans ombre!

Tu ne me connais pas assez, tu me dédaignes ou tu me délaisses... Mais si tu m'interrogeais souvent, si tu demandais mon avis en toute chose, si avant d'agir tu me consultais, ta vie, en dépit de tout, serait une vie heureuse! Je suis le sentiment des grandes choses, je donne la véritable mesure de la justice... Tu peux me torturer sans relâche, tu ne me feras jamais mourir... Tant que tu respireras j'existerai. Si tu me chasses, si tu me méprises, une heure viendra où tu me rappelleras épouvanté... Et si je ne répondais pas à ton cri d'angoisse, c'est qu'alors tu serais réellement perdu!... En ce moment tu hésites encore, tu trembles; pourquoi? Regarde ma robe souillée que tu peux laver dans tes pleurs, mes mains que tu vas guérir! Courage! ce que tu vas faire est bien! Entre. C'est Dieu qui t'appelle, c'est Dieu qui te tend les bras.....

En ce moment le cloître s'inonda de clartés et je cessai de la voir; ELLE disparut, confondue avec les blancheurs du marbre. J'entrai dans la chapelle.

Quand j'en sortis, je me sentais le cœur en joie, l'âme régénérée, je levais haut le front et je trouvais cette exubérance de vie que j'éprouvai le jour où je vidai ma bourse dans les mains de Maclou.

L'abbé Dominique me prit en amitié. Il formait mon cœur, il élevait mes pensées. Tout ce qui est grand et bon me paraissait facile auprès de lui. Il me donnait deux ailes pour m'élever : — la prière et l'enthousiasme. — Je tournais mon intelligence du côté des grandes merveilles de la création, et l'étude de la nature m'arrachait ces cris d'admiration qui nous ravissent dans les psaumes. Je travaillais beaucoup, mes maîtres me donnaient des notes excellentes ; les lettres de ma mère redevinrent affectueuses. A Pâques, mon père m'envoya de magnifiques ouvrages d'histoire naturelle. Je me trouvais heureux au petit séminaire, si heureux que la pensée d'y rester pendant les vacances ne m'effraya pas.

La santé de ma mère exigeait l'air des montagnes. Mon père ne voulait pas me conduire en Suisse cette année-là et je restai dans le vieux couvent avec deux de mes condisciples dont l'un était né à la Havane, et dont l'autre n'avait plus de famille.

Ces vacances marquèrent dans mes études un progrès sensible.

Je pouvais les conduire un peu à mon gré et je profitai de cette permission pour travailler davantage le dessin et la botanique. Je me permis pendant mes récréations d'écrire le journal de ma vie de collégien, journal dans lequel revenaient mes souvenirs d'enfant. Loin d'oublier le latin et le grec comme mes condisciples pendant les deux mois souvent donnés à la paresse, j'y fis de remarquables progrès. Rien ne me semble plus nuisible pour l'étude que ce sixième de l'année laissé volontairement à la paresse. On perd durant les vacances le fruit de dix mois de labeur. On objectera l'obligation de faire le *devoir de vacances*, mais outre que l'on a recours à son père ou son frère aîné, on s'en débarrasse dans les premiers huit jours, tant on a hâte de rentrer dans son oisiveté.

Le journal que je rédigeais était expédié à ma mère.

Elle lisait ces pages dans les plus belles solitudes du monde, et remerciait Dieu de me communiquer enfin la raison et le courage. Les lettres de mon père témoignaient d'une affection sincère. Il m'avait pardonné.

Rien ne manquait à mon bonheur, je me sentais l'âme en fête ; et j'étais si heureux que parfois dans les bandes lumineuses tombant du ciel sur les carreaux de l'église, dans les éclaircies du feuillage et les buissons fleuris, je croyais voir des têtes d'anges me sourire...

Le vent m'apportait des voix douces qui murmuraient : « c'est bien. » Au milieu de la vapeur de l'encensoir, je voyais s'élever svelte et gracieuse l'ombre qui se mettait entre Dieu et moi.

ELLE m'encourageait, me parlait, elle me disait de comparer ma vie à celle de mes camarades tapageurs, et de bénir Dieu de m'avoir donné une mère comme la mienne.

L'année suivante me laissa les mêmes impressions douces, les mêmes joies profondes. Je songeais au départ avec tristesse, et je me demandais ce que je ferais quand l'heure viendrait de prendre ma place dans le monde.

La paresse me semblait indigne d'un homme. A notre époque de mouvement et de progrès une part de labeur est assignée à chacun : la paresse devient crime ; la fortune ne dispense ni de l'amour des arts, ni d'une légitime ambition. Elle double la possibilité de faire valoir son esprit, ses inventions ; elle fournit l'occasion de vulgariser la science.

Je me trouvais placé dans ces conditions excellentes. Mon père possesseur d'une belle fortune, membre du conseil général, jouissait de l'estime publique ; on se sentait tout disposé à protéger le fils d'un homme ayant rendu des services.

Lorsque je questionnais l'abbé Dominique, il secouait la tête :

— Je ne connais de bon que ce que j'ai choisi, me répondait-il, et ce n'est pas votre vocation !

— Pouvez-vous déjà la connaître ?

— Mon enfant, vous avez l'imagination vive, le cœur ardent, une nature difficile à dompter, cheval fougueux, qui bronchera plus d'une fois sur la route et que vous devrez mâter avec la bride, les éperons et le mors.... Je voudrais que la voix de l'Esprit-Saint vous conseillât de rester où nous sommes, mais vous ne l'écouteriez pas.

— Qu'en savez-vous ?

Il soupira.

— En ce moment, vous êtes animé des meilleures intentions et vous vous croyez fort... Ne vous fiez pas à votre vaillance présente. L'armure mystérieuse dont parle saint Paul vous abrite, et votre tête est couverte du casque du salut : prenez-garde que cette armure céleste se détache pièce à pièce.

Les paroles de l'abbé Dominique m'attristaient profondément, je l'accusais au fond du cœur de me mal comprendre.

Il me devinait bien au contraire.

Ma nature était pleine d'élans, tantôt religieux tantôt poétiques ; j'embrassais tout, arts et nature, dans un enthousiasme naïf. A cette période de mon existence, on eût pu faire de moi un martyr ; et je ressemblais assez à ces jeunes figures de moines que Lesueur multipliait sur ses toiles et qui semblent plus angéliques qu'humaines. Le regret de mes premières fautes me donnait un redoublement de ferveur. Je ne raisonnais point la foi ; je l'avais ; Dieu me l'avait envoyée comme un don. Du reste, cette foi était plus un sentiment qu'une déduction logique. Il m'était doux de croire comme il me paraissait facile d'aimer. J'avançais vers la jeunesse à grands pas, heureux et souriant. Seulement je ne pouvais comprendre la perversité générale dont l'abbé Dominique me faisait un sombre tableau.

Un jour que je l'accusais d'en forcer les couleurs :

— Souvenez-vous, me dit-il, du livre que vous avez ouvert.

— C'est l'œuvre d'un fou ! m'écriai-je.

— C'est un ouvrage monstrueux dont les libertins de nos jours se disputent à prix d'or les rares exemplaires. Les temps sont tristes et l'avenir est comme le ciel aujourd'hui : gros d'orages.

Enfin l'époque de la distribution des prix arriva. Mon père et ma mère vinrent me chercher. Je les priai de passer près de moi deux jours entiers, afin de me laisser le temps de dire adieu à l'abbé Dominique, au supérieur, à tous ceux que j'aimais. Ils y consentirent. Les dernières paroles du prêtre furent de sages conseils mêlés d'appréhensions qu'il s'efforçait de me cacher et qui s'échappaient malgré lui en mots douloureux. Enfin nous nous quittâmes, moi pleurant, lui affligé.

Quand je cherche au fond de ma mémoire les paternelles choses qu'il me répétait, elles me semblent les notes perdues d'un concert que je ne sais plus entendre. Pour les consolations divines, ces applications des paroles de l'Écriture, ces assurances d'une amitié que le ciel bénit, je suis devenu sourd et stupide. Elles me feraient désormais l'effet d'un bruit de cymbales éclatant dépourvu d'harmonie.

J'ai fait ma halte dans le chemin...

En avant la caravane ! désert ou oasis, océan de sable ou mirage ! en avant ! en avant !

VI

Je suis mon maître, me voilà libre! Libre et seul! deux
bonheurs: deux dangers. Mon père m'assure une pension
pour vivre à Paris, je vais faire mon droit. Quand je serai
avocat, je... au fait je ne sais pas ce que je ferai, je plai-
derai peut-être, j'en aurai le pouvoir, du moins !

Ah! quand je me disais cela, dans mon petit appartement
de la rue Saint-Florentin, je me trouvais le plus heureux
des hommes. Cet appartement, ma mère l'avait choisi et
meublé. Il avait des élégances un peu féminines.

Je l'ai souvent regretté depuis; quand je songe que...

L'antichambre était tendue de vieille perse à ramages
d'oiseaux et de fleurs. D'antiques faïences unissaient leurs
tons doux à ces nuances éteintes. Chaque vase, chaque corbeille renfermait des plantes. Le salon était intime, petit,
tendu de soie rouge; de belles gravures l'ornaient: je devais
avoir des tableaux plus tard. La chambre, capitonnée,
ruchée, agrémentée, riante sous ces bouquets de roses,
brillante de miroirs, semblait une chambre d'autrefois conservée par miracle. Un enfant modelé par Clodion y sonnait

les heures; le portrait de ma mère y rayonnait dans toute
sa grâce. Le cabinet de toilette, blanc à arabesques bleues,
meublé en bois façon et couleur bambou, était à lui seul
une merveille. La salle à manger, toute tendue de reps vert,
avait des meubles d'ébène. Ma mère mit son goût à me
créer ce nid soyeux et duveté.

— Mon enfant, me disait-elle, je souhaite que tu te plaises
chez toi, afin de t'y voir rester.

Cela me semblait bien facile.

Le quartier des écoles me déplaisait.

Les relations que ma famille conservait à Paris me permettaient de voir un peu le monde, et je me promis de ne
jamais mettre les pieds dans les antres parisiens, dont le
nom seul m'effrayait.

Quand il faisait beau, je me rendais aux cours à pied; s'il
pleuvait je prenais une voiture.

On ne s'empressait pas de me faire accueil; mes camarades me trouvaient trop riche; on me traitait d'aristocrate.
J'invitai les plus sérieux à me venir voir; ils me répon-
dirent que le soir ils travaillaient. Ceux qui ne pouvaient,
et pour cause, me donner la même raison, me dirent qu'ils
s'amusaient toute la nuit et que mon appartement devait
être bien triste. On rit de mes goûts, de ma solitude, de
mon travail. Je cessai de faire des avances, et je me rendis
dans quelques salons dont le nom de mon père m'ouvrait
les portes.

J'y trouvai de vieilles femmes aimables et bonnes, sous
leurs cheveux blancs, des vieillards assez spirituels pour
aimer la jeunesse, des jeunes filles modestes et parlant peu.
On me témoignait une grande indulgence, on m'encourageait
même; mais que pouvais-je dire au milieu d'hommes
sérieux, instruits, accoutumés aux discussions de la politique, jugeant les choses de haut, parlant de tout avec une
facilité presque égale. J'écoutais, espérant me former ainsi

3

mais quand j'avais passé une longue soirée, assis dans un coin du salon sans dire un mot, je rentrais chez moi ennuyé, las, presque malade.

J'avais besoin d'un ami.

J'en trouvai un, grave, presque austère. Il était pauvre, et bien qu'il se sentît attiré vers moi par une vive sympathie, il avait peur de voir un lien se former entre nous :

— Si tu savais combien j'ai hésité, Vital, me dit-il un jour, j'appréhendais que tu me fisses souffrir.

— Me crois-tu méchant?

— Non, mais faible.

— Tant mieux, tu me dirigeras.

— Ce n'est pas sûr; j'ai toujours vu les êtres faibles dominer les forts.

— Qu'est-ce que cela fait, si tu as de l'amitié pour moi ?

— La tienne peut se briser.

— Tu me fais injure.

— Non, Vital, tu es léger.

— Qu'ai-je fait pour t'en donner la preuve ?

— Beaucoup de choses.

— Encore !

— Lors de ton arrivée à Paris, tu as tenté de vivre seul, de te suffire à toi-même... puis tu as cherché Philippe Ranchot et Aimable Dubois, deux fous ! bons garçons, mais fous ! Ils t'ont trouvé trop bien mis, trop bien logé pour frayer avec eux, et tu as voulu te lier avec Victor Ardoin, Gustave Chadeil et Rival Monroy, de braves jeunes gens qui t'ont cru trop peu de convictions politiques. Tu as tenté de suivre le théâtre, aller dans le monde, te voici déjà revenu à tes pensées de misanthropie... Nous faisons mal de nous aimer, vois-tu ! Je suis un ours de mes montagnes ; je grommelle plus que je ne parle...

Rien ne m'amuse de ce qui ferait rire les autres aux

larmes... J'éprouve de grandes pitiés pour les gens qui s'a-musent et un profond mépris pour ceux qui tombent... J'ai confiance dans ma force et je me crois réellement iné-branlable dans mes convictions. Je suis pauvre et ma famille est obscure ; j'arriverai cependant, parce que je le veux. Ma ville natale paie mes inscriptions ; un médecin du pays, qui a foi en moi, pourvoit à Paris à mes dépenses ; je ne ferai faillite à personne ! D'ailleurs, j'ai des devoirs à remplir envers moi-même, et je me suis juré de faire chaque année un progrès déterminé. Donc, la main dans la main, si tu le veux, mais je te le répète, ne te hâte pas...

Je serrai les deux mains de Gatien, et je lui promis de le regarder comme mon frère et mon Mentor.

L'amitié, je l'avais toujours rêvée, venais-je enfin de la trouver ?

VII

Je n'accuse pas Gatien ; il a souffert et souffert par moi. Son austérité, qui me révolta un jour, et contre laquelle je luttai semblable aux béliers qui combattent en entrelaçant leurs cornes, finit un jour par me sembler tellement fatigante que l'affection dévouée, éprouvée, sublime, ne me parut plus valoir les sacrifices qu'elle me coûtait.

Gatien ne comprenait ni la poésie qui enchante jusqu'aux larmes, ni le loisir qui rend léger le présent et détend les cordes fatiguées du cerveau. En homme pratique, il ne voyait que l'action, il prenait du repos pour la seule raison que le travail futur serait meilleur, s'il goûtait un peu de sommeil. Il était né vieillard, ou du moins il me semblait tel ; jamais je ne le vis sourire. Les fleurs et les oiseaux n'existaient pas pour lui. Quand je lui parlais de quelque promenade faite à Meudon, Vincennes ou Saint-Cloud, il répondait en énumérant le labeur accompli pendant ma folle équipée. La reconnaissance ne lui pesait pas, mais il avait, par dignité, hâte d'acquitter sa dette.

Le temps que nous passions ensemble ne me profitait

guère. Je l'accusais de se montrer exclusif ; souvent il partait mécontent, je le trouvais rigoriste. Et cependant, comme il me l'avait dit le premier jour, il m'aimait, avec une pitié sincère , mais sans confiance et sans estime. Il ne croyait pas à mon avenir, ne pensait point que je possédasse le sentiment exact et complet de la justice ! Nos entretiens dégénéraient en discussions. Je m'emportais, il devenait acerbe. Il partait, se promettant de ne plus revenir, moi, jurant de ne pas le regretter. Le lendemain, il frappait à ma porte. De notre querelle, il n'en était plus question.

Cette organisation puissante avait bien autre chose à faire qu'à se souvenir des boutades d'un enfant. Quand il revenait ainsi, je m'apercevais que depuis la veille il avait acquis des connaissances nouvelles. Il avançait à pas de géant. Rien ne dérangeait la marche de ses idées. C'était un philosophe chrétien, un philosophe charitable. Païen, il eût égalé Socrate par sa sagesse ; catholique, il pouvait se dévouer à toutes les misères.

Il soutenait que la théologie était nécessairement la sœur céleste de la médecine. L'une guérissait l'âme, l'autre le corps. Depuis le premier jour où il franchit le seuil de l'école de médecine et sut faire une ordonnance capable de faire passer la fièvre ou de guérir un coryza, il entra dans ses doubles fonctions de médecin et de consolateur. Jamais je ne trouvai à notre époque une plus vivante image de ce Frère Cosmes, qui portait à la fois au chevet des malades le soulagement et la lumière, et donnait la bénédiction suprême à ceux qu'il était impuissant de guérir. Ses distractions c'étaient ses visites. Pauvre et grandissant en science grâce à la bienveillance d'un ami, il savait faire pleuvoir l'aumône chez ses protégés. Dans les salons où il était reçu, il trouvait parfois une femme nerveuse, pâle, épuisée, lasse de veilles, saturée de p'aisirs, se plaignant

de mille souffrances contradictoires auxquelles un remède
unique était nécessaire. Il comprenait vite le mal, écrivait
une adresse sur un carnet et tendait l'ordonnance en
ajoutant :

— Vous voudrez bien mettre une robe de laine et aller à
pied ?

On se récriait, on refusait : il faisait froid, on ne savait
marcher.

Gatien souriait, s'obstinait et l'emportait. La malade
courait bien loin dans un faubourg aux rues mal assainies,
traversait des cours horribles, montait des étages, dont les
rudes spirales chancelaient sous ses pieds, trouvait une
famille en larmes, un père sans ouvrage, une mère alitée,
des enfants affamés : elle vidait sa bourse, pleurait tout
bas, s'adressait de durs reproches pour avoir, jusqu'à cette
heure, oublié qu'il est des gens sans feu et manquant de
pain, et le soir on la voyait le teint rose, l'œil brillant, la
poitrine soulevée par des soupirs de joie. Si on lui demandait la raison d'une amélioration pareille, elle répondait :

— Une ordonnance du docteur Gatien !

Combien de malades le jeune homme sauva de l'ennui
d'elles-mêmes et de la fatigue du plaisir.

Avec son ardeur pour l'étude, son grand supplice était
de manquer de livres. Il devait consulter ceux de la bibliothèque. Rude vie que la sienne, mais qu'elle différait de
celle que j'avais toujours ambitionnée ! Je travaillais cependant, et je prenais mes inscriptions régulièrement, mais
parfois la nostalgie me gagnait, je sentais le besoin de
mouvement et de bruit, je sortais au hasard. J'entrais dans
un théâtre et je sortais à minuit, haletant, brisé, l'esprit
plein de chimères, l'âme altérée et je ne sais quel bonheur
fiévreux.

Je lus des romans : les célèbres, les mauvais ; je voulais

connaître à fond cette littérature qui monte comme une marée, cherchant des mines nouvelles et ne découvrant que l'horrible.

Quand j'eus parcouru cent œuvres connues, je connaissais à fond cette matière, j'en comprenais les ressorts. J'eusse presqu'imité ces livres, qui se ressemblent avec une poncivité désespérante. Ils me fatiguaient et pourtant comme ils répondaient à mes instincts curieux, je les ouvrais quand même et je lisais souvent jusqu'au jour.

ELLE n'avait point cessé de m'apparaître. Je la voyais grandir, et c'était alors une jeune fille, non pas forte et saine, mais pâle et mièvre, comme souffrante. Son vêtement n'avait pas la correction des plis des chastes statues antiques. Elle paraissait atteinte d'un mal secret.

Quelquefois elle fermait les volumes étalés devant moi ; un jour elle me montra la flèche de l'église où je n'allais plus prier, et je l'aperçus un soir agenouillée près du foyer à demi éteint et soufflant les étincelles de sa bouche pâle. Il me parut qu'elle essayait de rallumer quelque chose dans mon cœur.

Je ne l'aimais pas. Ses visites m'effrayaient, et cependant si elle cessait de paraître, il me manquait quelque chose. Je me souviens même d'avoir, quand je pensais à elle, appuyé ma main sur ma poitrine.

Participait-elle donc de mon être ?

Un soir d'hiver, Gatien et moi nous étions assis en face l'un de l'autre, une table nous séparait. Il achevait la rédaction d'une note, je lisais un livre de Svedenborg.

— Crois-tu aux apparitions ? lui-demandai-je.

— Cela dépend, me répondit-il d'un air sérieux.

— En as-tu quelquefois ?

— Ceci touche aux secrets de mon âme, Vital, mais toi même?

— Moi, je suis obsédé.

Gatien me regarda sans m'interroger.

J'avais besoin de m'épancher et je repris :

— Il y a une partie de moi qui se dédouble et qui m'apparaît ; j'ai ma forme palpable et mon ombre ; tout éveillé
j'aperçois un fantôme qui me ressemble, bien qu'il soit
femme ; il a mon âge et son visage reflète mes pensées
mystérieuses. Courroucée si je fais le mal, souriante si
j'accomplis le bien, pure et radieuse comme un ange ou
couverte des haillons du Prodigue, elle veille sans cesse à
mes côtés. Quand mes yeux ne la regardent pas, je la sens.
Elle m'exaspère et me charme. Pour la voir sourire, je
ferais un acte héroïque ; ses larmes m'oppressent et sa joie
m'allége le cœur... Étrange phénomène ! Hallucination ou
vision ! folie ou réalité ! qu'est-ce que cela ? Le sais-tu,
Gatien ? Vois-tu comme moi le témoin et le juge de ta vie ?
faut-il m'effrayer ou me réjouir, l'appeler ou la chasser ?

— Remercie Dieu, me dit-il, et tâche de l'aimer assez pour
souhaiter toujours la voir blanche et pure, lumineuse et
souriante... Le jour où elle mourra tu seras perdu..., perdu
pour la vertu et pour le Ciel.

— Mais, dis-je, je la vois plus souvent courroucée que
rayonnante.

— C'est ta faute, mais le pire mal est d'en être séparé.

— Le pire mal...

— Elle s'endort parfois... des fautes multipliées la jettent
dans une profonde léthargie... on croit qu'elle morte, elle
peut encore se réveiller.

— Que faut-il pour cela ?

— Quoi ? tout, rien, un souffle d'en haut, une langue de
feu brûlant notre front ; le verset que lut Augustin, l'éclair
qui aveugla Saul, la main invisible qui repoussa Marie
l'Égyptienne ! Ce qu'il faut ? demande-moi ce qu'est la
Providence et définis la grâce que nul n'acquiert, ne
mérite et qui tombe en rosée comme un don gratuit.

— Tu es trop mystique, dis-je à Gatien.

— Mon ami, me répondit-il, je ne saurais traduire par des mots d'un réalisme grossier ce qui est un des phénomènes les plus merveilleux de notre nature intelligente et spirituelle.

— Tu la connais aussi, toi ?

— Je la connais, me répondit-il.

— Et que fait-elle pour toi ?

— Chaque soir je l'évoque; elle est à mes côtés impartiale, digne, incorruptible; j'examine les œuvres accomplies pendant le jour qui vient de s'écouler...: Je les regarde avec elle au flambeau de la vérité céleste, souvent, elle m'accuse, mais jamais elle ne me désespère.

Je ne demandai rien de plus à Gatien. Il me semblait trop versé dans l'Illuminisme.

L'été se passa tout entier dans les mêmes travaux.

— Que fais-tu donc de ta jeunesse ? lui demandais-je.

— Je l'emploie !

— Et moi ?

— Toi, tu la dépenses.

Il avait raison. Sans me jeter encore dans le torrent des plaisirs, je m'abandonnais sur une pente glissante. Je ressemblais à ceux qui veulent descendre une montagne russe dans un étroit traîneau. Le moindre mouvement qui leur ferait perdre l'équilibre, les jetterait brisés du sommet de la colline factice. Une distraction, un rien pouvaient me renverser. Comme un jongleur, je jouais avec des poignards qui, si je n'y prenais garde, pouvaient me percer les mains et la poitrine. On éprouve une satisfaction étrange, orgueilleuse, à se maintenir ainsi sur la corde roide du danger. Au moral je ressentais alors ce que j'éprouvai un jour au physique.

Je me trouvais dans une merveilleuse campagne, et devant moi se dressait un aqueduc étageant ses triples arca-

3.

des qui s'élancent d'une montagne à l'autre comme un défi
de la hardiesse et du génie.

J'eus la fantaisie de traverser ce pont aérien. L'espace
était étroit. Par surcroît de témérité, au lieu de marcher au
centre je montai sur l'un des côtés. Au bout de cent pas je
regardai au dessous de moi : l'abîme était des deux côtés ;
je me pris à trembler... Avancer me paraissait impossible...
je ne me sentais pas le courage de retourner en arrière...
Savez-vous ce que je fis ? Je me mis à courir ! Au moral
nous avons souvent de ces audaces ; elles peuvent réussir,
elles peuvent aussi nous devenir fatales.

> *Qui cherche le danger périra...*
> *Celui qui creuse une fosse y tombera...*

Voilà ce que dit l'Écriture.

Je recherchais le péril, je m'accoutumais à le braver et
je le faisais avec des restrictions intimes, des accommode-
ments dangereux, des faux-fuyants qui ne pouvaient
m'abuser. Je souhaitais ne pas tomber et je m'exposais à
toutes les chutes. J'aurais voulu être surpris, saisi par une
tentation et me dire que j'avais essayé de résister, mais
que les forces humaines restaient insuffisantes pour réussir
à la vaincre. Je désirais ma perte, tout en la retardant
encore ; et peut-être ne la retardais-je que par une sorte de
raffinement.

L'époque des vacances arriva et je rentrai dans ma famille.

Mon père m'accueillit avec une satisfaction marquée. Il
savait que ma régularité à suivre les cours me valait l'estime de mes professeurs ; les lettres de ses amis me pré-
sentaient comme le Caton des écoles et ma mère pleura de
joie en me serrant dans ses bras.

VIII

Pauvre mère, je la trouvai bien changée ! Deux années avaient suffi pour enlever à cette seconde jeunesse le duvet du fruit et presque sa saveur. Ses bandeaux se mélangeaient de fils blancs ; elle n'avait plus cette coquetterie naïve qu'elle garda longtemps pour plaire mieux à ceux qu'elle aimait.

L'âge mûr fondit subitement sur elle. Une cause morale opéra sans doute cette transformation.

Ma mère possédait naturellement la fraîcheur vivace de certaines plantes. Heureuse, elle n'aurait eu pour ainsi dire pas de vieillesse ; éprouvée, elle retomba subitement sur elle-même. Elle ne se plaignit pas, et souffrit héroïquement : mais la plaie saigna et chaque jour rendit plus douloureux le cancer que nul ne pansa.

En avançant dans la vie, en comparant mon existence à celle de mon père, en étudiant à la loupe son cœur d'après le mien, j'ai compris le drame intime qui se joua dans un ménage triste et austère, mais non désuni.

Mon père avait fait un mariage de raison.

Il épousa pour sa fortune et ses relations de parenté une jeune fille dont il n'interrogea pas le cœur. Cette jeune fille se trouva être un ange. Douce, quoique gâtée autant que peut l'être une enfant unique ; modeste et simple, quoi-qu'elle dût hériter d'une grande fortune, plus sensée que spirituelle et plus aimante que romanesque, elle méritait d'être élue et non point d'être acquise.

Elle comprit que son union résultait d'une sorte de traité de famille ; mais mon père était un homme honorable, presqu'aussi riche qu'elle-même ; elle aspirait aux joies de l'intérieur et consentit à un mariage que le monde trouvait convenable de tous points et qu'elle se promettait de rendre heureux.

Elle n'avait pas réfléchi qu'avant tout mon père était un homme d'affaires, un banquier, que ses livres et sa caisse occupaient plus que ses affections; que, privée de sa mère, elle allait se trouver bien seule. Il lui semblait qu'un mari devait être presque toujours là, ou du moins rester le plus possible dans sa maison.

Elle mit ses soins à rendre la sienne charmante. Pour plaire à son mari, elle se montra élégante ; on la citait comme un modèle de vertu et le type du bon goût. Mon père lui adressait des compliments aimables sur sa toilette, la tenue de sa maison, l'ordonnance de ses dîners, et déclarait être l'homme le plus satisfait du monde. Quant à ma mère, elle fut bientôt troublée par d'autres soins et d'autres espérances. Toute sa vie se concentra à l'avance sur un berceau. Quand je vins au monde, ce fut une joie, une extase ; mon père se montra enchanté à sa manière ; il était sûr désormais que sa maison de Banque ne change-rait pas de nom.

A partir de ce moment, je comblai le vide dont ma mère pouvait souffrir. Elle m'entoura d'une tendresse chaude, active, rayonnante. Je fus tout pour cette épouse oubliée sur qui l'emportaient les affaires. Je grandis sur ses genoux, elle m'instruisit elle même, et je sentais qu'elle essayait de me donner son âme comme autrefois elle m'avait donné son lait.

Mon père faisait de temps en temps des voyages à Paris, pour ses affaires, disait-il. J'ai pensé depuis qu'il m'oubliait pour ses plaisirs ; à son retour, il apportait des présents à ma mère, il ne manquait pas, durant une semaine et quelquefois plus, de lui donner des avis sur sa parure, lui conseillant une nouvelle forme de robe, une autre coiffure. On eût dit qu'il se souvenait d'une figure, d'un type qu'il tentait de retrouver.

— Les femme de Paris savent seules s'habiller, dit-il un jour.

Ma mère garda le silence, mais le regard qu'elle jeta sur lui était à la fois triste et inquiet.

Du reste, la vie de mon père pouvait passer pour exemplaire aux yeux de qui le connaissaient.

Je ne l'accuserai pas absolument d'hypocrisie, mais il tenait plus aux dehors qu'à la vérité.

Ma mère ne douta de lui que le jour où elle trouva dans ma chambre le livre odieux que j'avais pris dans sa bibliothèque intime.

Hélas ! que de fois, depuis, j'ai pu constater des faits semblables !

Un grand nombre d'hommes qui s'engagent dans le mariage, le rattachent par quelque lambeau à leur vie passée.

Le courage leur manque pour faire litière de ce qui s'allie mal avec la dignité d'une condition nouvelle. Ils l'offensent d'abord en conservant les vestiges de leur vie de jeune homme. L'homme qui ne rompt pas avec toutes ses habitudes, qui ne brise pas tous ses liens, qui ne réunit pas en auto-da-fé les épaves des passions, tombera plus tard de nouveau sous leur joug. La découverte que fit ma mère l'attrista.

Elle comprit la vérité. Du moment que l'on ne respectait pas assez sa maison pour en avoir banni ce qui pouvait la révolter, on ne l'aimait pas, on l'avait trompée. Elle souffrait moins encore de sa propre désillusion qu'elle ne se désola de m'en voir la victime. Le poison me venait de mon père. Mon âme participait à la souillure de la sienne ; elle lui redemandait avec larmes non pas ses illusions perdues, mais la fleur de mon âme envolée.

Elle pleura d'abord, elle interrogea ensuite.

Mon père répondit vaguement, en homme qui veut éluder une question ; elle insista, l'explosion de sa colère fut terrible.

La femme se fût courbée et soumise, la mère se redressa comme une lionne blessée. Ce fut une scène horrible, d'autant plus douloureuse que ma mère jusque-là s'était montrée plus patiente. Mon père mit en avant les théories faciles qui tendent à prouver que le mari est libre de sa conduite, tandis que la femme reste perpétuellement esclave de la sienne. Il soutint qu'il se conduisait en homme d'honneur et la rendait parfaitement heureuse.

Elle ne répondait plus rien ; elle comprit.

De ce jour elle se résigna.

Tout lui manquait à la fois et cependant elle cessa de se plaindre. Le calme rentra dans le ménage troublé, la confiance en était partie.

Mon père fit disparaître des volumes, ma mère feignit de ne pas le remarquer.

Pendant ce temps je terminais mes études au séminaire et je faisais ma première année de droit

Le changement qui s'était opéré chez ma mère m'affecta douloureusement. J'assumai sur moi une partie de la responsabilité de ses épreuves ; mes fautes l'avaient forcée à m'éloigner; elle ne pouvait vivre sans moi, et s'en allait pâlissant à toute heure.

L'émotion à laquelle je m'abandonnai me donna de l'éloquence; je rassurai son cœur alarmé en lui racontant ma vie. Si je taisais mes luttes intimes, mes tentations, mes troubles, je ne mentais pas en assurant que ma vie était exempte de reproche. Elle voulait connaître le nom de mes amis; elle aimait Gatien, ce sage de vingt ans; elle me fit promettre de l'amener chez nous pendant les vacances suivantes. J'ai dit que ma mère n'avait plus de jeunesse, elle en retrouvait cependant avec moi les élans, les enthousiasmes, les saintes ferveurs.

Elle me ravissait et m'enchantait; en la voyant si parfaite, je me demandai comment il se faisait que mon père ne l'aimât pas avec adoration.

Un jour je hasardai quelques mots sur le peu de rapports que son caractère avait avec celui de mon père.

— La femme est obligée à plier, mon ami, me répondit elle.

— Mais les concessions sont réciproques.

— Cela devrait être, cela n'arrive pas toujours.

— Alors on souffre.

— On se résigne.

— Tu t'es résignée! lui dis-je.

— Ne parle pas de moi? répliqua-t-elle vivement; avec un enfant tout est facile.

— Tu es une vraie sainte, ma mère!

— Non, me dit-elle, j'ai eu mes heures de faiblesse et de révolte... quand tu me manques, je me demande ce qui me reste. Ton père m'aime... oh! il m'aime... qu'exiger de plus... Je souhaiterais plus de tendresse, il me donne plus de diamants.... C'est seulement faute de s'entendre... quand tu te marieras, Vital, je veux moi-même choisir ta femme.

— Gageons, dis-je en la regardant dans les yeux, que tu cherches déjà ma fiancée.

— Pourquoi non ? n'est-ce pas une perle rare à découvrir qu'une jeune fille, bonne, sérieuse et douce, qui voit autre chose dans le mariage qu'une question de cachemires et qui paraît digne d'élever une famille ?

— Et tu as trouvé ?...

— Curieux ! Eh bien ? à peu près.

— Est-elle jolie ?

— Agréable et gracieuse, des yeux pleins d'esprit, un sourire rare et modeste, de l'aisance dans les manières et une grande bonté ; une fortune suffisante pour être un parti convenable, pas assez grande pour que cette jeune fille soit épousée pour sa dot.

— Je la connais.

— Tu l'a vu jadis, mais elle était bien jeune.

— Elle se nomme... ?

— J'aime mieux te laisser deviner.

— Tu as tort, si une autre allait me plaire

— Eh bien ?

— Je préférerais choisir celle que tu préfères...

Ma mère me prit les mains.

— Voilà une bonne parole, Vital ! Si tu savais combien je serais heureuse de te voir une famille. Quelle garantie et quelle sauvegarde pour un jeune homme ! Paris m'effraie. Tu as été raisonnable pendant dix mois, le seras-tu trois ans ? Renée te rendrait si heureux. Je ne crois point qu'elle ait jamais songé à toi, et cependant lorsque devant elle j'annonçai ton retour, elle rougit.

— Quand la verrai-je ? demandai-je.

— Mais, ce soir, si tu veux.

— Eh bien ! ce soir !

Un moment après, je quittai le salon, et je m'en allai dans le parc.

Les paroles de ma mère m'avaient remué. Pour la première fois, je pensais qu'en effet il doit être doux de se choisir une compagne, d'en faire la moitié de sa vie, de lui donner toute sa confiance. Puisque j'avais tout remplacé pour ma mère, j'en pouvais conclure que la paternité et le sentiment de la famille sont les plus puissants qui existent au monde.

Je ne me souvenais d'aucune des jeunes filles que j'avais vues enfants. Je me demandais avec une crainte qui n'était pas sans charme si je pourrais plaire à cette charmante créature. Ma rêverie se prolongeait. L'ombre s'étendait autour de moi ; la soirée était chaude et belle, la brise se taisait dans les arbres, mais les vers luisants s'allumaient dans l'herbe. Le ciel étincelait d'étoiles, la terre embaumait. Je me sentais possédé par la douceur de la soirée ; je ne pouvais quitter ces allées sombres, il me semblait qu'une ombre s'y promenait avec moi.

Tout à coup une robe se glissa devant mes yeux : c'était bien ELLE !

O beauté ! ô candeur ! ô prestige de la virginité pure, je t'ai comprise, bénie et admirée.

ELLE était plus jeune, plus belle que jamais : l'adolescence avait fait place à la jeunesse ; ses vêtements gardaient la pureté de la neige ; ils respiraient un faible parfum, comme si l'on eût étendu son voile sur une haie d'orangers. Quel sourire sur les lèvres, et comme elle paraissait heureuse ! En la contemplant, il me semblait voir une double image : celle de mon âme rajeunie et purifiée par les paroles de ma mère et la volonté que j'avais de suivre ses conseils, et celle de Renée qu'elle m'avait choisie ! tandis qu'ELLE marchait ou plutôt qu'elle glissait comme les théories de jeunes filles passent sur les frises du parthénon, ELLE se baissait de temps en temps, cueillant une fleur, un brin d'herbe, un feuillage. Son haleine parfumait les roses sans doute, car elles avaient un arôme plus pur que celles que je cueillais moi-même. Et venant jusqu'à moi ce parfum prenait un langage pour me dire:

— Je suis le bonheur légal et facile, la joie pure, l'avenir serein. Ne crois pas ce qu'osent prétendre certains hommes, que j'entraîne avec moi la fatigue et l'ennui.

A ceux qui songent aux félicités du mariage, on ne trouve à opposer que cet argument : la monotonie! comme si le bonheur ne se composait pas de beaucoup d'habitude.

Ne tiens-tu pas davantage au livre que tu as, qui t'a instruit ou consolé, qu'à l'ouvrage inconnu dont tu vas tourner les feuillets ?

On affirme que l'inconstance est dans la nature; la fidélité y est plus encore. L'homme, cet être mobile, a besoin d'être fixé. Rien ne lasse comme le mouvement. Aimer n'est rien, il faut savoir aimer. La première heure ne l'apprend pas. Et puis, le grand lien, lien sacré, n'est pas la sympathie : mais la douleur! Cette enfant que tu vas voir n'a jamais eu de pensée dont elle pût rougir; c'est une vierge modeste. Si elle te choisit, sa tendresse durera autant que sa vie. Elle t'écoutera comme un maître, elle te chérira comme un époux; elle te reposera de tes soucis; quand tu trouveras les hommes méchants, elle te forcera de croire à la vertu. Dans ta maison elle mettra la piété comme une lumière, la grâce comme une fleur, la joie comme un parfum. Tu pourras tout lui dire ; son cœur gardera tes secrets. Elle sera la lumière de ton âme et doublera tes forces en centuplant ta vie. Tu lui devras tes enfants! As-tu songé quelle félicité c'est pour l'homme de voir dans les bras de sa compagne un petit être souriant?

Tu trouvais avoir assez travaillé pour toi, tu recommenceras pour tes fils ! Quand ta jeunesse s'en ira, tu verras leur adolescence; la fleur de beauté épanouie sur le front de

l'épouse couronnera ta jeune fille! Marie-toi jeune, afin
d'apporter un cœur pur à cette âme innocente; que vos
pensées puissent s'étreindre et se confondre; qu'il n'y ait
pas de secrets entre vous; que tu ne puisses comparer à cet
ange aucune autre créature, et que votre union soit
l'image de celle de Sara et de Tobie! Dieu nous montre
notre voie dans une heure de miséricorde... Si tu t'éloignes
du chemin que ta mère vient de frayer, prends garde! C'est
ta destinée que tu joues, c'est ton bonheur qui va se
décider; peut-être même s'agit-il de ton âme!

Les parfums des fleurs qu'ELLE cueillait s'évaporèrent;
son vêtement se confondit avec le brouillard; je cessai
de la voir... Ému plus que j'aurais pu le dire, je gagnai le
jardin.

Ma mère me cherchait.

— Viens donc, rêveur, me dit-elle.

Je la suivis.

Pour la première fois, je mis un soin inaccoutumé à ma
toilette, je déchirai deux paires de gants, et après mille essais infructueux, renonçant à faire correctement le nœud
de ma cravate, je priai ma mère de me venir en aide. Elle
sourit, rangea mes cheveux, me regarda avec un maternel
orgueil et me prit le bras.

— Nous irons ensemble, ton père nous rejoindra.

— Ma mère, demandai-je, mademoiselle Renée ne se
doute pas...

— Non, mon ami.

— Alors je suis plein de confiance.

Nous arrivâmes chez madame Boismond.

Il y avait peu de monde encore. Quelques amis avaient
été invités à dîner, et le café venait d'être servi sous une ton-
nelle. Dans un petit salon, par la porte à demi entr'ouverte,
j'aperçus trois jeunes filles. L'une jouait du piano, l'autre
feuilletait un album, la troisième s'appuyait sur la cheminée.

Je ne voyais que le dos de la musicienne. Sa taille était gracieuse et flexible. Elle jouait sans affectation de sentimen-
talité un morceau très-difficile de Chopin. Ses cheveux
abondants formaient un lourd diadème sur son front. Elle
avait sans doute copié cette coiffure sur quelque gravure
allemande et la portait avec un grand charme. De sa toilette, je ne vis d'elle que des flots de mousseline blanche.

Celle de ses amies qui lisait était habillée selon le dernier
journal des modes de Paris ; beaucoup de clinquant, de rubans, de nœuds ; une recherche visible, une coiffure com-
pliquée, de l'afféterie et une grâce étudiée.

Quant à la troisième, celle qui écoutait attentivement la
musique, elle me parut hautaine et d'une beauté trop im-
posante. Il faut être fort riche et bien convaincu de son
mérite personnel, pour épouser ces personnes, si belles
qu'elles semblent descendues d'une toile de maître et poser
pour l'admiration. Elle n'étudiait pas sa gravure de modes,
celle-là, mais elle observait les toiles des maîtres et se composait une attitude et des draperies comme une femme du
Poussin ou un marbre de Panathénées. Elle se savait belle,
d'une beauté grave, magnifique, marmoréenne ; elle connaissait sa valeur et attendait un mari assez riche pour lui
offrir un cadre digne d'elle.

Je me pris à souhaiter que la jeune fille dont la silhouette
se noyait dans l'ombre et qui exécutait les mélodies de Chopin s'appelât Renée Boismond.

La provinciale jouant à la parisienne me déplaisait ; la
fière créature penchée comme la Polymnie sur l'instrument
sonore m'effrayait un peu. L'autre m'attirait déjà.

Ma sympathie ne se trompait pas ; la jeune fille à la robe
blanche, aux nattes blondes, était Renée.

Les amies se nommaient : l'une, et c'était la coquette,
Arthémise d'Arollez ; l'autre, la statue grecque, Diane de
Martigny,

La soirée passa rapidement.

Les jeunes filles servirent le thé. Renée joua un second morceau, Arthémise chanta un air rempli de fioritures, et Diane, priée à son tour de se mettre au piano, entonna d'une voix magistrale un morceau de Pergolèse.

Elle n'y mettait pas un grand sentiment religieux, mais son timbre magistral se prêtait à cette musique grandiose. Et puis elle était plus belle que jamais avec ses attitudes un peu théâtrales, mais correctes, et son pâle visage placé en pleine lumière. J'applaudis sincèrement sans être remué, j'admirais. Renée me prenait le cœur tout doucement tandis que Diane paraissait croire qu'elle y avait des droits. Je sortis de cette soirée enchanté et troublé.

Ma mère me dit que j'avais eu de l'esprit, que madame Boismond me trouvait charmant ; elle insinua que les mères de mesdemoiselles Diane et Arthémise m'honoraient de leur intérêt et elle finit par me demander ce que je pensais de Renée.

— Autant de bien que toi-même, répondis-je.

Ma mère me serra la main avec attendrissement.

— Promets-moi seulement de ne rien dire de mon opinion aux parents de mademoiselle Boismond ?

— Pourquoi ?

— Je le désire.

— Ne vaut-il pas mieux au contraire qu'ils connaissent tes intentions ?

— J'ai encore deux années de droit à faire.

— Renée attendra ; mais au moins les promesses des familles seront échangées.

— C'est ce que je veux éviter : mademoiselle Renée m'accepterait aujourd'hui, parce qu'elle est une enfant ; je veux qu'elle me choisisse.

Ma mère présenta de nouvelles objections, puis elle finit par me promettre de garder le secret sur mes intentions.

Je revis souvent Renée Boismond pendant les vacances; mon cœur se prit pour elle d'une tendresse intime,
fraternelle, pleine de respect. Elle rougissait en m'apercevant. Alors elle fuyait dans le jardin et prévenait sa mère
de mon arrivée, comme si elle avait peur de me laisser
voir sa timidité qui prenait une nuance indéfinissable de
pudeur effrayée. Je ne crois pas qu'elle m'aimât, mais elle
pensait sans doute à moi avec plaisir, et une vague intuition
lui révélait que je la trouvais plus accomplie que Diane la
superbe et que la coquette Arthémise.

Elles prirent fin, ces vacances que j'aurais voulu éterniser ! Un moment je fus sur le point de prier mon père de
me dispenser de terminer mon droit, et de lui avouer que
je songeais à me marier. Il m'eût probablement refusé ; la
crainte de le mécontenter m'empêcha de lui avouer mon
secret. Je ne le partageai qu'avec ma mère.

Pendant mon séjour à la maison paternelle, que de fois
ELLE m'apparut.

Toujours plus belle, plus souriante, à mesure que mes
résolutions devenaient sages et que mûrissait mon esprit.

On eût dit qu'ELLE était avide de me récompenser. Sa
voix, était-ce une voix ? se faisait entendre à toute heure.

Dans la vieille cathédrale aux gothiques vitraux, je la
voyais penchée comme une statue et baignée de prisma-
tiques lueurs. Elle m'entourait de sa présence; ses ailes,
dont le parfum me saisissait, planaient au-dessous de moi.
ELLE gardait l'apparence d'une femme et je la devinais
d'une nature toute céleste. Je l'appelais, je l'évoquais ; ELLE
accourait ou plutôt elle surgissait à mes regards sans que
je pusse dire si ELLE montait du sein de la terre ou si elle
descendait du ciel même.

Pourquoi l'ai-je de nouveau chassée et maudite ?

Pourquoi ce fantôme blanc, timide et pur comme une

vierge, se transforma-t-il en Némésis vengeresse, en apparition redoutable ?...

Pourquoi me parlait-elle de châtiment, de foudres, de supplices ?

Que voulait-elle me dire quand ELLE tendait les bras, à genoux devant moi, sanglotante, brisée, le sein déchiré de blessures, les pieds saignants, toute meurtrie, pour avoir suivi les chemins le long desquels je me traînais !

Ah ! cette vision ! cette figure ! cet ange souriant, cette Tisiphone armée de fouets ! cette martyre et cette mégère !

Mon Dieu ! mon Dieu ! pourquoi n'est-ELLE pas restée ce qu'elle était, quand je la chérissais comme la sœur jumelle de mon âme, quand elle-même me présentait le crucifix à baiser, et que, me voyant près de m'endormir, elle étendait son bras au-dessus de mon front pour me bénir.

Pourquoi ? Ai-je perdu ma mémoire ? Devient-on fou ? Si elle m'a quitté, c'est que je l'ai chassée... Dieu me l'avait donnée en éternelle union et j'ai voulu le divorce. ELLE me contraignait à me regarder dans son miroir inexorable... J'ai brisé le miroir... ELLE ? eh bien ! je l'ai anéantie... Et pourtant, on dit qu'ELLE ne meurt pas... De la tombe ignoble où je l'aie enfermée, quelle voix la rappellerait ? La trompette de l'ange vainqueur opérerait-elle une telle résurrection ? Cela n'est pas ! cela ne peut pas être ! je ne veux pas que cela soit !

IX

Le vertige me prend en recueillant les débris de ma vie,
au hasard, comme ils me reviennent à l'esprit, et en les
rapportant tous au phénomène psychologique que j'ai étu-
dié en moi. D'autres voient-ils ce même fantôme ? Dieu
permet-il que nous ayons tous près de nous une figure reflet de nous-même ? Brisé par la vie, ballotté par mille nau-
frages, ayant vu mourir ce que j'aimais, et ayant tyran-
nisé ce qui m'aimait, je suis maintenant une épave souillée !
Gardai-je seulement le nom que ma mère me donna comme
un signe céleste, de même que la planche du navire broyé
par l'écueil conserve celui que les marins connaissaient.

Mes heures de halte furent rares dans la vie ; j'ai sans
doute précipité la fin de ces trèves heureuses. Il est des
natures désordonnées qui communiquent le désordre autour d'elles. Je porte en moi le mal, et ce mal devient con-
tagieux ; je voudrais croire à la fatalité, admettre les lois
du Destin, me regarder comme une victime de je ne sais
quelle divinité vengeresse sortie de la vieille mythologie
qui absolvait tous les crimes en niant la volonté. Ce que

j'ai fait, je l'ai voulu faire. Si ma nature était susceptible d'entraînement, elle avait aussi une grande justesse de vues. J'ai donc été l'artisan de ma faute et mon propre bourreau... Eh bien! de cette sentine de vices, de cet ossuaire de mes illusions, de ce Clamart où j'ai enfoui le cadavre de tant de morts, je me relève encore pour piétiner avec rage sur le tertre où ELLE dort... où ELLE dort !

———————

X

Un matin, je reçus la double visite de Pothin Manjou et de Roch Onfroy.

L'un venait à Paris étudier le droit, l'autre voulait aborder la carrière des lettres. Avec sa taille grêle, ses épaules inégales, son teint bilieux, ses yeux vairons, Roch était plus laid que jamais. L'imagination lui manquait ; mais il possédait une verve intarissable, une grande facilité d'assimilation, une instruction assez variée, et une volonté de parvenir si tenace qu'elle pouvait lui tenir lieu de génie.

Pothin obéissait simplement à son père. Ce grand garçon aux membres d'athlète était paresseux d'esprit, sans initiative, avide de jouissances faciles, dissipateur. Plus mou et plus malléable que méchant, on eût dit que la nature avait épuisé toutes ses forces pour produire ce corps immense, et qu'elle n'en garda plus suffisamment pour les facultés.

Roch et lui ne se quittaient pas.

Le géant protégeait le nain.

L'avorton vengeait le colosse.

On ne pouvait dire qu'ils s'aimaient, mais ils étaient indispensables l'un à l'autre.

Seul, Pothin était incapable de tout, aussi bien de travailler que d'inventer une distraction.

Roch suffisait au labeur intelligent et imaginait chaque jour une nouvelle fête.

Bien qu'il n'eût pas l'intention de plaider, Roch suivait Pothin à l'école de droit.

— Je paierai tes inscriptions, avait dit Manjou.

Roch accepta sans reconnaissance.

A la vérité, Pothin agissait dans un but égoïste.

— Je ne comprendrai pas la moitié des leçons du professeur, dit Manjou à Roch le premier jour où il prit sa place sur les bancs de l'école.

— Je regrette de ne point pouvoir te servir de répétiteur, répondit Roch.

— Oh ! une idée ! s'écria Manjou.

— Bah ! si tard !

— C'est la première de la journée.

— Voilà ton excuse ; si tu te mets à avoir des idées, je ne te reconnaîtrai plus...

— Viens aux cours.

— Tu sais bien que je ne le puis pas.

— Rapport à l'argent ? cela me regarde.

— Soit, alors.

Et le lendemain matin Roch accompagna Pothin.

On rit, on railla. Pothin montra des poings musculeux et Roch décocha d'amères plaisanteries. Le soir, le nain se fit le répétiteur du géant ; il était quitte envers lui.

— Mais enfin, dit un jour Pothin à Roch, à quoi cela te servira-t-il d'être avocat, plaideras-tu ?

— Il faudrait qu'on me plaçât sur la table comme une marionnette ! fit amèrement le bossu.

— Eh bien ?

— Mon cher, je veux faire de la critique ; les critiques mordent, et je veux apprendre à le faire sans qu'on ait le droit de crier.

Ils étaient tous deux à Paris depuis une semaine, quand ils songèrent à me venir voir. Depuis l'escapade du jardin de Maclou, j'avais presque totalement rompu avec eux. Lors de mon dernier voyage, cependant, nous avions échangé quelques mots. Ils m'étaient plus qu'indifférents en province, où je me sentais entouré d'amis ; à Paris, je fus presque heureux de leur serrer la main.

Pothin me ravissait avec ses étonnements, les sarcasmes de Roch Onfroy me faisaient rire aux larmes. Quand il n'arrivait pas à dépeindre un individu, à faire revivre une scène, il saisissait son crayon et achevait une satire en quelques traits. Rien ne le surprenait à Paris ; il s'inquiétait d'une seule chose, du moyen d'arriver vite. Il dévorait les biographies, se faisait raconter mille anecdotes sur les écrivains, les gens en place et les artistes. Sa mémoire était prodigieuse, et il classait avec une facilité merveilleuse les gens qui posaient devant lui. Je les invitai tous deux à revenir ; Pothin me pria d'aller passer chez lui la soirée du jeudi suivant, et je lui promis de n'y pas manquer.

Gatien parut mécontent quand je lui racontai la visite de mes anciens camarades.

— Les estimes-tu beaucoup ? me demanda-t-il.

— Mais, répondis-je, ce n'est pas sur une espièglerie d'enfant que je puis les juger ; j'étais d'ailleurs aussi coupable qu'eux.

— Non, ils te donnèrent l'idée de prendre les poires de Maclou.

— Je l'admets, c'était un enfantillage.

— C'était un vol. Il n'y a point deux mots pour qualifier ce fait.

— Crois-tu que nos relations souffriraient de leur arrivée à Paris ?

— Beaucoup, me dit-il gravement.

— Tu m'aimeras moins ?

— Non, mais tu me fuiras.

— Moi, Gatien ?

— Toi !

— Et pour quelle raison ?

— Je suis le devoir, ils seront le plaisir !

— Roch travaille autant que moi.

— Qu'importe ? le mobile n'est pas le même.

Je me sentis du dépit contre Gatien, et je l'accusai d'être jaloux et tyrannique dans ses amitiés.

— Tu te trompes, Vital, me répondit-il ; pendant toute une année, grâce à moi peut-être, tu as suivi une route paisible et sûre ; je crains de te voir dérailler.

— Alarmiste !

— Tu es si jeune !

— Ajoute : et si mauvais...

— Non pas, mais...

— Mais faible ! voilà ce que tu penses.

— Je le crois.

— Tu te trompes ; d'ailleurs, j'ai un talisman.

— Depuis quand ?

— Depuis les vacances.

— Est c'est ?...

— L'espoir d'épouser une jeune fille que ma mère me destine pour femme.

— Tant mieux ! oh ! tant mieux ! fit-il chaleureusement ; le salut est là ! cette jeune fille sera ton étoile ; Dieu veuille que tu lui permettes de briller toujours !

Comme pendant deux mois Gatien ne s'aperçut d'aucun changement dans ma conduite, il cessa de ressentir une vague animosité contre Manjou et Roch. Les ayant même

4.

un soir rencontrés chez moi, il s'efforça d'être bienveillant.
Pothin, lui parut inoffensif, pour ne pas dire un peu bête;
quant à Roch, il jugea que l'envie faisait le fond de son
caractère.

Je voulus le défendre.

— Il est laid, ambitieux et pauvre, me dit Gatien; on
apprend vite à être jaloux et on devient aisément méchant.

— La première condition de la bonté est l'indulgence,
dis-je.

— Tu me trouves injuste?

— Je le juge assez malheureux avec sa bosse, ses jambes
de nain, sa figure de fantoche, pour ne pas le calomnier.

La vérité est que si je n'éprouvais point une vive affection pour Roch, il m'amusait assez pour que je trouvasse
une grande distraction dans sa compagnie. Il ne se faisait
aucune illusion sur les sentiments qu'il pouvait inspirer,
se jugeait hideux et laid au possible, mais soutenait que
la beauté est un don nuisible pour faire son chemin.

— Voyez Pothin ! disait-il, un buste de colosse, une tête
d'Apollon amplifiée, et l'esprit qui sauva le Capitole ! Je
le pousse, je le mène, arrivera-t-il ?

Peu à peu Roch et Pothin prirent l'habitude de venir
tous les soirs. Ils me racontaient leurs folies. Roch ne
s'amusait jamais, et conduisait Pothin dans une mauvaise
voie afin de conserver son influence.

Gatien, sous prétexte de travaux pressés à finir, me
négligeait. Ses avis tendaient à me mettre en garde contre
Roch et Pothin ; je les reçus un jour assez mal ; il en témoigna une vive douleur. Je ne fis point pour reconquérir
son amitié ce que j'eusse tenté trois mois auparavant. Je
me lassais de sa surveillance. La douce image de Renée
pâlissait dans mon souvenir ; mes nouveaux amis peu-
plaient mon imagination de personnalités plus vivantes.
Ils raillaient ma constance à garder la parole donnée. Peut-

être leur avait-on parlé là-bas de mes assiduités dans la
famille Boismond ; Roch y fit un jour allusion.

— Quant à moi, ajouta-t-il, je ne trouve qu'une seule
personne ravissante dans notre ville de R... et c'est Mademoiselle Diane... Si j'avais un million !...

Je croyais qu'il oubliait alors ses infirmités ; il n'en était
rien.

— Vous pensez à ma bosse, dit-il : si je donnais à ma
future assez de diamants pour l'éblouir, elle ne la verrait
plus... En faveur d'un collier de perles, elle me pardon-
nerait ma laideur, et pour une robe de point d'Alençon,
elle tolérerait polichinelle ! Peut-être se ferait-elle illusion
sur le bonheur qu'elle goûterait auprès de moi, car je la sur-
veillerais un peu, cette belle en façon de bas-relief, mais
comme je possède autant d'ambition qu'elle-même, nous
finirions par nous entendre.

Pothin se mit à rire sans savoir pourquoi.

J'étais abasourdi, stupéfait de l'aplomb de Roch et de
l'audace avec laquelle il se prononçait sur toutes choses.

En somme, le nom de Mademoiselle Boismond venait
d'être prononcé légèrement, et je gardais un culte pour
celle qui le portait.

Son visage, sa forme s'estompaient dans le lointain de
mes souvenirs ; l'impression m'en était toujours douce. On
ne m'aurait point fait accomplir d'actes héroïques en son
nom, mais quand je voulais m'encourager au travail, je
fermais les yeux pour la revoir assise comme le premier
jour à son piano, simple et passible, embaumée comme un
printemps.

Roch et Pothin effarouchaient cette colombe.

Quand ils étaient là, elle s'envolait, et mon imagination
faisait de vains efforts pour la poursuivre.

Nous nous taisions, et ce long silence devenait difficile à
rompre.

Roch se mit à battre un roulement sur les vitres, puis il s'écria :

— Je vais mettre une proposition aux voix.

Nous écoutâmes.

— Les jours sont courts, les soirées interminables ; nous sommes en plein mois de janvier ; les jeunes, les fous s'amusent, ou plutôt les vrais sages ! Nous avons vingt ans, de l'or dans nos poches, et il y a ce soir bal à l'Opéra.

Je jetai sur Roch un regard rempli de convoitise.

— Un bal de l'Opéra, répéta-t-il, ce qu'on ne peut voir qu'à Paris, ce qu'on ne comprend qu'à notre âge ! Un bal ! c'est-à-dire un orchestre monstre, entraînant, infernal ; des lumières partout, des costumes et du bariolage ! un bal ! une salle où on danse plein les couloirs, de l'esprit, de la nouveauté à coup sûr ! enfin ce que nous ne verrons jamais à R...

— Adopté ! répondit Pothin.

— Que pense Vital-Caton ? me demanda Roch avec ironie.

— Je pense que j'ai à travailler ce soir, et que...

Je n'achevai pas, je mentais. La proposition du bossu répondait à un désir brûlant, opiniâtre.

Depuis près de deux ans, vivant dans la solitude, j'éprouvais le besoin de me sentir envahi par le fracas, le tumulte, l'ivresse.

La faute que j'allais commettre me paraissait légère. Où donc était le mal ? Quel crime y avait-il à se promener dans ces corridors splendides au bruit d'un excellent orchestre ! et puis, il faut voir...

Vraiment, je n'avais à cette heure aucun projet arrêté. Je voulais me mêler au mouvement et me prouver que j'existais. Si Pothin eût été seul, j'aurais continué à refuser, cependant ; mais Roch me regardait avec ses yeux verts, il se dressait sur les pieds de gnôme pour me railler de plus près et mieux voir mon visage...

— Venez me prendre, à minuit, je serai prêt.

— Nous t'appellerons, répondit Pothin.

Il me parut voir errer sur les lèvres de Roch le sourire que j'y avais déjà surpris le jour où je consentis à voler de complicité avec lui les poires de Maclou.

XI

Je ne me sentais plus le même, que s'était-il passé? Rien et beaucoup. On m'avait demandé si je voulais aller au bal de l'Opéra.

La pendule sonna onze heures ; je devais songer à m'habiller.

Je me dirigeai vers la cheminée, dans laquelle le feu menaçait de s'éteindre. Autant je m'étais complus dans l'obscurité jusqu'à ce moment, autant à cette heure les ténèbres m'oppressaient...

Mais comme je cherchais un flambeau, une forme pareille à un brouillard transpercé par un rayon de soleil se trouva en face de moi.

Il y avait longtemps qu'ELLE n'était venue.

La gaîté qui l'animait pendant mon séjour chez ma mère s'éteignit progressivement. Ses dernières apparitions me la montrait de plus en plus pâle. On eût dit qu'elle souffrait des première atteintes d'une grave maladie. Sa robe paraissait d'un gris terne, ses cheveux flottaient sans art sur son dos. Par une particularité bizarre et que je remarquais pour la première fois, les blessures que précédemment je lui avais faites se rouvraient et saignaient. Le poids de ses souffrances anciennes l'écrasait. Je comprenais ce qui se passait en elle. Mon âme entendait encore son silence éloquent, mais je sentais aussi que cette faculté diminuait en moi. J'en avais fait l'expérience. Plus je la négligeais, plus je l'offensais en commettant le mal ou en négligeant le bien, plus ses apparitions devenaient rares. Elle cédait encore à une loi sacrée en m'apparaissant, mais elle ne s'en réjouissait plus.

Je sentais un grand effroi dans mon cœur. Elle ne bougeait pas, et protestait seulement par sa présence contre les projets que j'avais formés.

Je voulus m'exciter moi-même et me rendre le courage.

A peine une vive lumière éclaira-t-elle ma chambre que je cessai de la distinguer ; mais elle n'était point partie et je savais qu'ELLE était là !

Tout en m'habillant je pensais à Renée avec remords, à ma mère avec tristesse.

Les pieds sur les chenêts, n'attendant plus que le signal de mes amis, je restais plongé dans un fauteuil.

Tout à coup mes regards distraits tombèrent sur ma table.

Je ne vis plus mon Code.

A la place se trouvait une Bible, toute grande ouverte, une lettre de ma mère couvrait en travers l'un des feuillets.

Qui l'avait mise là, cette Bible? D'où venait cette lettre ?

ELLE encore ! toujours ELLE !

Je repoussai le livre, mais je collai mes lèvres sur la lettre.

Il me semble certain que pendant la matinée rien n'avait été dérangé dans ma chambre.

Cependant un christ d'ivoire, placé d'habitude sur le prie-Dieu, se dressait en face de moi !

L'autorité de la loi, la puissance des leçons maternelles, ELLE employait tout pour rallumer dans mon cœur un sentiment qui menaçait de perdre sa force. Je me sentais irrité de son obstination. Ne pouvant élever la voix comme les créatures humaines, elle recourrait aux ressources suprêmes. Je baissai les yeux devant le crucifix et je remuai les cendres du foyer, lentement machinalement.

Et alors un souvenir me revint...

Celui de la nuit où, pour lire un volume pervers, j'avais forcé la bibliothèque de mon père.

Pourquoi ce souvenir à cette heure, à ce moment ?

La fièvre me monta au cerveau comme une bouffée de chaleur suffocante que vous éprouvez en vous penchant sur un cratère.

En ce moment, la voix aiguë de Roch cria de la rue :

— Obé, Vital, obé !

J'ouvris la fenêtre pour répondre :

— Je vous suis !

Je jetai un manteau sur mes épaules, je tournai le bouton de ma lampe de façon à ne garder qu'une clarté de veilleuse, et j'ouvris la porte.

ELLE était sur le seuil.

Agenouillée, les bras en croix, comme pour me défendre de sortir, elle paraissait en proie à d'intolérables tortures. Ses yeux haves et entourés d'un cercle bleu se fixaient sur moi avec une ardeur douloureuse. ELLE vit que sa présence ne m'arrêtait pas, que je ne respecterais ni ses larmes, ni ses reproches. Et malgré cela, se traînant sur les genoux, à reculons, élevant toujours vers Dieu ses mains comme deux lis blessés et saignants, elle descendit de marche en marche... Je la suivais implacable ; ma compassion, mes remords, tout venait de s'envoler au souvenir du livre maudit. Chaque fois que ses genoux heurtaient un degré de l'escalier, je frissonnais malgré moi.

J'éprouvais l'impression que fait l'abîme autour de nous, quand nous descendons dans des mines. L'escalier ne me semblait plus devoir aboutir à la rue, mais prolonger sa spirale jusqu'en enfer... A chaque degré, ELLE souffrait davantage et s'affaissait plus encore... Les mains se joignirent au dessus de sa tête, ELLE se renversa en arrière et tomba.

J'étais libre !

Je m'élançai dans la rue.

Mes amis m'attendaient.

En quelques minutes, nous nous trouvâmes à la porte de l'Opéra.

XII

Les abords du théâtre s'encombraient d'une foule bruyante,
curieuse; la grande place, les boulevards la contenaient
à peine; des gardes municipaux à cheval, les sergents de
ville maintenaient l'ordre avec difficulté. Cette foule criait,
hurlait, invectivait les masques, lançait les mots du jour,
acclamait, trépignait. Ceux qui insultaient étaient non pas
des gens honnêtes et rangés, car à une heure du matin
ceux-là dorment paisiblement, mais des envieux débau-
chés qui n'avaient pu réunir assez de ressources pour les
dépenser en plaisirs coûteux. Les voitures suivaient la file,
les cochers à demi ivres s'invectivaient. On voyait cependant de riches équipages; des hommes jeunes et pâles en
descendaient. Ce tumulte me jeta dans une sorte d'ivresse;
j'avais hâte de me mêler au tourbillon; Roch se démenait
comme un insecte, Pothin dominait les groupes de sa haute
taille. Nous montâmes les larges escaliers; au sommet, la
cohue commençait déjà. Dans les couloirs, les masques cir-
culaient, non point élégants, mais grotesques. L'esprit faisait défaut à cette joie étourdissante. On eût dit tous ces

hommes dégoûtés d'eux-mêmes et de la saturnale à laquelle ils assistaient. Quand on jetait un regard par le carreau des loges, on n'apercevait dans l'ombre des personnages accoudés sur la rampe de velours, parlant entre eux avec indifférence et raillant ce qu'ils étaient venus chercher. Nous n'avions pas retenu de loge, cette dépense se trouvait au-dessus de nos moyens pécuniaires; mais en traversant le couloir des premières, je me trouvait subitement en face de Maurice de Luxeil.

Je l'avais vu dans le salon de son grand-père, charmant et digne vieillard, élevé dans un autre siècle, et gardant toutes les traditions que le nôtre s'efforce d'effacer.

— Vous ici! s'écria-t-il, certes, je ne vous y aurais pas cherché, et ne me serais point attendu à vous y voir !

— Mais, lui dis-je, je crois que votre grand-père, en dirait autant.

— Que voulez-vous, j'y viens par habitude, par entrainement, par bêtise ; je m'y ennuie à mourir ; mes amis sont des fous, et cette prétendue fête est aussi absurde que bruyante, mais où est la logique dans ce monde ? Avez-vous une loge ? Non ! Entrez dans la mienne, vous et vos compagnons. Nous causerons un peu, et vous regarderez; une fois dans sa vie, il est peut-être utile de voir l'enfer.

Nous entrâmes.

Deux jeunes gens se levèrent. Maurice nous nomma à ses amis.

Je me penchai en avant et je regardai :

La folie furieuse, la danse Saint-Guy, la piqûre de la tarentule, les bonds douloureux que ferait un homme cinglé de coups de fouets, les poses acrobatiques, les sauts périlleux, la dislocation, les mouvements saccadés du vieux télégraphe quand il remuait ses bras, les allongements de pattes de l'araignée, la marche des crustacés, le vol des hannetons, les ronds des derviches tourneurs, rien de saurait donner une idée de la danse bizarre que nous pouvions contempler.

— Mon Dieu ! dis-je à Maurice, quel bonheur peuvent trouver ces gens-là à sauter ainsi toute la nuit ?

— Quel bonheur ? Mais d'où venez-vous, mon cher Vital, si vous croyez que ces malheureux se divertissent ! Chacun reçoit deux francs de salaire pour se livrer à l'exercice que vous voyez ; ceux qui ont acquis une réputation augmentent leur budget de quelques pièces d'argent dues à la générosité des étrangers, mais ils sont peu nombreux. Quant à la foule de ces hommes, ils doivent danser toute la nuit pour quarante sous ! Et ne croyez pas que cette misérable somme leur profite. On trouve dans le nombre, des ouvriers, des jeunes gens dont le labeur doit être régulier ; après avoir passé la nuit au bal, ils sont las, si las que le lundi et le mardi suivant ils restent incapables de travailler. D'autres croient être ici vraiment pour se distraire : hier, ils ont porté au mont-de-piété tout ce qu'ils possèdent d'habits honnêtes, afin de se vêtir de ces oripeaux ignobles. Cela dégoûte et cela fend le cœur de voir un tableau pareil. L'orchestre de Strauss, éclate parfois à mon oreille comme une marche funèbre, et je crois voir tourbillonner des morts !

Maurice se tut. Je continuais à regarder, Pothin me dit:

— Attends-nous ici, dans le foyer, à droite, vers trois heures.

Il disparut avec Roch.

Maurice avait raison. Malgré moi, ce spectacle m'intéressait.

Augustin et Alype ne pouvaient détacher leurs yeux des combats du cirque, après avoir regardé une fois le belluaire et son fauve ennemi : je ne parvenais point à secouer non pas le charme, mais la fascination vertigineuse qui m'attirait vers cet abîme. Ce bruit, cette musique, ces cris d'énergumènes, cette folie insensée, ces costumes aux mille couleurs, tout cela me plongeait dans une sphère mal définie qui, sans me plaire, me gardait cependant.

Vers trois heures, mes amis reparurent.

Maurice me pria de souper avec lui ; mais Pothin et Roch me firent signe de refuser et de les suivre. Le regard, faux, mais impérieux, du petit bossu me contraignit à obéir ; j'avais la gorge en feu, les oreilles pleines de fracas, de bourdonnements, les yeux brûlés de poussière.

Je suivis Pothin et Roch...

Ils m'enivrèrent ?... Ce fut une fièvre, une saturnale, une orgie... Ce qui se passa, je le définirais mal... Comment je revins chez moi, je l'ignore... On me rapporta sans doute dans mon logis...

Le lendemain, quand je m'éveillai... était-ce le lendemain ? il faisait presque nuit, le feu flamblait dans la cheminée... Je me sentais brisé d'âme et de corps... Ma pensée revenait mal dans mon cerveau fatigué ; je me sentais endolori et broyé.

En tournant les yeux autour de moi pour bien m'assurer que j'étais dans ma chambre et que je ne rêvais plus, je vis le fantôme au pied de mon lit..

ELLE était agenouillée, le corps un peu renversé sur ses talons ; ses deux mains couvraient son visage...

Son voile déchiré en lambeaux gisait à terre avec des débris de jasmins et de fleurs d'oranger ; ses sanglots soulevaient sa poitrine. Je ne pouvais voir ses yeux, et cependant un éclair intérieur me brûlait. Bien qu'elle cachât ses paupières, je sentais la subtile lumière de ses regards qui percent toutes les profondeurs de l'âme...

Je me soulevai sur le coude, et j'étendis une main vers ELLE :

— Va-t'en ! lui dis-je, va-t'en.

ELLE secoua la tête sans me regarder.

La terreur me prit.

Jusqu'à ce jour j'avais pu supporter sa présence, mais depuis ma nuit de folie, j'avais sans retour divorcé avec ELLE. Je ne me sentais point le courage de vivre en sa compagnie ; il fallait qu'elle s'éloignât sans retour. .

Une scène étrange se passa.

Pour arriver à me débarrasser d'ELLE, je proférai les plus immondes blasphèmes ; je reniai mes croyances passées ; je jurai de me plonger dans la débauche si avant qu'ELLE se noierait de dégoût dans les sentines où je la traînerais. J'éclatai en menaces, en reproches ; j'écumais de rage, je hurlais.... ELLE pleurait toujours...

— Oh ! lui dis-je enfin, ombre détestée, toi qui m'as si rarement souri et tant de fois condamné, qui donc t'a mise à mes côtés comme on rive deux forçats par les manilles ? Ne pourrai-je me débarrasser de toi ?.... Un être tout-puissant réalise-t-il pour moi seul ce prodige qui m'épouvante et me torture ? D'où viens-tu, fantôme odieux, quel enfer t'a vomi, quelle main t'a créée.

ELLE ôta une des mains qui voilait son visage et l'éleva lentement vers un crucifix...

Il y avait encore un crucifix dans ma chambre...

XIII

Je ne pus supporter la vue de cette image si terrible pour ceux qu'elle condamne, si douce pour ceux à qui elle promet les joies divines. Il me sembla que l'ombre me désignait au Christ comme un déicide, et qu'elle me le montrait comme un juge !

Je bondis vers la muraille et j'arrachai brusquement la figure souffrante et céleste.

J'allais la broyer dans ma rage insensée, mais soudain, comme par magie, les souvenirs d'enfance m'assiégèrent : je me rappelai quels événements avaient été bénis par cette relique de famille. C'était un crucifix du temps de Louis XIII, d'une beauté de travail merveilleuse. Le corps cloué sur la croix souffrait son rude martyre ; l'acquiescement à la volonté divine, l'acquiescement humble, le sacrifice absolu, l'ardente charité se confondaient dans l'expression de la face. Deux siècles s'étaient passés depuis que l'artiste tira cette œuvre du morceau d'ivoire. L'image sainte avait passé de main en main, héritage d'espérance et de foi. Mon aïeule la sauva comme un trésor pendant la Révolution ; elle la suspendit au-dessus du berceau de sa fille ; ma mère, qui attachait un prix extrême à cette relique, la plaça au chevet de son lit ; plus tard, elle protégea mon berceau. Quand je m'éloignai de ma province pour venir à Paris, ma mère me dit d'un voix grave :

— Mon enfant, si jamais tu es tenté de mal faire, regarde ce crucifix : il te racontera ma vie, et protégera la tienne !

Je le contemplais trop tard !

N'avais-je point glissé les deux pieds dans l'orgie !

Je retrouvais la perception nette de mes sensations. Je me rendais un compte exact de mes fautes. Je rougissais, je me condamnais, je détournais les yeux pour ne plus voir ce témoin, et je ressentais en même temps un regret amer de ne plus oser comme jadis fixer sur lui des yeux pleins de foi humides de larmes. Etrange impression ! Epreuve amère ! Devant cette figure d'ivoire, je tremblais ; si je ne m'agenouillais pas encore, je sentais du moins que j'aurais été heureux de pouvoir faire comme autrefois.

Malgré la tristesse croissante dont je me sentais accablé, je me relevais un peu de ma chute à force de remords. Un échange mystérieux et puissant s'opérait entre l'image sacrée et moi... Je ne détournais plus les yeux... Mornes et sombres, ils s'attachaient à la représentation sublime de la souffrance humaine unie à une divine souffrance...

Quoique mes regards ne se détachassent point du crucifix, je devinais que les larmes du fantôme se séchaient et que l'affaissement de son être diminuait. Mon absorption dans de graves pensées lui rendait le courage et la relevait. Ses mains se joignaient pour la prière, et quand mes paupières devinrent humides de larmes, tout son visage rayonna.

Sa résurrection me ranimait moi-même. Je la prenais en pitié, cette pauvre blessée ; je ne pouvais m'absoudre de ma cruauté ; je détestais mes fureurs ; je répétai le serment de ne jamais retourner dans l'enfer d'où je sortais...

J'ouvris pendant la soirée des livres de penseurs, de

philosophes, de chrétiens; je commençai à me retremper dans leurs œuvres; mon sommeil fut paisible; quand je m'éveillai le matin, j'étais non pas heureux, mais allégé d'un poids énorme. Je sortis, et passant devant une église j'y entrai.

Sous l'ombre projetée d'une colonne, ELLE se tenait, svelte figure pareille aux saintes sculptées dans les vieilles cathédrales. Ses doigts humides d'eau lustrale effleurèrent ma main. Devant moi, légère, aérienne, elle passa. On eût dit que sa marche se rhythmait sur un chant céleste. La messe commença; ELLE priait à mes côtés; sa joie m'inondait l'âme; je n'étais point guéri encore, mais une parole retentissait en moi, et cette parole, qu'elle ne prononça point avec des lèvres mortelles, me persuadèrent plus que tous les discours.

— Lève-toi et va te montrer au prêtre !

Je l'avais lu dans l'Evangile, ce mot, et convaincu qu'un ange me le répétait, je descendis lentement et j'entrai dans une chapelle.

J'attendais que le prêtre vint.

Tout à coup deux voix bien connues frappèrent mon oreille.

— Je te répète, disait Roch de son timbre cassant et suraigu, tu ne possèdes pas la moindre notion de l'art, si tu trouves cette fresque bien ordonnancée et d'un bon coloris. Le peintre a tenté d'imiter les maîtres allemands, et il s'est trompé.

— Cependant... hasarda Pothin.

— Et, par le ciel, voici un troisième Aristarque pour nous mettre d'accord... C'est Vital lui-même qui veut, comme nous, étudier à loisir une œuvre trop vantée et qui médite peut-être l'article qu'il doit lui consacrer.

Roch se haussa sur la pointe des pieds et me toucha le bras.

5.

— Eh bien ! quel est votre avis sur ces peintures?

— Les fresques ont tort partout, répondis-je, hors en Italie.

Pothin et Roch poursuivirent leur discussion; malgré moi, il me forcèrent à y prendre part. Du reste, ma présence à l'église ne leur paraissait point avoir un autre but que le leur, et c'est de la meilleure foi du monde qu'ils me croyaient très-occupé à discuter la valeur du peintre et à assigner à chacun des épisodes représentés par lui une place plus ou moins grande dans l'estime des connaisseurs.

Je cédai d'abord avec regret ; leur interruption me peinait, me blessait. Quelque chose de grave allait se passer pour moi au moment où leur incrédulité et leur matérialisme dérangeaient mes projets. Le courage me manqua pour leur avouer la vérité. Pothin m'eut peut-être compris. Ce gros garçon était plus faible que méchant ; mais Roch me faisait peur. L'idée de supporter ses railleries, de devenir une sorte de cible, de l'entendre raconter à ses camarades du cours qu'il m'avait un matin découvert au fond d'une chapelle, attendant un prêtre, me fit rougir à l'avance. Le remords fuyait devant un stupide respect humain. J'obligeai mon cœur à se taire, je tâchai d'étouffer en moi les pensées salutaires qui m'avaient amené dans cette église, et quand nous eûmes achevé de regarder et d'analyser les fresques, Pothin me dit :

— Venez-vous ? Roch déjeune chez moi ; nous continuerons cette critique en mangeant des huîtres et en buvant un vin de Grave exquis, dont mon père vient de me faire cadeau.

Je sortis à regret, mais je sortis.

Deux mains invisibles, aériennes, me retenaient par mon manteau ; un souffle léger s'insinuait jusqu'à mon cœur pour me dire :

—Il en est temps encore, reviens, fuis-les, ce sont de

mauvais génies attachés à tes pas ; ils te perdront, et tu n'auras même pas le bonheur en échange de la ruine de ton âme ! Sais-tu que les richesses virginales de l'intelligence et du cœur ne refleurissent jamais ? les larmes mêmes sont inutiles. Le sang d'un Dieu peut effacer ton nom du livre de mort ; mais le repentir tu l'avais au cœur ; le souvenir de ta mère, la vue d'une relique précieuse te l'inspiraient ; à force de repousser l'esprit de Dieu, tu l'éloigneras sans retour.

La miséricorde se tient à la porte et frappe ! Si tu la chasses, elle s'éloignera pour longtemps, pour toujours peut-être... Le Samaritain allait passer sur la route, laver tes plaies et bander tes blessures, et tu le repousses pour te laisser entraîner par les voleurs qui t'ont dépouillé et blessé à en mourir... Reste, il s'agit de ton bonheur ! reste, il s'agit de ta vie ! reste, il s'agit de ton éternité !...

Je sortis pour échapper à ce qui était une marque visible de la bonté de la Providence. Par un entretien animé, je m'efforçai de bannir mon trouble et d'étouffer les derniers appels de la voix mystérieuse. Longtemps elle opposa son murmure plaintif aux éclats de ma voix ; je l'obligeai au silence par la hardiesse de mes paroles et les audaces de ma pensée.

Quand nous eûmes, autant que nous le pouvions, exprimé nos théories sur l'art religieux, nous essayâmes de discuter sur le niveau de l'art progressivement abaissé. Lentement, insensiblement, ces questions diverses nous amenèrent à parler de la vie actuelle, de la fièvre de jouissances qui dévore les individus, de la décroissance des traditions, de l'oubli des devoirs, de la brièveté de la vie. — Roch voulait que l'on dépensât hâtivement sa jeunesse afin de se débarrasser pour ainsi dire d'une gourme qui empêche les projets et les ambitions de mûrir. Il ne parlait point pour lui. Son but unique était de placer Pothin sous sa dépendance. Le

géant obéissait au nain. Quant à moi, qui me montrais un
peu plus rebelle, il raillait ma sagesse pour me pousser à
la folie.

Quand je parlais de ma mère et de son chagrin si elle apprenait que je négligeais mes études, il m'objectait que ma
famille exigeait et pouvait exiger une seule chose, à savoir :
que je passasse mes examens d'une façon suffisante. Quand
on traite la question à ce point de vue, on se persuade qu'il
est possible de paresser à loisir durant six mois et de travailler pendant quatre-vingt-dix jours. Rien n'est plus faux.
L'esprit s'obstrue comme les pores ; la défaillance envahit
le cerveau ; les veilles engourdissent l'intelligence ; avec la
vigueur du corps s'en va l'énergie morale. On désapprend
à apprendre, ce qui est terrible ! Le goût de l'étude se perd,
et ce goût est la moitié du résultat. Je savais que les paradoxes de Roch offraient une réfutation facile, mais je n'en-
treprenais pas de lutter contre cet ergoteur. Une fois abandonné sur une pente fatale, pendant une heure je crus
pouvoir remonter, je cessai de souhaiter ma guérison, j'as-
pirai même à une chute si profonde qu'elle me rendît incapable de remords et de conversion.

On m'étourdit, je me laissai entraîner, et trois mois s'é-
taient à peine écoulés que l'on me citait comme un intré-
pide buveur d'absinthe et un infatigable danseur. Je continuais l'étude du droit d'une façon machinale, sans goût et
sans verve. J'attribuais mes succès à une facilité extraor-
dinaire. Je suivais cependant les cours avec une sorte d'exac-
titude ; mes professeurs ne se doutaient guère du désordre
de ma vie. Si j'affichais le cynisme dans la compagnie de
mes amis, je gardais certaines apparences de tenue et de
savoir-vivre.

On me rencontrait moins souvent dans le monde, mais j'y
allais encore un peu. Il fallait que les amis de mon père
pussent dans leurs lettres lui dire qu'ils me voyaient. Je

pris toutes les détestables habitudes du grand nombre des étudiants. Je fumai avec rage, je m'abrutis avec des liqueurs fortes, je fréquentai les petits théâtres. A demi gris pendant une nuit, Roch et moi nous écrivîmes un vaudeville fou, qui obtint un succès de rire sur une scène de troisième ordre. A partir de ce moment, ma place fut marquée à la tête de la phalange des étudiants. Roch signa de trois étoiles (***) sa part de collaboration ; quant à moi, plus vaniteux, je laissai mon nom en vedette sur l'affiche, et je courus à l'imprimerie en acheter une, afin de la coller sur le mur de mon antichambre.

Je composai des chansons qui devinrent populaires ; une facilité assez remarquable à saisir le côté ridicule des objets me rendait l'ironie facile ; Roch y ajoutait sa bave de serpent. Je résumais ma vie dans mes lettres à ma mère, en prenant garde de lui laisser voir à quel point j'étais changé ! Se doutait-elle de la terrible métamorphose opérée par le séjour de Paris ? Je le crois, car, à chaque missive, ses conseils devenaient plus pressants, ses encouragements plus tendres. Elle ne me faisait point de confidences, mais je devinais qu'elle me cachait de secrètes et profondes douleurs. Elle comptait sur moi pour lui créer une seconde jeunesse et lui rendre les joies sacrées de la maternité en échange des espérances perdues. Jamais elle n'avoua que mon père la rendait malheureuse, mais je le soupçonnai toujours. Ses économies m'arrivaient avec une prodigue prévoyance et une inépuisable bonté, et pourtant j'accumulais mes dettes. Ce qu'elle me donnait ne suffisait pas à mes caprices.

Chaque jour augmentait ma fièvre de dépense. Chaque inassouvissement de la passion me jetait dans de plus coûteuses tentatives. Je jetais par les fenêtres ouvertes du désordre des sommes qui auraient suffi à faire l'éducation complète de dix jeunes gens laborieux.

Roch découvrit pour Pothin un usurier complaisant, le

dernier peut-être ! les usuriers tendent à disparaître. La
Bourse, cette grande loterie, cette roulette persistante, ce
trente et quarante dont chaque taille engloutit plusieurs
fortunes, paraît un moyen plus sûr de s'enrichir que les spéculations sur les héritages éloignés et des promesses fictives.

Le père Nathan survivait peut-être seul de sa tribu pour
le grand contentement des fils prodigues et des étudiants dé-
pensiers. Il acceptait des billets bizarres à échéance vague,
telle que la mort d'un père ou votre mariage avec une fille
riche. Il nous ruinait et nous le bénissions comme un
sauveur.

L'usance qu'il prenait, Nathan se servait de ce mot moins
malsonnant à l'oreille que celui d'usure, l'usance qu'il
prenait arrivait à 100 p. %., jamais moins ; il eût volontiers
en sus demandé, comme Shylock, une livre de votre chair.
Les jeunes journalistes engageaient chez lui leurs appointements ; les dramaturges escomptaient leurs succès. Nathan,
il faut lui rendre cette justice, faisait autant de fonds sur le
talent d'un poète que sur la succession d'un petit crevé. Des
garanties, il ne demandait que cela ! On lui doit plus d'un
talent sérieux. Il se mettait à l'affût des travailleurs besoi-
gneux, et plus d'une fois il lui arriva de monter les six étages
d'un pauvre diable dont le talent perçait, pour lui dire :

— Vous avez vingt ans, et pas un sou ! Vous manquez de
bois, d'habits, de pain ! le génie a besoin de tout cela.
Combien demandez-vous de temps pour vous créer un
avenir ?

— Deux ans, répondait le jeune homme.

— Vous pouvez vivre passablement avec deux cents francs
par mois ?

— Je me trouverai riche à moins.

— Faisons un traité par lequel vous vous engagerez à partager avec moi la moitié de tout ce que vous gagnerez
pendant dix ans.

Qu'importait à ce jeune homme d'engager l'avenir ! Il voyait le moyen d'arriver, le loisir de créer de belles œuvres, l'argent ne le tentait pas encore ! Il avait bien le temps de devenir riche, mais il avait hâte d'être célèbre !

Shylock emportait le traité.

Il ne se trompait jamais en choisissant ceux qu'il appelait les nourrissons du Parnasse. Un seul fit faillite ; il mourut la veille du jour où l'on devait jouer son premier drame, un chef-d'œuvre !

Nathan avança de l'argent à Pothin et il m'en prêta.

Roch vivait entre nous et de nous, comme certains vers existent en dévorant des êtres qu'ils torturent. Nous le souffrions sans le chérir. Cet être malfaisant trouvait le moyen de se rendre indispensable. Nos vices seuls l'aimaient. Il nous répugnait par certains côtés ; par d'autres, il nous faisait peur. D'ailleurs, il acceptait nos services à titre d'avances, et mettait sans cesse en avant son orgueil pour s'autoriser à profiter davantage de notre condescendance.

De nous trois il était le seul habile. En nous lançant dans le tourbillon des plaisirs, il trouvait le moyen de ne s'y pas égarer. Les enivrements de la folie, l'effervescence lui étaient inconnus. Il nous saignait à froid. Souvent, il nous laissait au milieu d'une fête et courait s'enfermer chez lui. Nos fatigues, notre abrutissement le réjouissaient ; je suis sûr qu'il nous méprisait. Cet avorton grandissait à mesure que nous descendions. Nos vices lui servaient de marche-pied. Quand il était enfant, notre vie de famille, nos relations, tout l'humiliait. Il existait bien encore un côté peu honorable dans sa manière de vivre : cet orgueilleux nous en voulait de notre fortune ; aussi empruntait-il sans remords une partie de ce qui devait nous conduire à notre perte. Il était sans pitié pour Pothin, quand il s'agissait de réveiller le malheureux. Souvent le pauvre garçon rentrait tard, brisé, las, maussade ; Roch, inflexible comme un coucou allemand, lui carillonnait l'heure aux oreilles. Pothin maugréait, refusait d'aller au cours, et Roch triomphant au fond de son cœur répondait avec une douceur hypocrite :

— Je t'excuserai auprès du professeur.

Que raconterai-je de cet hiver forcené pendant lequel je poursuivis furieusement des plaisirs introuvables. Chaque jour, je pensais découvrir ce qu'il fallait à mon esprit et à mon cœur ; déçu sans cesse, je recommençais entre la satiété et l'idéal une lutte qui brisait mes forces.

J'étais sur la pente du mal, je ne m'arrêtai pas. Le chiffre de mes dettes augmentait ; néanmoins, je doublais ma dépense. Nathan fournissait à ma fantaisie avec une complaisance qui aurait dû exciter mes défiances. Je ne voulais rien voir ! Roch aiguillonnait mes vices. Pothin tombait lourdement dans le bourbier. Son intelligence, qui n'avait jamais été remarquable, s'éteignait progressivement. Par un bizarre phénomène, Roch paraissait absorber la vie de son ami ; Roch engraissait, s'instruisait, grandissait.

Son bottier lui avait inventé une chaussure qui haussait de beaucoup sa petite taille. Au moyen d'habiles rembourrures, ses épaules devenaient de hauteur moins inégale.

La science que Pothin dédaignait, Roch l'absorbait à son profit.

Pothin ne voulait même plus entendre parler de répétitions ; ses amis l'entraînaient ; malgré la conscience que le petit homme tentait de mettre dans ses leçons de professeur, Pothin rendait toutes les tentatives inutiles. Le bossu, dans son orgueil, refusa dès lors de laisser payer ses inscriptions par son ami. Du reste, grâce à son aptitude, à ses progrès, à sa verve, il avait trouvé des élèves, et ce qu'il gagnait de la sorte suffisait amplement aux dépenses entraînées par son cours de droit. Roch publia même une brochure.

Un jeune crevé, avide de célébrité ramassée au club, le pria un jour d'écrire pour lui un livre fantaisiste. Roch fit une série de portraits qui, tous ressemblants, procurèrent à l'ouvrage une vogue énorme. Le jeune crevé se montra généreux et abandonna tous les bénéfices de l'opération à Roch, qui se trouva bientôt dans une situation excellente. L'orgueil ne lui venait pas. Ses ambitions étaient si hautes que les progrès accomplis lui semblaient peu de chose. Il voyait sans cesse ce qui lui restait à faire, et le point de départ lui demeurait indifférent. C'est à un amour propre démesuré qu'il fallait attribuer sa constance au travail, et ce que beaucoup d'autres eussent appelé ses vertus.

Roch ne me devenait pas plus sympathique, malgré ses progrès et sa transformation. Il me semblait que j'étais doué du pouvoir de lire au travers de son âme, et cette âme était laide, haineuse, enfiellée.

Pothin Manjou l'oubliait parfois dans sa chambre. Du reste, Pothin menait une vie de conducteur de caravane. Des semaines entières se passaient sans qu'il se couchât. Il allait le matin au café, se promenait pendant le jour, dînait au restaurant, entrait dans un théâtre, soupait jusqu'à l'heure où l'on ouvre les boutiques et recommençait le lendemain. Il maigrissait ; sa grosse figure épanouie devenait terreuse, ses joues tombaient comme celles des singes, sa mâchoire alourdie lui donnait un air d'hébétement, son regard flottait.

Le matin c'était un être détérioré. L'absinthe remontait cette machine humaine, qui se détraquait chaque jour davantage. Il échoua dans ses examens et ne voulait point aller passer ses vacances en province. Roch, au contraire, se donna le plaisir de rentrer dans sa ville natale. On ne le reconnut pas. Les journaux de la localité publièrent de lui quelques articles mordants dont le succès fut énorme. Le rédacteur en chef le pria de se charger de rédiger à Paris une chronique hebdomadaire et en fixa le prix à cent vingt-cinq francs par mois. Le voyage de Roch fut un triomphe.

Quant à moi, on me regardait à R... comme un mauvais sujet. Ma mère semblait très-affectée de ma conduite ; mon père ne s'en préoccupait nullement.

Le courage me manquait pour mes études. A force de chercher le vice, je trouvai le dégoût. Rien ne me plaisait plus, pas même le mal. Je m'ennuyais de passer ma vie à préparer des combinaisons mesquines, ayant pour but une œuvre coupable dont les fruits empoisonnés me laissaient la bouche pleine de cendres. Si l'on savait ce qu'il en coûte pour arriver à abaisser le niveau de sa nature ! que de peines pour effacer en soi l'image de Dieu ! que de luttes pour se débarrasser du remords ! Et encore, s'il s'éloigne, c'est pour une semaine, un jour, une heure... Vous ne le sentez plus en vous, et vous croyez en être débarrassé à jamais ! Erreur..... Comme le ténia, il croît sourdement et finit par vous dévorer vivant.

Les fêtes m'ennuyaient ; les compagnons de mes débauches me paraissaient méprisables. Je ne pouvais supporter la solitude, et la foule me pesait. Si j'avais pu me quitter moi-même, me renier, m'anéantir... Quelle vie! quelles douleurs ! que de larmes brûlantes, de veilles terribles, de cris accusateurs retentissant à mon oreille, comme fera la trompette de l'ange dans la vallée de Josaphat ! On ne me reconnaissait plus. Mon front se ridait, je comptais des cheveux blancs, je me sentais décrépit, gangrené ; j'avais horreur à la fois de mon corps et de mon âme. D'ailleurs, quand un miroir me renvoyait mon image, elle reflétait l'apparence du fantôme !

Quel changement était survenu en ELLE! le même qu'en moi, hélas ! Je voyais ses joues caves et ses yeux agrandis par les veilles, ses lèvres pâles, sa taille affaissée. J'avais souvent des élans de pitié pour cette sœur étrange, née à la même heure et que mes vices condamnaient à un tel martyre. Quelquefois sa tunique entr'ouverte me permettait de voir des traces sanglantes de nos luttes forcenées, et je m'étonnais qu'ELLE vécut encore, marquée, flétrie, expirante...

Il y avait des jours où je l'eusse exorcisée comme un démon, d'autres où je me sentais presque rassuré de la savoir là. Si elle ne se fût point présentée alors, je l'aurais évoquée. J'étais la proie d'un conflit de pensées. Les mouvements les plus divers et les plus opposés se succédaient dans mon esprit et dans mon cœur. En somme, je me trouvais malheureux. Dieu m'aurait-il créé pour la vertu ? me demandais-je alors. La première fois que je m'adressai cette question, ELLE surgit tout à coup devant moi, et sa tête s'inclina pour me répondre.

— La vertu ! répétai-je alors en parlant tout haut, serait-elle un élément du bonheur, autant qu'une obligation ? Ai-je besoin de croire en Dieu et d'observer sa morale comme j'ai besoin de respirer. Ai-je jamais été vertueux ? Peut-on le devenir quand on en a la volonté.

Une seconde fois, ELLE inclina la tête.

— Que faire? que changer en moi ? tout ! Quelle a été ma vie ? Je lutte depuis mon enfance contre les choses etablies et les lois reconnues. Les seuls souvenirs heureux que le passé me rappelle sont les années passées au petit séminaire... Ah ! encore quelques semaines... les vacances qui me révélèrent Renée avec ses charmes modestes et sa bonté touchante.

Depuis ! oh ! depuis les orgies folles, les complots honteux, que me restait-il à faire pour devenir un misérable? Devant quoi reculerai-je ? Devant le *vol*. Ah ! voilà le grand mot, le dernier retranchement des gens qui se prétendent honnêtes ; ils n'ont jamais volé !

Ah ! si mes yeux pouvaient ne plus voir, si je perdais la notion du bien et du mal ; si je ne distinguais plus l'autel de Bélial de celui de Jésus ! n'en ai-je point fait assez pour arriver à ce résultat ?

Il est des marais profonds au sein desquels vivent des familles de reptiles ; ils respirent dans la boue et ne sentent le besoin ni de voir la lumière ni de nager dans l'eau vive, ni de respirer un air pur.

Ils ont cessé de sentir les miasmes immondes, leurs organes se sont viciés dans un milieu infect... Serais-je devenu semblable à ces reptiles ?

Quand je pense qu'il est des êtres privilégiés, restés bons au milieu des méchants, doux auprès des vindicatifs et des brutaux, indulgents pour les vicieux, tout en condamnant le vice !

Quelle eau me laverait, mon Dieu ! Quelle mer me purifierait de mes souillures.

Arrière ! arrière ! fantôme ! quand tu m'apparais, ces pensées me viennent en foule. Tu me portes à me haïr en m'obligeant à me regarder ? Va-t'en ! maudite, prophétesse de malheur, tu cries sur les ruines ?

La fatigue amena de graves désordres dans ma santé ; un matin la fièvre se déclara.

J'avais des bruits de cloches dans les oreilles, mes artères battaient, je tremblais et j'étouffais en même temps.

Le fantôme se tenait en face de moi, au pied de ma couche ; il s'enveloppait de lambeaux et grelottait... son regard ne me quittait pas et me causait le vertige... Je voulais le repousser, un mal inconnu me clouait sur mon lit... enfin, tout s'écroula et tourna dans mon cerveau... j'eus des visions apocalyptiques... je vis des jeunes filles pâles de faim sortir de leurs tombes, des groupes d'hommes tués en duel m'apparurent ; ils me montraient leurs blessures

et me désignaient à un juge invisible... mes nerfs ébranlés
me causaient d'atroces souffrances... j'appelai au secours...
je voulais que l'on chassât les spectres... je me sentais
mourir à mon tour. . . . .
. . . .

XIV

Lorsque mon esprit se dégagea des limbes où il flottait, j'aperçus ma mère...

Penchée vers moi, elle épiait mon réveil.

Depuis un mois, elle luttait contre la maladie, oubliant les fautes de son enfant pour ne voir que ses douleurs. Elle ne s'était point couchée depuis le jour où elle s'installa à mon chevet. Pour la seconde fois, je lui devais la vie.

Quand j'ouvris les yeux, que mes regards perdant l'expression du transport et de la folie, se fixèrent sur elle avec attendrissement, elle fondit en larmes et tomba à genoux, remerciant Dieu avec une plénitude de joie qui me révéla mieux sa tendresse que tous ses sacrifices passés.

Je saisis ses mains jointes dans les miennes et, les élevant à mes lèvres, je les baisai pieusement.

— Je suis indigne de tant d'amour! lui dis-je.

Elle posa un doigt sur mes lèvres.

— Dieu te pardonnera, me dit-elle ; moi je ne sais plus si tu fus coupable.

Rien ne saurait peindre les joies de ma convalescence. Ma mère se révélait à moi sous un tout autre aspect.

. Il faut avoir vécu et souffert pour apprécier le dévouement de ces anges visibles. Lorsque nous sommes enfants, nous regardons leurs soins quotidiens comme un tribut auquel nous avons légitimement droit ; plus tard, la fougue de la jeunesse, ses écarts nous emportent, et la mère, oubliée, reste au second rang de nos affections. Elle le comprend, hélas ! elle le déplore ! Notre ingratitude lui fait au cœur une blessure. Elle attend que nous lui restituions cette tendresse à laquelle elle a tant de droits. En la redemandant à Dieu, elle prie pour notre bonheur plus que pour le sien ? Elle s'efface toujours, sans cesse, à toutes les heures ; nous nous éloignons d'elle, elle boit ses larmes en silence. Monique n'est pas seulement une grande figure, elle devient le symbole et le modèle des mères. Laquelle oserait dire qu'elle aime mieux son enfant que Monique n'aima Augustin ? Lisez la vie de la mère dans les Confessions du fils ; elle le suit dans ses voyages, elle le dispute à la mort, elle se fait son ombre et son ange gardien. Elle s'adresse à Dieu, elle consulte de saints évêques, et les Pères de l'Église lui promettent au nom du Christ qu'*un fils recommandé avec tant de larmes ne saurait périr* » !

L'adorable indulgence de ma mère reproduisit sur mon esprit une impression plus profonde que ne l'eussent fait d'éloquentes remontrances. Elle me trouvait plongé dans une prostration si amère, qu'il ne fallait point m'écraser du pied ni me briser le calice entre les dents.

Ma convalescence fut longue.

Quand je revins complétement à la vie, je m'aperçus que ma mère avait moralement assaini mon appartement.

Je cherchais de l'œil des groupes connus, des gravures rares, des toiles jadis aimées ; à leur place se trouvaient d'autres statues, d'autres tableaux. Des fleurs garnissaient

les angles de ma chambre, c'était le seul luxe tranchant
sur une simplicité charmante. Les yeux pouvaient partout
se reposer sans qu'ils se baissassent de honte. De suaves
figures passaient comme dans des rêves autour de moi...
Il me semblait que les sainte Cécile jouant de l'orgue, les
Séraphins chantant en s'accompagnant de la viole mystique, les vierges de Babylone tirant des sons plaintifs de
la harpe suspendue aux saules des rivages, mêlaient leurs
voix et doublaient leurs accords pour m'enchanter. A la
place d'images légères, de conceptions hardies, de groupes
pleins d'une grâce dangereuse, je trouvais des symboles
élevés et purs. Mon âme s'imprégnait de calme à les voir ;
un bain rafraîchissant la reposait de ses nuits terribles. Je
revivais ! oh ! oui, je me sentais revivre dans les bras et
sous les yeux de ma mère.

Elle ne me demandait aucun des secrets de ma vie ; je
me confessai à elle.

Noble et sainte femme ! Elle rougit plus d'une fois pour
son enfant prodigue !

Je lui promis de rompre avec Potin Manjou et Roch, son
inséparable compagnon.

Je me mis à genoux devant elle, je lui demandai pardon.

Je voulais que mon indulgence précédât celle de Dieu !

Quand sa main se posa sur mon front, écartant mes cheveux par un geste familier, je me crus revenu aux jours de
mon adolescence.

Enfin, je guéris complétement.

Un jour elle me dit :

— Ton droit est achevé, tu es avocat ; le plus sage est de
revenir à R..., où tu feras ton stage.

— Quand partons-nous ?

— Dans huit jours.

— Et mon père ? ajoutai-je avec une certaine frayeur.

— Tu as des dettes ? me demanda ma mère.

— Oui, répondis-je humilié.

— En connais-tu le chiffre ?

— Non, je l'avoue.

— Deux jours te suffisent-ils pour l'apprendre ?

— Deux heures, j'ai les notes des fournisseurs.

— Dépouillons-les ensemble, Vital.

J'ouvris un tiroir et j'en tirai un amas de factures de toutes les couleurs, avec un grand nombre de lettres cachetées.

— Pourquoi n'as-tu pas ouvert ces enveloppes ?

— Je savais d'avance ce qu'elles pouvaient contenir.

— Quoi donc ?

— Des demandes de fonds ?

— Mais Vital, peut-être quelques-unes de ces marchands éprouvaient-ils un réel besoin d'argent.

— Mon Dieu, oui !

— Tu les exposais, faute de rentrées indispensables, à voir protester leurs propres billets, à manquer à leurs engagements... Ce sont les fils de famille étourdis comme mon Vital qui poussent à la faillite les fournisseurs confiants !

— Aussi abusent-ils de nous ; chaque objet marqué sur ces notes est coté le double de sa valeur.

— Eh bien ! dit ma mère, j'arrangerai cela.

Le total de mes dettes s'élevait à quarante mille francs.

J'avais eu, en somme, si peu de chose pour tant d'argent, que je demeurai stupéfié.

Ma mère, n'objecta rien, mais le soir, tandis qu'elle parlait de modes, de fantaisies, elle me dit qu'elle avait beaucoup entendu parler des magasins de Bourguignon.

— Il paraît, ajouta-t-elle, que ses bijoux imités sont merveilleux.

Je compris ce qu'elle allait faire.

— Tu veux vendre tes diamants ! m'écriai-je.

6

— Mon ami, répondit-elle, je me contenterai de ceux de Cornélie, qui était une bien plus grande dame que moi. En province, les diamants servent peu ! il suffira que l'on croie que j'ai toujours les miens. Je les ai gardés jusqu'à cette heure, dans l'intention de les offrir à la femme que tu épouseras ; mais sans doute ton père ne refusera point d'en mettre dans la corbeille, et il pourrait te gronder un peu d'avoir dépassé ton budget.

— J'ai commis la faute, je me soumets à l'humiliation.

— Je te le défends, Vital ; si mon mari te montrait trop de rancune, je le lui pardonnerais difficilement.

Elle soupira.

Sans doute, elle calculait quelles sommes de notre fortune s'étaient englouties dans un gouffre qu'elle seule connaissait.

Le soir même elle vendit ses pierreries, ne réservant que les menus bijoux lui rappelant des personnes aimées et de chers souvenirs.

Le strass qui remplaçait les diamants pouvait tromper l'œil des amies de ma mère.

Quand elle eut tout réglé avec les fournisseurs, elle rentra souriante.

— Nous avons liquidé, Vital, me dit-elle et nous gardons en caisse deux mille francs. Demain, je fais emballer les meubles.

— Tu les emporte donc ?

— Certes ? ils sont charmants ! tu y tiens, et je suis sûre que tu les a choisis avec plaisir. Nous placerons tout cela dans le pavillon du jardin.

— Mais il est inhabitable, ne sais-tu pas...

— Il t'attend depuis une année.

— Ah ! tu n'es pas une femme, tu es une sainte !

— Je reste tout simplement une mère.

— Dieu n'en a pas créé de meilleure.

Elle me serra dans ses bras avec une vive tendresse.

Pendant trois jours je m'occupai d'emballer les objets fragiles et à surveiller les ouvriers.

J'allai faire une visite à mes professeurs, je dis adieu à quelques camarades.

Gatien était en voyage.

J'allai serrer la main de Pothin et celle de Roch.

Je trouvai le premier à demi-mort, couché sur le canapé du petit salon de Roch, car Roch avait alors un salon ; il est vrai que ce salon lui servait en même temps de chambre à coucher. L'orgueil dominait tellement le bossu qu'il se condamnait à dormir sur un divan, plutôt que de recevoir dans sa chambre.

Des portières suspendues à des distances habilement calculées pouvaient faire croire au voisinage d'autres pièces.

Le salon de Roch respirait la richesse. Ce garçon adroit, souple et cauteleux, s'était créé une spécialité qui fut plus tard exploitée par d'habiles faiseurs.

Il excellait dans la rédaction des affiches de magasin, inventait des combinaisons de majuscules, des effets de caractères, faisait imprimer en biais, en croix, en losange, attirait l'œil du passant sur les murailles ou à la quatrième page des journaux. Ses réclames possédaient un parfum littéraire. Aussi, sa clientèle des magasins se montrait-elle généreuse. On lui offrait, en outre de ses appointements, des primes en marchandises, il se meublait et s'habillait gratis. Un loueur de voitures mit même deux fois par semaine un coupé à sa disposition. A mesure qu'il grandissait en talent et en influence, Roch gagnait de l'argent. L'or va retrouver l'or ! la misère n'attire que le besoin. Après avoir *folliculé* dans de petites feuilles, il fut payé dans un grand journal.

En peu de temps, il acquit une énorme habilité de courriériste. La malice avec laquelle il rédigeait ses anecdotes,

la primeur piquante de ses récits, le firent rechercher. Il
se trouvait alors dans une position aisée.

— Mon cher, me dit-il d'un ton quasi protecteur, le petit
Roch, bossu et pauvre comme Ésope, fera également son
chemin. Vous avez tous ri en me découvrant le vice de
l'ambition ! — Ambitieux, cet avorton, ce nain, cet insecte
qu'on pouvait écraser du pied ! — Oui ! et le présent me
donne raison ! Tu le vois, je possède un mobilier assez pré-
sentable; je suis reçu avocat, je gagne six mille francs par
an ! et je connais pas mal de fils de famille qui n'ont su
faire que des dettes ! allons ! allons ! avant deux années
Mademoiselle Diane sera ma femme.

— Diane ! tu y songes encore ?

— Je n'ai pensé qu'à cela; tu me connais bien mal, si tu
crois que j'abandonne une idée ou que je néglige un projet
pendant l'espace d'une minute.

Je demeurai stupéfait de son aplomb.

— Tu pars pour R... ? reprit-il.

— Dans deux jours.

— Je te porterai mes commissions; dans un an, je ferai
un voyage au pays.... Je ne te questionne point sur tes intentions, je lis dans l'avenir comme un nécromancien : tu
commences ton stage, sans savoir pourquoi... Tu ne plai-
deras jamais; après tout, il faut bien s'occuper dans une
ville de province : avant une année tu demanderas la main
de mademoiselle Rénée...

— Moi ! m'écriai-je.

— On te l'accordera.... Tu vivras en famille, ton père te
cédera sa maison de banque, et tu seras.. un homme fini !

— Un homme heureux !

— C'est la même chose... en province !

— Et toi? demandai-je.

— Une fois marié à mademoiselle Diane, je reviens
à Paris, je place sa dot dans la création d'un journal dont je

deviens l'un des principaux actionnaires ; on me décore ;
j'ouvre mes salons et ma place est faite au soleil !

— Bonne chance ! lui dis-je.

— Il ne faut que de la santé et du vouloir ; ma santé, je
la ménage ; jamais je ne veille, et je bois à peine du vin ;
quant à ma volonté elle reste sans trêve aiguillonnée par le
désir du succès !

— Alors, au revoir !

— Dans deux jours,

Je revis Roch, en effet ; il me chargea de remettre
quelques lettres à R..., promit de nouveau d'y faire un
voyage l'année suivante et termina en disant à ma mère :

— Vous rendriez, madame, un grand service à M. Manjou en lui conseillant de rappeler son fils.

— De quoi Pothin est-il capable ?

— De rien ! répondit Roch sans hésiter : mais sa famille
possède un grand nombre de propriétés, on l'installera dans
une de ses fermes, et avec sa taille gigantesque, sa grosse
figure, sa tournure de pachyderme en goguette, il repré-
sentera une sorte de *Gentleman Farmer.*

Après le départ de Roch ma mère me dit :

— Croirais-tu que ce bossu me fait presque peur ?

— Il est très-fort, répondis-je, il ira loin.

— Dans quelle voie ! ajouta ma mère.

XV

Mon retour en province marquait une phase nouvelle dans ma vie. Quelque léger que je fusse et quelque puissance que les passions gardassent encore sur moi, je venais de subir une rude épreuve. Je me jurai que la leçon serait profitable.

Cependant l'idée religieuse ne se dégageait pas de ce chaos. Je reconnaissais mes torts et pourtant mes regrets ne se transformaient pas en repentir, j'avouais avoir péché selon la loi morale, sans m'incliner humilié devant la justice céleste. J'étais amélioré, mais non converti. Les traces profondes laissées en moi par des rêveries dangereuses, des théories malsaines, des liaisons coupables, ne disparaissaient pas entièrement. Ma mère devinait ce qui se passait en moi. Elle voyait au fond de mon âme les vestiges du mal ; elle entreprit de les détruire. Alors, je me targuai d'une sorte d'orgueil, je m'érigeai en penseur, je voulus lui prouver que mon esprit ne se pliait pas à la convention de certaines idées reçues. Elle réfuta mes pitoyables arguments lentement, tendrement, avec une grande douceur et une constante habileté.

— Je ne te savais pas docteur en théologie, lui dis-je.

— Je suis seulement une mère chrétienne, répondit-elle. Je l'embrassai pour compenser le chagrin que lui devait faire éprouver son échec, mais elle ajouta :

— Je ne perds nullement l'espérance, une bouche plus éloquente te convaincra.

— Celle de Renée ? demandai-je.

— C'était la première fois que j'osais prononcer son nom.

— Eh ! bien, oui, Vital.

— Je crains qu'il soit trop tard pour songer au bonheur que tu me réservais.

— Pourquoi ?

— Renée est toujours aussi belle, aussi bonne, aussi pieuse ; mais moi, ma mère, j'ai changé ; quand pour la première fois tu me parlas de ce mariage, je pouvais donner mon cœur et ma vie à cette enfant, et, chaste jeune homme, épouser cette vierge ; maintenant je me sens mauvais et prématurément vieilli.

— Mon enfant, me répondit ma mère, Dieu sait combien je souhaitais te voir traverser sans péril la vie de Paris. Tu es tombé, tu te relèveras. La perversité t'a effleuré sans te gangréner complètement. Tes fautes sont grandes, tu les rachèteras. Ne reste point sous l'empire d'une défiance exagérée.

— Je n'épouserai pas cette jeune fille, je me sens indigne d'elle.

— Travaille à t'en rapprocher ; oublie l'existence de Paris, retrempe-toi dans ces saines coutumes de la vie de province, reprends confiance en toi et tout ira bien.

— Je ne puis avoir confiance en moi, dis-je, mais je m'abandonne à ta sagesse.

Ma mère m'attira vers elle comme au temps où j'étais tout petit.

Peu à peu, l'apaisement se fit dans mon âme ravagée,

corrodée par le feu des passions. Les habitudes paisibles,
sédentaires de la province me gardèrent dans leur cercle
monotone. D'abord, je crus que l'engourdissement produit
par un complet changement d'habitudes ressemblerait à
celui du serpent que raniment les feux de l'hiver, ou à
l'état des eaux dont le cours reste suspendu, et que le
soleil du printemps débarrasse du givre et de la glace;
mais aucun changement de ce genre ne s'opéra. Ce qui
m'avait paru triste, me devint paisible. Je m'accoutumai
aux courtes soirées, au long sommeil.

Des marches forcées ranimèrent ma vigueur : la fatigue
m'empêchait de penser. Je me couchais harassé, brisé, je
me réveillais dispos. Mon cœur ne battait pas. Il se reposait
lui aussi de ses luttes et de ses souffrances. Je ne souhaitais
même plus le sentir s'émouvoir et palpiter comme autrefois. Je trouvais le problème du bonheur résolu par le
calme. Rien ne me semblait préférable à la tranquillité. Je
l'absorbais par tout mon être. Mes facultés sans emploi ac-
tif s'épuisaient-elles ? Non ! Je crois que dans le silence elles
subissaient le renouvellement qui les rajeunit et les purifie.
Je ne me plaisais que près de ma mère. Mon père, mécontent de ma conduite à Paris, me témoigna d'abord une froi-
deur qui, peu à peu, céda devant mes habitudes de réclusion
et l'insistance avec laquelle je le priai de m'associer à ses
travaux. Il prétexta mon inaptitude, mes goûts d'oisiveté,
mon ignorance absolue des affaires. Je le forçai de céder
à mes désirs en lui demandant une humble place de commis
dans ses bureaux.

De ce moment, je rentrai en grâce. Je l'ai dit, mon père
était un honnête homme selon le monde, manquant d'ex-
pansion et de générosité. Ses vertus morales, et il en avait,
n'atteignaient point certaines hauteurs. Il se réglait trop
sur le Code pour consulter beaucoup l'Evangile. Ses qualités venaient d'une certaine convention. Je ne trouvai

donc point en lui le père qui se réjouit du retour du prodigue. Il n'attendrit pas mon cœur, et le sien ne s'amollit point.

Il me traita en homme d'abord, ensuite en ami.

Quand j'éprouvais un vague besoin d'effusion, j'allais vers ma mère. Avec elle, je remontais le cours des années, nous rap᾽lions les vieux souvenirs remplis d'heures heureuses.

Je voyais rarement Renée.

Elle était grandie et embellie ; l'ombre qui restait sur son front en augmentait le charme. Sa voix s'amollissait ; sa taille n'avait rien perdu de sa grâce élégante. Elle parlait moins encore que par le passé, mais ce qu'elle disait se gravait davantage dans la pensée.

On ne pouvait expliquer le changement survenu en elle que par le mot : « Souffrance ! » et quelle apparence que cette jeune fille eût déjà souffert ? Je l'évitais presque, je crois qu'elle me fuyait. En retour, mademoiselle Diane de Martigny me témoignait une vive sympathie. Arthémise d'Arolles crut sans doute que le meilleur moyen d'être remarquée par un jeune homme revenant de Paris était de se mettre en frais de toilette ; elle en fit, et beaucoup. J'ai l'amour-propre de croire que j'étais le prétexte de ce redoublement de luxe.

Aucune de ces jeunes filles n'était mariée, et trois ans s'étaient écoulés depuis mon départ. Elles étaient belles, pourtant et appartenaient à d'honorables familles.

Quelle cause les retenait dans le célibat ? Je me le demandai avec le désir d'étudier une sérieuse question philosophique dont la solution m'inquiétait.

Renée se destinait-elle au cloître ?

Sa piété fervente l'aurait pu faire croire, si je n'avais surpris en elle des mouvements soudains, dans lesquels se trahissaient les tendresses légitimes de la famille. Elle aimait

avec passion les petits enfants. Chaque fois qu'elle en rencontrait un, elle l'embrassait avec bonheur, le berçant ou
l'amusant, selon son âge. Je la trouvai plus d'une fois
assise sur le perron de son jardin, et suivant d'un regard
attendri les ébats de bébés qui abandonnaient le sable et les
fleurs pour se jeter en criant de joie dans ses bras cares-
sants. Elle ne craignait point que ces chères créatures chif-
fonnassent son corsage de mousseline. Leurs petites mains
chouriffaient ses cheveux avec plaisir. Un jour même, l'un
d'eux ôta subitement son peigne, et comme Renée tordait
sans prétention sa chevelure opulente sur la nuque, elle se
trouva enveloppée d'un nuage doré. Je me promenais alors
dans une allée, j'entrevis cette figure digne de Véronèse;
mademoiselle Renée s'aperçut de mon admiration; elle
rougit, releva ses cheveux et embrassa l'enfant pour se
donner une contenance.

Tout ce qu'elle faisait, tout ce qu'elle disait trahissait un
vif amour de la famille :

— Elle n'entrera point en religion, pensais-je ; se ma-
riera-t-elle ?

— Depuis mon départ, de riches partis lui avaient été
proposés; aucun ne lui convenait, elle les refusa tous. Je
n'étais point assez fat pour croire qu'elle m'attendait. D'autant moins que ses façons d'agir avec moi paraissaient
singulièrement modifiées ; sa réserve se transformait progressivement en roideur. On eut dit qu'elle s'étonnait de
m'entendre traiter des questions sérieuses. Je devinais pour
moi, dans son âme, une pitié mêlée d'une nuance de mépris.

Elle évitait de m'interroger comme autrefois, et je commençais à m'en inquiéter.

Qu'avais-je cependant à lui dire ? Rien ! Je redoutais la
sagacité de son esprit, et la lumière de son âme qui, pour
elle, éclairait les objets d'une façon si juste. Je tremblais

qu'elle lut au fond de mon cœur. Sans doute Pothin et Roch m'avaient peint sous de noires couleurs à ses yeux. Elle gardait des préventions, luttait contre la puissance d'un souvenir. Trop fière pour se plaindre, elle dissimulait une douleur intense.

En connaissait-elle absolument la cause ? Je ne le crois pas.

Ma mère s'inquiétait de me voir fuir celle qu'elle m'avait destinée; cependant elle ne crut point devoir m'interroger.

L'hiver se passa rapidement. L'été ramena les promenades, les parties de campagne.

Un jour, on fit le projet d'aller dîner au bord d'un étang assez vaste et ombragé d'arbres séculaires. Des collines s'abaissant par degrés s'aplanissaient sur ses rives; il ressemblait à une coupe de lapis. On monta en voiture vers deux heures. Nous étions environ quinze personnes, au nombre desquelles se trouvaient plusieurs enfants.

La promenade fut ravissante. Tantôt on marchait dans les chemins préservés du soleil grâce à la voûte des chênes, tantôt les chevaux nous emportaient.

Arthémise, Rende et Diane se trouvaient dans la même calèche avec ma mère et une vieille dame de ses amies.

J'étais à cheval, les escortant le plus souvent, d'autres fois me laissant aller au bonheur de courir sans crainte et sans frein. On arriva de bonne heure près du lac.

Le repas servi au bord de l'eau fut d'une gaîté excessive. Des enfants de bûcherons, attirés par la curiosité, retenus par la gourmandise, erraient autour de nous, tendant leurs petites mains aux fils de nos amis qui leur donnaient des gâteaux et des fruits.

Le dîner achevé, on se dispersa un peu. Les jeunes filles cherchaient sur le rivage d'énormes coquilles de moules, ou causaient par groupes; les enfants jouaient au bord de l'eau.

Tout à coup, un grand cri retentit.

Je tournai la tête, et je vis mademoiselle de Martigny qui, le bras étendu, le regard plein de terreur, répétait.

— Là ! c'est là !

— Quoi ? demandai-je.

— L'enfant !

Je ne pris même pas le temps d'enlever mon habit, et je me précipitai dans le lac, cherchant le pauvre petit être.

C'était l'un des enfants du bûcheron Robin qui avait roulé de la berge dans l'étang. Je le saisis, je nage, je le ramène, je le dépose à terre ; mais je me sentais suffoqué, ce bain glacial après un repas pouvait avoir des suites dangereuses ; je frisonnais et l'on fut obligé de me donner des soins empressés.

Je m'évanouis ou du moins je cessai de me rendre compte de ce qui se passait. Quand je revins à moi, j'aperçus Renée assise sur l'herbe. Elle avait enlevé à l'enfant ses vêtements mouillés, et le tenait serré contre sa poitrine. Le mutin essayait de se débarrasser des plis du châle qui l'enveloppait, mais elle le gardait avec une fermeté douce, et l'embrassait sur ses longues paupières.

En me voyant reprendre vie, elle se leva, et me tendit l'enfant.

— Vous l'avez sauvé, dit-elle, caressez-le.

Je regardai Renée.

Elle rougit, et détourna un peu la tête pendant que je couvrais l'enfant de baisers.

A partir de ce moment, je me sentis tout autre.

— Voulez-vous que nous l'adoptions ? lui demandai-je.

Elle me regarda d'un air sérieux.

— Vous possédez du courage, monsieur Vital, me répondit-elle, mais on n'a que rarement occasion d'en donner des preuves. A ce pauvre petit être, il faudrait bientôt plus que le pain matériel.

— Je gagnerais, l'un, vous lui donneriez l'autre.

Son regard s'adoucit.

— Je voudrais pouvoir prendre la moitié de votre bonne action, mais cela est impossible... Pourtant, je suis heureuse que vous me l'ayez proposée...

— Vous me jugez mauvais, mademoiselle, avouez-le..

— Mauvais, non ! Votre mère est si parfaite que le fils d'une telle femme ne saurait être méchant...

— Cependant...

— Vous n'eussiez jamais dû aller à Paris ! dit-elle rapidement.

Elle s'enfuit et rejoignit Diane.

Quant à moi, l'enfant dans les bras, souriant et touché, mécontent et joyeux, je me rapprochai de ma mère.

— J'ai une idée, lui dis-je, ce bucheronnet me plaît ; il a l'œil vif et les lèvres roses, je m'occuperai de lui.

J'appelai un de ses camarades, je me fis indiquer la demeure du père que je trouvais dans sa hutte ; je lui rapportai le petit garçon et lui remis trois louis ; une fortune !

Quand je revins, la nuit tombait, on terminait les préparatifs du départ.

— M. Vital, me dit Renée, voici la touffe de fleurs que l'enfant venait de cueillir, gardez-la, car elle exhalera toujours un suave parfum.

Je pris les fleurs qu'elle me tendait.

C'étaient des myosotis.

Alors, séparant le bouquet en deux, je lui en tendis la moitié.

Elle hésita, avança craintivement la main, la recula, et finit cependant par attacher les fleurs à sa ceinture.

Je plaçai les miennes à ma boutonnière.

Mademoiselle de Martigny me dit alors avec un sourire :

— N'y a-t-il plus de myosotis pour moi ?

— Ce n'est pas la fleur qui vous convient, répondis-je, et

7

cueillant un grand lis rouge pointillé de velours noir, je le lui présentai.

Elle le regarda, puis elle le mit dans ses cheveux.

— Est-ce bien ? demanda-t-elle.

— Charmant, vous ressemblez...

— Je ressemble à moi seule, et vous êtes un impertinent...

Elle prit le bras de Renée, appela Arthémise et toutes trois montèrent en voiture.

Le soir je plaçai soigneusement dans l'eau le bouquet de fleurs ; chaque fois que je les regardais, il me semblait voir Renée me sourire...

Etait-ce Renée ?

Non, mais ELLE !

Comme ELLE rayonnait !

Jamais je ne l'avais vu si belle...

ELLE se trouvait au sein d'un grand paysage ; les eaux de l'étang frissonnaient en petites rides à ses pieds. Sa tunique d'azur se couvrait d'étoiles blanches et de ces longues herbes qui s'en vont au fil de l'eau, servant de radeaux aux libellules et aux moucherons. Des nymphéas formaient sa couronne. Ses bras enveloppaient un petit enfant, et de lui à moi revenait son regard empreint d'une mansuétude divine. Je ne sais ce qu'elle dit à l'enfant, mais celui-ci releva le front, se dressa sur ses genoux, puis pareil à un oiseau il s'envola, disparut dans l'éther et redescendit longtemps après. Quand il revint, il tenait en main une coupe transparente comme le cristal, et dans cette coupe se trouvait une perle.

ELLE éleva cette coupe, la bénit, et mit la perle à son front où elle flamboya comme une étoile. L'éclat de cette lumière me fit baisser les yeux. Quand je les rouvris, la vision s'était évanouie. Mais l'impression me restait. Je me sentais heureux et fier ; j'étais renouvelé ; mon âme nageait dans la joie.

XVI

Je ne pus dormir ; une douce agitation chassait le sommeil ; les années écoulées entre les premières apparitions de mademoiselle de Boismond et celle de la veille s'évanouissaient pour moi. J'oubliais que pendant longtemps j'avais banni de mon cœur sa chaste pensée. La vierge au visage placide, à l'angélique sourire, reconquérait ses droits. Je me trouvais libre, enthousiaste et jeune ; je faisais des rêves d'avenir au milieu desquels elle passait.

Le jour se leva lentement ; je me mis à la fenêtre, regardant croître cette clarté argentée, puis rose, enfin flamboyante qu'on appelle l'aurore. La conscience du temps m'échappait. Ce furent les sons de l'angelus qui m'apprirent l'heure matinale. La cloche prit alors un langage pour moi. Sa voix de bronze me rappela ma naissance et les heures adolescentes qu'elle avait consacrées. Je me représentai ma mère toute pâle soutenue par des oreillers, et me regardant avec orgueil, au milieu des flots de dentelle dont les mains de ma marraine m'entouraient. Les cloches célébraient la joie de l'église et celle de la famille. On me portait près des

fonts sacrés ; pour moi s'allumait le cierge bénit; le sel de
la sagesse touchait ma bouche ; on marquait mon front du
chrême de la force ; la profession de foi des apôtres était
solennellement répétée dans la langue liturgique. En mon
nom, un homme et une femme prenaient des engagements
sacrés. Quand on me rapporta sous le toit paternel, quelles
douces larmes versa ma mère !...

Et les cloches sonnaient, sonnaient encore, concert de
bronze au langage infini qui porte jusqu'au ciel la pensée
invocatrice de l'homme.

Puis, j'atteignis l'âge de douze ans. J'étais encore un enfant docile; les fautes dont je m'accusais pénétraient mon
âme de repentir. L'autel m'attirait par une mystique puissance. Pour moi et pour les enfants de mon âge, on multipliait les instructions, les encouragements. Les ministres
du Seigneur puisaient dans les textes sacrés ceux qui ren-
ferment le mieux l'esprit de mansuétude et d'indulgence
du Sauveur, groupant autour de lui les innocents et les
humbles. Ma mère me rapprochait d'elle, et complétait l'en-
seignement du prêtre. Quand, le grand jour de la première
communion fut venu, on para les chapelles comme pour
une grande fête; l'évêque officia pour nous; les splendides
ornements, les vases d'or incrustés de pierreries, l'ostensoir
brillant comme le soleil, tout fut disposé pour rehausser
les magnificences de cette journée unique. Mon âme se fondait en moi sous l'empire de l'extase ; jamais fête semblable
ne me donnera plus de trouble et de bonheur à la fois.

Et les cloches sonnaient, sonnaient encore, concert de
bronze, au langage infini qui porte jusqu'au ciel la pensée
invocatrice de l'homme.

Depuis bien longtemps, j'avais oublié la signification du
chant des cloches. Leurs glas lents et funèbres, leurs ca-
rillons joyeux, leur silence de mort pendant les trois jours
rappelant la mise au tombeau du Christ, leurs évolutions

rapides dans les humbles clochers se renvoyant de village en village le signal de l'allégresse chrétienne n'avaient plus de signification pour moi. Je me rappelai la convocation de l'aube, du midi et du crépuscule. Je compris cette grande poésie d'airain qui, du bourdon gigantesque dont le battant fait trembler la tour de pierre qui le porte, jusqu'à la cloche du monastère, rappelle au pauvre, au voyageur, au souffrant, que le droit d'asile subsiste encore. La musique de la clochette au tintement argentin qui lance ses sons à travers le campanille de la chapelle, toutes ces métalliques paroles, ces basses sonores, ces sonnantes mélodies parlant une langue mystérieuse me revinrent à la mémoire.

Elles avaient cessé de se faire comprendre de moi, ces amies de mon enfance, je les retrouve et je les salue!

D'où me vient ce subit accès d'enthousiasme? Le sentiment chrétien se réveille-t-il dans mon âme? Je me sens ému jusqu'aux larmes...

J'ai lu hier deux pages de Chateaubriand et une ode de Schiller, voilà sans doute à quelle cause je dois attribuer ce redoublement de lyrisme. Pourquoi croirais-je mieux aujourd'hui qu'hier? Ai-je entamé une discussion théologique ou même morale? Si les myosotis possédaient un parfum, je croirais qu'ils me montent à la tête... Ils ont une couleur seulement, une couleur que j'aime... Les yeux de Renée ne sont-ils pas de ce bleu-là...

Le jour était tout à fait venu; ma mère sortit de sa chambre et descendit doucement l'escalier. Au lieu de rester dans l'intérieur de la maison, elle se rendit au jardin. Comme elle passait sous ma fenêtre, je jetai à ses pieds une des roses de l'arbuste qui entourait ma fenêtre: elle leva les yeux, m'aperçut et sourit; son regard me demanda si je n'avais rien à lui dire; je secouai la tête et elle s'éloigna lentement.

Non, en vérité, je n'avais rien à lui dire, et je ne me confiais même rien à moi-même. Je me trouvais dans un vague état plein de charme. Mes aspirations ne se traduisaient encore que par certaines élévations du cœur. Si l'on m'avait demandé :

— A qui pensez-vous ?

J'aurais répondu :

— A personne !

Je n'eusse pas menti d'un soupir. L'indéfinissable rêverie qui me gagnait me plaisait plus qu'une pensée arrêtée.

Je préfère l'infini au borné.

Sans doute, plus tard, en interrogeant mes sensations, mes souvenirs, je me rendis un compte plus exact de moi-même ; mais il faut s'estimer heureux de trouver des lointains baignés d'atmosphère chaude, au fond de son âme, comme on admire les vastes horizons estompés d'une brume lumineuse déjà transpercée par le soleil.

J'en vins à me poser cette question :

— Quand les cloches sonneront-elles pour moi ?

— Pour ton mariage ou pour tes obsèques, me répondirent-elles.

Mes obsèques ! dans mon inconscience de ce qui se passait en moi, je ne voulus pas me figurer que cette hypothèse se présenterait la première, j'étais fort jeune, il me paraissait pénible de songer si vite à quitter la vie. Le sentiment de la conservation me revenait. Je trouvais belles mille choses oubliées ou dédaignées. J'eusse éprouvé un violent désespoir si l'on m'eût dit : « — Vous mourrez demain. »

Inconséquence étrange ! Le trépas pouvait me frapper avant que je fusse prévenu ; mais je n'y songeais guère. Il me semblait que j'avais le droit de vivre et que je vivrais !

Le profil pur de Renée se dessinait vaguement au fond de ma pensée. Il flottait autour de moi comme ces apparitions de fleurs marines et de fucus étranges que le reflux de la vague amène, et nous permet à peine de distinguer.

Les cloches ne pourraient-elles annoncer mon mariage ? Mon mariage avec elle ?

Je tentai d'éloigner cette idée ! Impossible ! Elle s'incrustait en moi ! Je me sentais envahi, subjugué par une foule de sensations rapides. Mon cœur protestait contre les vains paradoxes que je m'efforçais d'entasser encore, et soudainement je m'écriai :

— C'est dimanche ! Les cloches sonnent pour tous ! pour moi, pour tous les chrétiens !

Cette fois je cessai de rêver.

J'aperçus ma mère qui revenait lentement du fond du parc dont elle s'était réservé l'ombre et la solitude, et je la rejoignis.

L'heure du déjeuner était venue.

Ma mère tenait d'une main un gros bouquet de roses qu'elle avait cueilli en marchant; de l'autre, le vieux livre de prières que je vénérais à l'égal d'une relique.

Elle plaça ses fleurs dans un vase du Japon, et orna la table d'un frais surtout. C'était bien simple, n'est-ce pas ? mettre des fleurs dans une corbeille et la poser au milieu d'un couvert étincelant de cristaux, brillant d'argenterie et étalant ce linge de Saxe qui charme les yeux ; eh bien ! ce me fut toute une révélation. Je raisonnai, non plus à mon point de vue personnel, mais à celui de mon père ; je me répétai combien l'époux d'une femme comme ma mère devait être heureux. Les soins, les attentions de cette gardienne vigilante du foyer domestique étaient les mêmes après vingt-cinq ans d'union que pendant les premiers mois de son mariage. Elle ne négligeait ni son âme ni sa parure, ni les devoirs de sa position. Elle restait toujours accomplie, parfaite, charmante ; ses vertus la gardaient jeune, et son charme demeurait intraduisible.

Mon père arriva d'assez mauvaise humeur, gronda le valet de chambre, se montra aigre envers ma mère, et trouva plusieurs fois le moyen de rappeler mes folies de Paris.

Je gardai le silence.

Ma mère excusa Victor, tenta d'amener la conversation vers des sujets moins difficiles et n'y réussit point ; mais elle me prouva une fois de plus quels trésors inappréciables renfermait son âme. Sa douceur irrita davantage mon père; il critiqua la toilette de ma mère, qui était du meilleur goût.

Puis il affecta de parler d'un projet de voyage, cita le nom d'une personne dont le souvenir rappelait à ma mère une poignante souffrance et une cruelle injure ; puis, le repas fini, il roula sa serviette, la jeta sur la table avec un mouvement de colère concentrée et il nous quitta.

Ma mère monta tranquillement chez elle.

Quand elle redescendit, elle avait son chapeau et se disposait à sortir.

Je l'attendais sur le seuil ; je tenais son livre d'heures à la main.

— Tu sors, Vital? me demanda-t-elle.

— Je t'accompagne, répondis-je.

— Jusqu'à l'église ?

— Ne te dois-je pas une compensation ?

— Ton père est ton père ! dit-elle.

L'accent avec lequel elle prononça ces mots leur donnait une signification énorme.

Quoi qu'il fît ou dît, il restait le maître ; elle ne se trouvait ni le droit de se plaindre ni celui de se révolter.

Comme nous arrivions devant la cathédrale, nous vîmes deux femmes qui en gravissaient lentement les degrés.

Je reconnus mademoiselle Renée et madame Boismond.

— Trouves-tu encore que la vertu reste sans récompense, Vital ? me dit doucement ma mère.

Je fus mécontent qu'elle eût trop bien deviné le fond de

CAHIER (S) OU PAGE (S) INTERVERTI (S) A LA COUTURE
RETABLI (S) A LA PRISE DE VUE.

DE LA PAGE 117
A LA PAGE 140

ma pensée, et je ne répondis pas. Nous gagnâmes nos
places ; de la mienne je pouvais voir Renée penchée sur
son prie-Dieu et tout absorbée dans sa prière.

Je ne dirai point que je priai ; non ! ce n'est pas la
prière qui jaillissait de mon cœur. Je bénissais Dieu de
m'avoir donné ma mère et d'avoir créé Renée ; il me semblait alors qu'il l'avait faite pour moi seul. Elle pénétrait
en moi par ses qualités charmantes, je m'avouais enfin mon
émotion. Bien que je me trouvasse dans une église, je n'é-
prouvais aucun remords de m'y abandonner ; Dieu consacre lui-même les sentiments qu'il inspire.

L'office terminé, nous descendîmes la nef un peu en
avant de madame Boismond ; mais celle-ci rejoignit ma
mère, et quand, sous le portique, je saluai Renée, je
trouvai dans son regard une expression que je n'y avais
point encore saisie. Elle semblait surprise de me voir là,
charmée de m'y rencontrer, honteuse en se demandant si
je n'y venais point pour elle. Je compris trop bien en ce
moment que le seul désir de la voir m'y avait poussé ; une
réflexion corrigea ce que cette pensée trahissait de profane,
je me dis qu'elle m'y ramènerait quand elle le voudrait.

Ce qui se passa en nous quand en même temps nous relevâmes nos yeux que nous tenions baissés eut la rapidité
de l'éclair.

Ce furent presque des fiançailles.

A partir de cette heure, je ne séparai plus Renée de mes
projets.

Nous nous quittâmes en silence.

Je craignais d'être trahi par le tremblement de ma voix,
elle avait peur de son émotion.

A peines fûmes-nous de retour à la maison, que je dis
à ma mère, en prenant l'allée mystérieuse où d'ordinaire
elle s'engageait seule :

— J'ai besoin de te parler,

7.

Nous marchions sous la voûte de verdure, mais je me taisais encore.

Comment aborder ce difficile entretien.

Je la regardai, je balbutiai une phrase inextricable comme un chemin dans une forêt chilienne ; elle sourit, et me serrant la main :

— Tu aimes Renée ?

— Je le crois.

— Tu voudrais l'épouser, mais tu crains...

— Oui, je redoute qu'elle refuse de devenir le mari d'un fou qui a jeté aux quatre vents de la folie les plus belles années de sa jeunesse. Elle mérite un plus digne compagnon de sa vie. Les nouveaux sentiments que j'éprouve me font comprendre la honte de mes années perdues. Quand je te vois suivre le dur chemin de l'existence sans faillir, sans même trahir le secret de tes peines ; quand je regarde cette enfant dont les pensées peuvent être inscrites par les anges, je me trouve tellement indigne et faible que je suis tenté de retourner en arrière, et de croire que mes récents efforts ne peuvent me mériter pour l'avenir un bonheur semblable à celui que je rêve.

— Cela est vrai, répondit ma mère ; si tu t'appuies sur toi même, tu ne peux être sûr de garder une seule heure la parole donnée, la résolution prise. Aussi, Vital, est-ce seulement sur Dieu que tu dois t'appuyer. Ta mère elle-même n'est un conseil ni assez fort ni assez prudent. Depuis ton retour de Paris, j'ai attendu l'heure de te parler comme je le fais. Je trouvais encore dans ton âme, en dépit de ton affection pour moi, et de la sagesse de ta conduite, de sourdes révoltes contre lesquelles j'aurais vivement lutté ! Il fallait attendre l'instant de la grâce. Dieu vient de le marquer, mon fils. Oh ! garde-toi de le méconnaître, de le dédaigner, surtout. La miséricorde divine qui l'envoie gratuitement, n'est pas obligée de le renouveler.

— Oui, tu as raison, répondis-je. Je comprends ce que tu veux, et me voilà prêt à t'obéir.

— Ce n'est pas à moi, mais à Dieu que tu dois cette soumission.

— Soit, mais laisse-moi te dire quel empire tu as pris et gardé sur mon cœur ; sans doute, durant bien des jours j'ai oublié tes leçons, négligé la vertu que tu m'avais enseignée ; et cependant, cette vertu, je l'ai toujours admirée, parce que je te l'avais vue pratiquer. Mère, tu ne sais pas, tu ne sauras jamais l'influence que la femme irréprochable garde sur son fils. Il lui doit, quoi qu'il fasse pour l'oublier, ce qui sommeille en lui de bien, de vrai, de sincère ; et quand il revient à Dieu après l'avoir oublié, c'est à l'influence de sa mère qu'il en est redevable.

— Vital ! Vital ! s'écria-t-elle en me prenant dans ses bras, tais-toi, tu me donnerais de l'orgueil.

— Je ne veux t'apporter que de la consolation.

Puis serrant ses doigts tremblants de joie, j'ajoutai :

— Dans les mains de quel prêtre remets-tu mon âme ?

— Va trouver l'abbé Delmetz, me dit-elle ; celui qui te fit faire ta première communion peut mieux que tout autre te relever, te conseiller et t'absoudre.

Elle reprit :

— Tu aimes Renée ?

— Je le crois... et toi, penses-tu...

— Que Renée t'agrée pour mari. Oui ? après une épreuve préalable. Sache attendre jusqu'à ce que tu mérites ton bonheur.

— Peut-on jamais mériter d'être le mari de Renée ?

— On peut travailler à s'améliorer... Souviens-toi que son bonheur me sera cher, et que je te demanderai compte de sa félicité.

Je l'embrassai longuement et nous nous quittâmes. Chacun de nous avait besoin de se retrouver seul avec Dieu.

XVII

L'abbé Delmetz était un vieillard.

Entré fort jeune au séminaire, il ne savait rien du monde, et apportait à Dieu un cœur que les passions n'avaient pas même effleuré.

Il en apprit les troubles et les violences, en écoutant des aveux faits à voix basse, avec le sentiment d'une humilité chrétienne. Et loin de se sentir épouvanté, repoussé par les cruels mystères auxquels l'initiaient les êtres fragiles venant lui demander le secours d'une force divine, il éprouva un puissant élan de charité qui le porta à se dévouer aux souffrants de l'âme, à sacrifier sa vie aux misères intimes, a se donner sans retour aux faibles qui le venaient implorer.

Il les recevait dans ses bras, comme des enfants chéris dont l'absence l'avait contristé. Il ne leur parlait point d'abord de la honte que leur devait inspirer une conduite en désaccord complet avec la loi de Dieu; il se contentait de puiser dans leurs propres aveux la preuve que la joie ne saurait se trouver au dehors de la voie étroite, et loin du maître qui s'est appelé lui-même la vérité et la vie.

L'abbé Delmetz comprenait trop les souffrances corrosives laissées après elles par les passions pour parler tout d'abord des lois saintes transgressées. Il tenait à prouver aux jeunes gens qui s'adressaient à lui qu'ils avaient été malheureux durant les jours d'une existence livrée aux plaisirs coupables. Puis quand il les avait convaincus du vide de leur âme, de la vanité de leurs espérances, il leur ouvrait des perspectives nouvelles; il leur montrait la joie dans le devoir; il leur faisait goûter Dieu, et savourer une joie inattendue dans les sacrifices qu'il impose.

Combien de jeunes gens allèrent vers lui plus chancelants que convaincus, et le quittèrent les yeux remplis de larmes, le cœur débordant d'une félicité sans nom.

Et ce n'était pas un petit apostolat que celui de cette jeunesse ardente.

Le vieux prêtre acceptait un dur fardeau en consentant à travailler à faire des hommes sérieux de ces enfants entraînés vers le mal. La lutte ne semblait pas finie. Les cœurs pacifiés ne l'étaient pas sans retour. La bataille de la vie recommençait sans trêve. Pour être condamnées, les passions ne meurent pas : et à l'éternel honneur du chrétien qui les dompte, elles renaissent sitôt qu'on les a terrassées, afin d'éterniser le triomphe de la vertu.

Sans doute l'enfance a besoin d'être protégée, sa faiblesse nous impose le devoir de l'accueillir, de lui donner le pain, le vêtement, la tendresse; mais l'adolescence veut plus de secours encore, et la jeunesse court des dangers autrement graves. L'abbé Delmetz donnait donc son apostolat à la jeunesse. Tous les hommes positivement sérieux de R.... étaient ses enfants; tous les jeunes pères de famille lui devaient une gravité précoce. On l'estimait comme un apôtre, on l'adorait comme un père.

Sans doute je me souvenais de son ancienne sollicitude, je savais qu'il ne m'adressait pas de reproches amers et cependant je tremblais en me dirigeant vers son habitation.

Un moment la crainte qui nous saisit quand arrive le moment suprême de la confession, s'empara de moi brusquement; une vision rapide, mais lucide de toutes les fautes de ma vie passa devant les yeux de mon âme, et me rejetant en arrière, je fus sur le point de reculer.

Alors je LA vis de nouveau.

ELLE était pâle, d'une pâleur de marbre, ses beaux yeux bleus semblaient fatigués de larmes, et sa taille frêle pliait comme si ELLE portait le poids d'une trop grande douleur. Ses pieds nus gardaient les traces d'une route longue et difficile. Mais tandis qu'ELLE se tournait vers moi, on eût dit que l'espoir de revivre grandissait en ELLE. Ses mains se joignirent vers moi avec l'expression d'une ardente prière, puis elle étendit un de ses bras vers la porte de l'abbé Delmetz, tandis qu'elle me présentait l'autre.

ELLE ne parlait point, mais ses lèvres remuaient, et je comprenais ce sens des mots qu'il lui paraissait interdit de prononcer. A mesure qu'ELLE voyait accroître mon trouble, ses yeux prenaient une expression plus suppliante. Je devinais qu'ELLE fût tombée sur le seuil de la porte pour ne jamais le quitter, si j'avais refusé de le franchir. La confiance qui remplissait son âme rayonnait sur son visage. Je ne me sentis point le courage de désobéir à son ordre muet; sans nul doute, un sentiment de honte m'aurait fait reculer même à cette heure, si sa douleur et ses larmes ne m'eussent vaincu.

Quand ELLE fut convaincue de son triomphe, ELLE ferma la porte dont le marteau venait de retentir sous ma main, et traversa le long couloir dallé de briques conduisant au cabinet de l'abbé Delmetz. A mesure que j'avançais à sa suite elle semblait reprendre des forces. Son regard m'encourageait, son geste m'attirait; je la suivais comme on suit la lumière.

Le prêtre était seul dans une pièce pauvrement meublée. Je ne me souviens pas que la vieille servante m'ait annoncé ; je me trouvai subitement près du ministre de Dieu ; le front baissé, hésitant, honteux, je me demandais comment j'allais entamer ce terrible et sublime dialogue qui s'échange entre le pénitent et le confesseur, quand l'abbé Delmetz me prit dans ses bras avec une paternelle tendresse :

— Enfin ! me dit-il, enfin vous me revenez !

Il ne me demanda rien d'abord ; il me garda à ses genoux, me parlant de ma mère qui était une sainte, de Dieu qui allait me rendre les faveurs de sa grâce. Je voulais frapper ma poitrine avec confusion, et lui ne trouvait que des paroles d'actions de grâces à adresser au ciel.

Ceux qui doutent du caractère apostolique des prêtres auraient besoin de se remettre entre les mains d'un apôtre comme l'abbé Delmetz. Ils sentiraient combien le feu de la charité les brûle ; ils apprendraient qu'en nous cherchant, ils nous aiment pour nous-mêmes.

Je me sentais déjà tout changé. La charité ardente de ce vieillard passait dans mon âme. Ce qui m'avait paru si difficile à accomplir, me semblait non-seulement possible, mais consolant, nécessaire.

J'aspirais à l'humiliation qui d'abord m'avait rempli d'épouvante. Je sentais la honte de mes fautes, mais cette honte devenait comme une première purification. Je racontai ma vie, j'énumérai mes faiblesses, je promenai la lampe dans les coins les plus secrets de mon âme, et chaque fois que j'avouai un entraînement, que je dénudai une plaie, je compris que le remède à mes blessures, que la force indispensable m'étaient donnés. Oh ! celui qui nie les effets foudroiements instantanés de la grâce, celui-là ne les a jamais ressentis. C'est la rapidité de l'éclair avec la douceur de l'aurore. C'est une puissance dont il semble que nous soyons soudainement et à jamais remplis.

Le prêtre me consolait, me réconfortait. Il m'obligeait à fermer les yeux sur un passé déjà lointain pour ne plus voir que l'avenir, cet avenir nouveau préparé par ma mère.

Il m'obligeait à perdre le souvenir des folles années passées à Paris pour m'occuper de ma situation nouvelle. Il me montrait la dignité du chef de famille remplaçant les dangereuses aventures du jeune homme.

Je me sentais transformé, régénéré, grandi. Je savais qu'il possédait le droit de me parler au nom de Dieu, et que je lui devais un souverain respect.

Après avoir incliné mon front sous sa main paternelle, et quand les derniers anneaux de mes chaînes furent brisés, je relevai mon front avec le sentiment de l'innocence reconquise.

Alors de nouveau ELLE m'apparut.

ELLE rayonnait de jeunesse, et sa chevelure paraissait soulevée par une brise céleste. La joie éclatait sur son visage, les mains croisées sur son cœur semblaient en contenir les battements. Ah ! combien elle ressemblait peu à l'ombre mourante qui tant de fois m'était apparue. Je comprenais que son allégresse lui venait de moi, et je la remerciais de la ressentir ; elle m'appartenait comme j'étais à ELLE. Mon âme se reflétait dans son regard, et son regard avait la pureté du ciel.

Un moment je fus tenté de demander à mon confesseur quelle était cette compagne invisible de ma vie, ce qu'elle voulait de moi, quelle pouvait être ma mission. Je ne l'osai point. Je trouvais dans le mystère de ces apparitions sans dates fixes un mystère touchant et sacré.

L'abbé Delmetz ne me traiterait-il point de visionnaire ?

Et cependant c'était bien une réalité que sa venue. Je l'avais trouvée mourante sur le seuil du vieux prêtre, ELLE ressuscitait avec moi par la confession et par la prière. ELLE était une sœur mystique donnée à ma vie pour la guider et la purifier. Oh ! combien je l'aimai à cette heure ! Avec quelle joie je lui jurai de ne jamais la forcer à rougir, puisque son front réflétait mes pensées ! A mesure que je lui adressais ces promesses ELLE paraissait plus heureuse, et quand je me levai pour prendre congé de l'abbé Delmetz, quand je me jetai dans ses bras pour le remercier de mon salut, je la vis s'élever doucement au-dessus du sol, se fondre en une vapeur et disparaître.

Une heure plus tard ma mère pleurait de joie en me tenant sur sa poitrine.

XVIII

Renée devint ma femme !

Rien ne saurait rendre l'émotion avec laquelle je pronon-
çai le mot qui me liait à elle pour la vie. En lui consacrant
mon existence, il me sembla que j'augmentais ma liberté
au lieu de la restreindre. Le sentiment de la possession
complète de cet esprit charmant, de ce cœur dévoué, de
cette nature exubérante de forces pour ainsi dire célestes,
me ravit.

Renée m'avouait lentement, timidement, comment s'était
éveillée sa sympathie pour moi ; elle ne me dissimulait
point les tristesses auxquelles elle fut en proie quand elle
comprit que je perdais à Paris les traditions de la famille.
Elle tentait alors d'étouffer une affection dont elle souffrait
déjà : sans y parvenir, elle cherchait à me chasser de sa
pensée. Mademoiselle Diane, dont elle pouvait sonder les intentions, était loin de se montrer bienveillante à mon égard,
peut-être en ruinant la jeune affection de Renée, pensait-
elle que je reporterais sur elle la tendresse mêlée d'admiration que j'éprouvais pour mademoiselle Boismond.

Les lettres de Roch me peignaient sous des couleurs sombres ; l'opinion me devenait peu favorable, et quand je rentrai dans ma ville natale, il ne fallut rien moins que mon assiduité dans les bureaux de mon père et la régularité de ma conduite, pour me réhabiliter dans l'esprit des hommes sérieux. Il restait plus difficile de vaincre les justes préventions des femmes. Elles me considéraient comme habitué à toutes les roueries de la vie parisienne. J'étais un lovelace voltairien. Renée, elle, la sainte créature, ne désespérait pas de ma conversion. Elle croyait à mon cœur.

Quand je sauvai l'enfant de Robin le bûcheron, elle éprouva une joie profonde, comme si, d'un coup, je venais de répudier un passé mauvais.

Cependant, elle était trop sage pour me rendre au prix d'une heure d'élan et pour un mouvement généreux la confiance perdue. Ma présence dans l'église acheva de vaincre ses terreurs. Si elle eût connu la vérité ; si elle eût su que j'y venais seulement pour elle, sans doute mon action chrétienne aurait perdu de son prix ; mais je la dissuadai. Je commençais à comprendre que le bonheur serait de vivre auprès d'une telle femme, et je voulais la conquérir.

J'y réussis. Dois-je en cette circonstance m'accuser de mensonge ? Sans doute, mes convictions religieuses ne me revenaient point au cœur, fermes, douces et solides, mais je croyais sincèrement que Renée pourrait m'inculquer les siennes, et il me semblait bon de tout lui devoir, même le ciel. Je me pliai au joug extérieur, j'accomplis d'abord l'apparence de mes devoirs.

L'abbé Delmetz fit le reste et me ramena véritablement à Dieu.

Oui, je chérissais ma femme d'une tendresse qui ne ressemblait à nulle autre. Elle me donnait au milieu de ma joie une tranquillité sereine. Sa chaste affection me reposait des passions. Auprès d'elle, je me sentais bien. Loin de me dis-

traire de mon travail, elle m'y encourageait sans cesse.
Mon père l'aimait, ma mère ne la quittait plus. Je savourai
les bonheurs de la lune de miel avec un contentement absolu. Notre ménage pouvait être cité comme un modèle.

Oui, je me sentais heureux et même encore aujourd'hui,
je me répète que c'était le bonheur; un bonheur pareil à
l'aube du matin, pur et rayonnant.

Cette félicité n'eut point d'histoire; elle ne pouvait que
grandir; mes devoirs s'augmentèrent, je me voyais appelé
à devenir père de famille, et Renée, plus pâle et plus lasse,
travaillait à de mignons objets préparés pour l'enfant attendu.

Jusqu'à ce moment, je m'étais cru peu fait pour jouir des
prérogatives et pour exercer les droits de la paternité; mais
la vue d'un petit être faible et vagissant me remua le cœur
d'une façon puissante. Mon amour pour Renée se conso-
lida; il me parut dès lors impossible que je cessasse jamais
de la chérir. Cependant les soins donnés à l'enfant, la tendresse dont il était l'objet, éloignait un peu de moi ma
femme : si je m'en plaignais, elle me répétait que sa sollicitude pour Christian était seulement une nouvelle forme
de sa tendresse. Nos entretiens roulaient sur un sujet
unique; notre avenir se résumait dans cette mignonne
créature; nous eussions volontiers donné notre part de
bonheur pour que Christian fût heureux.

Ma mère recouvrait les forces de son active jeunesse; elle
cédait avec peine l'enfant à Renée, et s'excusait en disant
qu'il me ressemblait tellement quand j'avais son âge qu'elle
croyait me tenir moi-même, et remonter ainsi vers les
premiers jours de sa maternité.

Pauvre mère! chère et digne femme !

Hélas! combien ne devais-je point encore les faire souffrir toutes deux !

Notre paradis était trop beau, le serpent s'y glissa.

Ai-je besoin de dire que ce serpent s'appelait Roch ?

Je reçus un jour de Paris une lettre moitié affectueuse, moitié ironique, par laquelle Roch m'annonçait son arrivée et celle de Pothin Manjou.

Ce dernier, complètement abruti, rapportait au logis paternel une santé ruinée, des dettes énormes, et l'habitude de la paresse.

Roch ne me donnait aucun détail sur sa situation personnelle.

Malgré mon peu de sympathie pour lui, je ne pouvais me dispenser de lui faire accueil.

Je crus même devoir aller au-devant de ceux dont j'avais partagé les folies.

Je les reconnus à peine.

Pothin avait la taille courbée, de larges cheveux grisonnants sur les tempes, rares au sommet de la tête ; des habits flottants sur un corps amaigri, des jambes flageollantes ; l'œil vague, le geste lent et incertain ; les lèvres blanches. C'était un vieillard de vingt-cinq ans, auquel manquait l'autorité de la vertu, et le respect dû à une noble vie.

Roch avait grandi. Je ne sais pas encore le nom de son bottier, mais pour chausser ce nain, il fallait réaliser des prodiges. Sans doute, sa taille laissait à désirer, mais ses défauts corporels s'atténuaient progressivement. L'élégance de sa mise, le ton mordant et métallique de sa voix, la moustache qu'il laissait croître, tout concourait à le métamorphoser.

Cet avorton que j'avais connu très-humble ; et qui avait accepté que Manjou payât ses inscriptions, avait tout d'un coup trouvé sa voie ; et, une fois lancé sur la route, il ne s'était plus arrêté.

— Tu vois, me dit Roch, je ramène l'enfant prodigue. Comment va-t-on le recevoir?

— Mal d'abord, répondis-je; M. Manjou père éprouve pour les dettes une souveraine horreur, et je ne sais trop comment tu pourras faire acquitter celles de Pothin.

— Bah! j'ai gagné bien d'autres batailles. Je tiens à prouver que je ne suis pas ingrat ; Pothin m'a rendu des services, je saurai les reconnaître.

— Et toi ? demandai-je.

— Oh ! moi, j'ai la certitude du succès, maintenant.

— Vraiment !

— Je suis rédacteur en chef d'une *Revue*.

— Depuis quand ?

— Depuis huit jours.

— Qui t'a choisi ?

— Le fondateur de la *Revue* lui-même, un garçon imbécile qui veut se créer une position dans le monde. Tu te souviens du petit jeune homme à qui je vendis, il y a trois ans, un livre de mince valeur?

— Oui.

— Et bien ! ce joli crétin, héritier d'une riche venue, est orphelin et riche à millions. Il met cinq cent mille francs dans l'affaire et garde le titre de directeur ; je me contente de gouverner, je ne règne pas. Nous avons choisi nos collaborateurs ; on prépare les premiers numéros, et je passerai à la campagne avec Pothin le temps d'écrire quelques articles assez forts pour être tout de suite remarqués. Sous deux pseudonymes différents, je me réserve la critique du théâtre et la bibliographie ; les auteurs dramatiques et les littérateurs sont placés sous ma férule, et je t'assure que je ne ménagerai pas les étrivières. Mais je bavarde comme la pie du concierge de Pothin, et je ne m'informe ni de toi ni de ta famille.

— Ma femme se porte bien, ainsi que ma mère.

— Et M. Christian ? car enfin Christian exerce une autorité dans la maison, sans doute?

— Christian en est le despote ; mais un despote blanc et rose, aux yeux de chérubin, aux lèvres en fleur !

— Allons, te voilà père de famille !

— Comme tu dis cela ?

— Moi ! tu te trompes sur ma pensée. Je veux me marier et ne pense point à railler ceux qui l'ont fait avant moi.

— Et tu songes toujours à Mlle Diane ?

— Puisqu'elle est encore libre.

Je n'ajoutai rien ; la pensée de ce mariage me révoltait.

Je quittai Pothin et Roch à la porte de M. Maujou, et je rentrai chez moi en me demandant quel singulier ménage feraient la belle Diane et le journaliste bossu.

Rentré chez moi, je racontai à Renée ma conversation avec Roch. Elle m'écouta silencieusement, puis elle me pressa la main :

— Que je plains Diane ! me répondit-elle.

— Nul ne l'oblige à devenir la femme de Roch.

— Elle a soif de mouvement et de bruit, Paris l'attire, elle acceptera... Mais à Paris les hommes intelligents ne sont pas rares ; elle s'apercevra qu'il est des littérateurs et des critiques valant au moins son mari pour l'intelligence, et joignant à des qualités morales des avantages physiques qu'une femme comme elle ne dédaigne pas longtemps. La beauté n'indique pas plus une grande âme que la laideur ne dénonce une vicieuse nature ; mais il faut bien reconnaître que M. Roch est un véritable monstre. Or, quelle figure fera cette jeune fille portant un nom de déesse, appuyée sur le bras d'un gnôme dont la tête ne dépasse guère sa ceinture. Il me semble voir Scarron et Mlle Françoise d'Aubigné... Mais Diane ne possède aucunement l'habileté de conduite, la politique raffinée, l'ambition patiente de celle qui devint plus tard gouvernante des enfants de France, et enfin femme de Louis XIV. Elle aura hâte de jouir plutôt de plaisirs nouveaux, de prendre à Paris un rang éclatant plutôt

que sérieux ; dès qu'elle aura franchi le seuil d'un salon,
présentée par son mari, elle y retournera seule. Diane voit
une émancipation dans le mariage. M. Roch est jaloux,
dissimulé, haineux ; il redoutera le ridicule plus que toute
chose. Ce nain, qui vint au monde sans fortune et sans famille avouable, qui se dresse pour se grandir sur le corps
de tous ceux qu'il connaît et qu'il finit par exploiter, deviendra un tyran irascible, un geôlier féroce.

— Quelle triste peinture tu fais du mariage, Renée ?

— Des mariages mal assortis, seulement...

— Tu penses donc que le nôtre... ?

— Ne connaîtra point les nuages par ma faute, Vital.

— Allons embrasser Christian ! répondis-je.

Nous allâmes ensemble, en marchant tout doucement,
jusqu'au berceau où sommeillait le petit ange ; et quand,
après l'avoir regardé, admiré, embrassé, nous levâmes les
yeux l'un sur l'autre, nous surprîmes des larmes au bord
de nos paupières.

Oui, j'étais heureux ! bien heureux !

Jamais, je ne le fus davantage !

Je n'avais pas seulement la félicité, mais le sentiment de
cette félicité. Je pouvais analyser mon bonheur, sans
craindre qu'une étude approfondie de mon cœur diminuât
en rien ma joie.

Certes, le bonheur est d'abord un bien-être irréfléchi. On
sent, on ne discute pas. Mais quand à la saveur de cette
allégresse se joint le raisonnement qui affirme et corrobore
l'impression involontaire, le bonheur s'appuyant sur la logique, grandit de tout ce que l'on accumule de raisons pour
le trouver complet.

XIX

Le lendemain M. de Martigny vint me voir.

— Mon cher ami, me dit-il, je veux vous consulter pour une grave affaire.

— Affaire de barreau ?

— Nullement.

— De banque ?

— Encore moins.

— Souffrez alors que je me récuse.

— Vous m'affligeriez sincèrement.

— Que voulez-vous donc ?

— Un conseil.

— Je préférerais m'entendre demander un service.

— L'un est pourtant moins cher que l'autre.

— Le premier assume sur celui qui le donne une responsabilité; le second ne touche qu'à son argent.

— Mon cher ami, je tiens peu à l'argent quoique je n'en aie guère; il s'agit du bonheur de Diane et de son avenir... Vous me répondrez, je l'espère en toute franchise, car vous me témoignez une affection que je crois sincère... Que pensez-vous de votre ami Roch Onfroy ?

8

— Permettez, dis-je, Roch n'est pas absolument mon ami.

— Vous reniez ce titre ?

— Je n'y ai jamais prétendu.

— Ceci ne prouve point en sa faveur.

— Une question de sympathie plus ou moins grande n'influera en rien sur mes appréciations. Nous sommes sur tous les points d'opinions diverses. En politique, il est révolutionnaire, je reste conservateur ; en littérature, il met du fiel dans son encre et se passionne de parti pris ; je juge froidement et sans acception. Nous avons eu de fréquents rapports sans devenir jamais intimes.

— Si vous aviez une fille et que M. Roch vous la demandât en mariage, que feriez-vous ?

— Je refuserais ; mais à votre place j'accepterais peut-être.

— Pourquoi cette distinction ?

— Vous souhaitez voir votre fille heureuse ; eh bien ! mademoiselle Diane rêve de Paris. Parmi les jeunes gens qui dans notre chef lieu aspirent à sa main, aucun ne peut accomplir ce souhait. Roch est ambitieux ; il ira loin. Mademoiselle de Martigny se trouvera d'autant plus à sa place qu'elle s'élèvera davantage. C'est donc son avis qu'il vous faut demander avant le mien.

— Vous n'estimez pas Roch, me dit brusquement M. de Martigny.

— Il veut parvenir et tous les moyens lui seront bons !

Le père de mademoiselle Diane se frappa le front.

— J'ai consulté ma fille ce matin, et voici ce qu'elle m'a répondu : M. Roch, rédacteur en chef d'une *Revue* dont le propriétaire met cinq cent mille francs dans l'affaire, touche des appointements de douze mille francs. La *Revue* ne peut manquer de réussir. Tombât-elle, M. Roch aura joui pendant quatre ou cinq années d'une influence suffisante pour mettre au jour ses œuvres antérieures; sa situation sera faite et sa réputation conquise. Ne serai-je pas plus heureuse d'être la femme d'un écrivain connu que la compagne d'un pauvre fonctionnaire ou d'un petit propriétaire? Je déteste les romans parce qu'ils exagèrent les sentiments; les miens sont fort calmes. Je ne me laisse point bercer d'illusions afin de m'éviter des désespoirs. Dans les contes de fées seulement, les princesses enfermées épousent le prince Charmant; je rencontre Riquet à la Houpe et je me contente. Ne soyez pas plus exigeant que moi; la vie est d'un positivisme contre lequel nous ne pouvons rien l'un et l'autre...

— J'avais raison tout à l'heure, dis-je à M. de Martigny; mariez Mademoiselle Diane à Roch Onfroy.

— Mais elle sera malheureuse!

— Moins qu'une autre; d'ailleurs elle l'aura voulu.

— Ce Roch est affreux!

— J'en conviens; mais voulez-vous garder votre fille près de vous?

— Je tiens au contraire à l'établir promptement.

— Alors prenez-en votre parti, et donnez-là à Roch. S'il est la réalisation du Caliban de Schakespeare, soyez sûr qu'elle le voit mieux que nous. Quant à la valeur morale de mon compagnon d'école de droit, elle l'apprécie également. La situation de Roch deviendra belle; d'ici à cinq ans ce petit bossu nous laissera fort loin, et toutes les femmes ne sont pas heureuses de la même façon.

M. Martigny me serra la main.

— Venez ce soir prendre une tasse de thé.

— Volontiers.

— Et puis donnez quelques conseils à Diane.

— Je vous le promets.

Je racontai à ma femme ma conversation avec M. Martigny; Renée refusa d'abord de m'accompagner, Christian souffrait des dents. Il fallait qu'à toute minute elle le prît dans ses bras pour le distraire de ses douleurs.

Cependant la pensée que Diane avait besoin d'aide et de conseil dans une circonstance grave la décida à venir chez madame de Martigny. En quelques instants elle improvisa une toilette d'une simplicité charmante.

Il y avait foule dans le salon de madame de Martigny.

On flairait un mariage.

Chacun avait hâte de voir Roch, l'avorton, métamorphosé en rédacteur en chef d'une *Revue* parisienne. Le critique s'attendait à cet accès de curiosité. Quand nous entrâmes dans le salon il se tenait adossé à la cheminée, causant avec quelques hommes ; traitant les sujets les plus épineux avec une rare aisance et une véritable supériorité.

Quand il m'aperçut il me tendit la main.

— Enchanté de vous voir, me dit-il.

Puis se tournant vers Renée :

— Faites-moi l'honneur de me présenter à madame ; je n'espère point qu'elle ait gardé mon souvenir.

Madame de Martigny fit placer Renée auprès d'elle.

Mademoiselle Diane, assise dans un angle, causait avec Arthémise.

Diane était vêtue d'une robe de crêpe bleu ; des myosotis étaient dans ses cheveux. Un grand palmier placé dans une jardinière laissait tomber sur son front l'ombre de son éventail. Elle semblait préoccupée.

Arthémise portait une toilette composée d'un nombre incroyable de petits bouillons, de volants et de dentelles ; un fouillis de tulle, de roses, de rubans, le tout copié sur une gravure de modes, suivant son habitude.

Elle semblait enchantée de sa petite personne, et tout en causant avec Diane, elle ne quittait guère du regard un jeune percepteur que cette affectation d'élégance impressionnait visiblement.

Je m'approchai des deux jeunes filles.

Mademoiselle Arthémise me regarda avec une parfaite indifférence. Diane, au contraire, fixa sur moi un regard clair.

— Dois-je vous complimenter? lui demandai-je.

Arthémise, entendant une ritournelle, s'était levée et venait de placer sa main dans celle du percepteur.

Nous nous trouvions donc un peu isolés, Diane et moi.

— Vos compliments ressemblent fort à des condoléances, répondit-elle avec un certaine âpreté d'accent. J'épouse M. Roch parce que c'est ma volonté, mais je ne suis pas l'impulsion de ma sympathie.

— Malheureuse enfant ! m'écriai-je malgré moi.

— Vous me plaignez, monsieur Vital ! c'est trop ou trop peu ! Qui sait d'ailleurs si je ne trouverais point dans cet Ésope moderne les qualités suffisantes pour mon bonheur? Je ne suis pas une fille romanesque! Je ne rêve pas au clair de la lune, je ne joue pas les *Mélodies* de Schubert ; je n'apprends point par cœur les désespérances de Lamartine! La vie de mon cœur est close, si elle exista jamais ; j'ai fermé le livre, et la place du feuillet rose ou bleu sur lequel je pouvais avoir la fantaisie d'écrire un nom, je calcule la cote de la bourse et je suis passablement une discussion politique. C'est bien assez par le temps qui court, allez !

— Votre existence deviendra un enfer.

— Vous croyez donc que les sympathies font toute l'étoffe de la vie?

— La meilleure du moins.

— Non, seulement la plus brillante; comme toutes les jeunes filles j'ai caressé une illusion ; elle s'est envolée avec les hirondelles, mais comme les oiseaux elle ne saurait revenir.

— En êtes-vous sûre?

8.

— Si complétement que j'épouse M. Roch.

— Et celui que vous aviez distingué...

— Ne s'en est jamais aperçu.

— Qu'est-il devenu?

— Il est mort.

Ses doigts froissèrent la batiste de son mouchoir. Arthémise revenait à sa place, je me levai, et je saluai mademoiselle de Martigny.

Je cherchai autour de moi; je comptai les jeunes hommes de la ville; aucun ne manquait à l'appel. Les étrangers étaient rares; la famille de Diane ne voyageait pas, même pour aller aux bains de mer. Ma curiosité s'obstina. Je voulais un nom pour cet être mystérieux dont elle avait parlé; il fallait une épitaphe et une date sur cette tombe.

Tandis que je m'adressais cette question, Roch me rejoignit.

— Quel charmant tableau forment votre femme et ma fiancée! me dit-il; l'une un peu pâlie par les soins de la maternité, l'autre dans toute sa verte efflorescence; l'une un peu négligée et sans art, sachant que sa part est faite, son mari trouvé et sa vie assise; l'autre drapée comme les Muses, belle et grave comme elles.

Mes yeux étudièrent, en effet, le groupe représenté par Diane et Renée; je voulais prouver à Roch que son appréciation manquait de justesse, afin d'en changer les termes. Mais en observant attentivement les deux jeunes femmes, je fus obligé de convenir que le malin bossu avait raison contre moi. Il avait parlé méchamment, sans nul doute. Ses mots portaient comme les traits vomis d'un carquois. Renée était mieux que jolie, elle était sainte, mais en ce moment, homme, je jugeais une femme, et cette femme laissait prise à la critique.

La pauvre Renée m'avait accompagnée par complaisance à cette soirée, et le soin de sa toilette s'en ressentait. Sa

robe de taffetas mauve n'avait pas d'éclat, ses cheveux
tordus en hâte seyaient moins bien que de coutume à son
joli visage, un peu défait. Chère Renée! elle avait tant
veillé auprès de Christian que pour moi sa pâleur la rendait touchante. Mais les autres invités en jugeaient différem-
ment, ils restaient dans leurs droits d'analistes. Auprès
de ma modeste Renée, de ma perle malade, Diane brillait
de tout son éclat. La fraîcheur vaporeuse de sa toilette,
l'irréprochable correction de sa coiffure donnait tort à celle
dont j'avais en garde la vie et le bonheur.

Roch observait attentivement mon visage, afin d'y lire le
résultat de ses insinuations.

Bien que j'éprouvasse un certain froissement, j'affectai
une grande aisance.

— J'avoue, dis-je, que la parure de ma femme est négligée ce soir, mais notre enfant est malade, et Renée a
veillé deux nuits.

— Il fallait le lui défendre : les veilles pâlissent le teint
et rougissent les yeux. Quand Diane sera ma femme, je ne
lui laisserai point oublier ni ce qu'elle me devra, ni ce
qu'elle doit au monde...

— Qu'a de commun le monde avec notre bonheur ?

— Il le défait souvent, j'en conviens, répondit Roch, mais
il nous est nécessaire.

La conversation continua sur ce ton. Je me sentais maussade, presque irrité. Jusqu'à ce moment, j'avais jugé Renée
supérieure aux autres femmes ; on venait de trouver un
défaut à la cuirasse de cette chère créature. Il s'agissait de
moins que rien ? d'une robe, d'une coiffure!

Le grain de sable est peu de chose, mais sa chute trouble
l'eau.

Mes adieux à la famille de Martigny furent froids.

Je ramenai Renée avec plus de hâte que d'empressement.

Quand nous rentrâmes, Christian pleurait.

Renée courut à son berceau, prit l'enfant dans ses bras et s'écria d'une voix remplie d'angoisse :

— Nous n'eussions pas dû aller au bal !

— C'est vrai, répondis-je.

Je me mis à genoux auprès d'elle, et nous partageâmes nos soins à l'enfant, qui riait dans nos bras un instant après.

J'évitai de sortir de chez moi pendant plusieurs jours. J'avais peur de rencontrer Roch ; il me semblait que ce malin bossu exerçait une influence satanique. Je demandai un soir à Renée si elle croyait à la *jettature.*

Elle me regarda sérieusement.

— Mon ami, me répondit-elle, je ne porte point à ma chaîne une corne de corail, et je ne fais aucun signe cabalistique avec mes doigts quand certaines personnes se présentent à ma vue. La *jettature* est une superstition. Mais je crois qu'il est des êtres mauvais, distillant partout et toujours le mal. L'exorcisme ne les frappe jamais assez ; je les redoute et je les fuis.

— C'est aux démons à redouter les anges.

Elle sourit :

— Je ne suis point un ange ; si j'en étais un, je craindrais d'être tenté.

Peu de jours après cette soirée, le mariage de mademoiselle de Martigny fut officiellement annoncé.

Roch dissimula sa joie le plus habilement qu'il put ; mais il ne parvint pas à l'étouffer complétement.

Pothin Manjou avait presque complétement disparu.

Ce grand abruti, cette besace vidée, cette futaille sonnant creux, ne pouvait plus servir à rien ni à personne.

M. Manjou s'adressa à Roch afin de trouver le moyen de tirer parti de son fils.

Ce n'était pas chose aisée.

Heureusement que Pothin fut soudainement repris d'une
sorte de nostalgie de la terre arable et du paysage. Lassé de
Paris, de son tumulte, de sa poussière, il redemandait l'air
salubre pour ses poumons malades.

M. Manjou se trouvait en ce moment obligé de renouveler le bail d'un fermier qui payait peu, ou de reprendre la
direction de sa ferme. Il fit chercher un valet habile et
honnête, lui confia les travaux, et laissa à Pothin l'honneur
de l'exploitation. Le gros garçon s'épanouit d'aise. Il chaussa
des sabots avec enthousiasme, endossa les peaux de chèvre
et des paletots de laine moutonnée, parla patois et marcha
consciencieusement dans ses prés et le long de ses haies,
questionnant les gardeurs de moutons et les journaliers,
estimant la valeur des bêtes, et mangeant comme Milon de
Crotone le bœuf qu'il aurait pu assommer d'un coup de
poing. La ville aurait achevé de le perdre, la campagne le
régénéra. Il faisait partie de cette race d'hommes un peu
lourde qui tient des ruminants. Il avait besoin de la vie de
famille au milieu des embarras joyeux de l'entrain d'une
ferme. Né bon et sans fierté, il se fit aimer des paysans.
Roch qui lui devait tout et qui en avait vécu, Roch qui
l'avait poussé au vice, trouva encore le moyen de se faire
bénir comme un sauveur par le père Manjou et par le béné-
vole Pothin.

Il était dit que tout lui réussirait et qu'il conquerrait
jusqu'à l'estime.

Enfin son mariage fut célébré.

Les pompes de la cathédrale se déployèrent pour cette
cérémonie.

Roch chargea un ami de l'achat de la corbeille, dont la
magnificence devint le sujet de conversations pendant une
semaine entière. Diane avait deux cachemires! des dentelles merveilleuses et des diamants! Quant au trousseau,
madame de Martigny, pour ne point trop demeurer en ar-

rière, le commanda à Paris, et Diane l'étala dans son boudoir à la grande jalousie de ses amies.

Arthémise critiqua amèrement certains détails. Les fonds des châles manquaient de finesse, les nuances criaient; la monture des diamants n'était pas assez légère. Le linge aurait dû être garni de plus de valenciennes. A part elle, la pauvre Arthémise se disait que son trousseau serait loin d'égaler celui-là; cette réflexion amère ne la portait point à l'indulgence; elle se consolait en gâtant un peu la satisfaction vaniteuse de mademoiselle de Martigny!

— Je serai ta fille d'honneur, disait-elle à Diane, et je garderai mon bouquet pour le jour de mon mariage.

— Est-il décidé?

— A peu près; mais je ne l'avoue qu'à toi.

— Pauvre petite! répondit Diane avec l'accent de la pitié. Épouser un percepteur! Tu aurais tant souhaité le luxe!

— J'aurai le bonheur.

— Tu auras un mari nomade qui tous les trois ans sera trop heureux de dresser sa tente ailleurs pour un mince avancement; tu vivras campée et non fixée quelque part. Va, tu ne sais pas ce que c'est qu'un fonctionnaire.

— Un homme investi d'un poste de confiance.

— D'accord, mais que l'on parque avec ses pareils. Tu n'iras qu'à peine à la préfecture, quand ton mari aura une perception de chef-lieu, ce qui peut beaucoup se faire attendre... En province on n'aime pas les fonctionnaires; ce sont des inconnus qui demeurent toujours des étrangers. La noblesse les dédaigne, la bourgeoisie ne les accepte guère! Enfin toutes les destinées ne sont pas pareilles. Ce sera bien la peine de te mettre en frais de toilette pour de petites pimbêches de sous-préfecture.

— Que veux-tu, répondit Arthémise; toutes les jeunes filles ne se marient pas comme toi.

— Je songe d'abord au positif, et ma part est faite. Ne

me plains pas trop, va ! Dans deux ans nous verrons si tu
ne choisirais pas le futur contrefait, le mayeux, au bellâtre
niais, qui te rendra au bout de quelques mois l'existence
ennuyeuse.

Diane et Arthémise commencèrent à se haïr, mais sans
se brouiller.

Le jour du mariage, Diane se montra charmante; le lendemain, les deux époux partirent sans prendre congé de
personne, excepté de la famille de Martigny et de la mienne.
Les affaires de Roch le rappelaient du reste à Paris d'une
façon impérieuse. Le personnel de la *Revue* une fois composé, les articles préparés pour quatre livraisons, le rédacteur en chef devait se trouver à son poste.

Roch débuta d'une façon brillante et bruyante.

La veille de l'apparition de sa *Revue*, il donna un grand
dîner auquel toute la presse fut conviée. Diane remplit pour
la première fois ses fonctions de maîtresse de maison ; elle
s'en acquitta avec une grâce souveraine, et les chroniqueurs
de Paris dont l'emploi est de tenir les lecteurs au courant
de ce qui se passe dans les salons ne trouvèrent point assez
d'éloges pour madame Onfroy. Son succès s'établit en une
soirée, et à Paris, quand il vous a souri une fois, il est rare
qu'il vous abandonne.

Roch m'adressa des journaux, mais il ne m'écrivit pas.

Le temps se passait.

Christian grandissait et faisait notre joie.

Ma mère me remerciait de ma sagesse, comme si cette
sagesse, élément de mon bonheur, ne m'était point aussi
précieuse qu'à elle-même.

Mon père, convaincu que j'étais enfin rangé à la vie nor-
male et sérieuse, m'initiait lentement à la marche de ses
affaires. Il ne le fit pas seulement pour me donner une
marque de confiance; la fatigue venait sans qu'il se l'a-
vouât.

Sans doute il possédait encore beaucoup d'énergie, mais les rouages de la vie s'usaient. Il sentait le besoin d'être suppléé. Je le faisais avec dévouement et habileté, et notre maison était à son plus haut point de prospérité, quand mon père fut brusquement foudroyé par une atteinte d'apoplexie.

Rien ne la faisait pressentir. Ce fut un coup terrible pour ma mère, et pour moi un violent chagrin. Depuis mon mariage, mon père avait changé à mon égard. Il estimait beaucoup Renée et sa confiance en elle était énorme.

Ma mère ne se soutint que par la foi. Ce trépas soudain l'atteignit au cœur ; elle oublia qu'elle avait souffert de la dureté de mon père ; elle se souvint seulement qu'elle lui était liée par des nœuds sacrés, et ses regrets n'eussent pas été plus vifs si elle avait perdu le plus dévoué et le meilleur des maris.

Je la consolai avec une tendresse pleine d'effusion. Renée et Christian ne la quittèrent plus ; ma mère ne pouvait se résoudre à se séparer de ce petit enfant qu'elle aimait de toutes les forces de son cœur. Peu à peu l'ivresse de sa douleur se dissipa ; elle pleura avec moins d'amertume ; la prière lui rendit ses divines espérances, et elle fut sauvée.

Mes occupations doublèrent d'importance.

Tout loisir me manqua. Le bureau me gardait tout le jour et me réclamait souvent même pendant la soirée. Renée s'inquiétait pour ma santé. Je refusais d'avouer que l'excès de labeur me devenait pénible et que je craignais de le trouver dangereux. Peut-être même aurais-je continué à garder le silence à l'égard de ma mère et de ma femme, si une circonstance à laquelle j'étais loin de m'attendre ne m'eût obligé à demander leur conseil avant de prendre une décision grave.

XX

Un matin je reçus une lettre de Roch.

C'était la première fois qu'il m'écrivait depuis son mariage.

Voici ce qu'elle contenait :

« Mon cher ami.

« Je ne t'oublie point au fond de ta taupinière. Il m'a semblé prudent d'attendre avant de te faire une proposition qui va tout d'abord te révolter. Je m'entends. Tu ne seras point si surpris que tu voudras en avoir l'air ni aussi irrésolu que tu le feindras. Tu es, en somme, un garçon d'esprit, comprenant la vie; tu as côtoyé la grande voie parisienne de la fortune; le Pactocle coule pour tout le monde, il suffit d'en suivre le courant.

« Ce qui est faisable aujourd'hui ne l'était pas hier. La mort de ton père te rend ta liberté; l'expiation de ton deuil te laisse dans l'observance des convenances les plus strictement rigoureuses.

« Je vais te proposer une chose énorme, puisque je l'entoure de circonlocutions semblables? Cela est vrai. Mais tu as beau faire le provincial, tu demeures là-bas un homme fourvoyé. L'heure du repentir est venue. Que cet imbécile de Pothin creuse des canaux d'irrigation, tente des essais de culture et fume ses terres en regardant des bœufs mélancoliques, fort bien! mais toi! Vital! toi, dont la sève exhubérante jaillissait jadis par tous les pores, tu ne peux te résigner à végéter à R...

« Ne connais-tu pas assez les rues solitaires de notre ville natale, ces rues dont chaque pavé s'entoure d'une bordure de gazon? Ne sais-tu pas le nombre des arbres de la promenade que les bons bourgeois parcourent le dimanche avec leur fils habillé en collégien, et leurs filles qui portent des jupes trop courtes? Si je voulais, moi, à distance, je décrirais chaque maison et chaque ruelle de cette cité conservée par un procédé dont le secret nous échappe, et qui garde l'esprit de province dans les villes de province, comme la lave moulait les corps des fuyards d'Herculanum et de Pompéi!

« Oh! Paris! Paris.

« J'y vis, j'y règne presque.

« Ma *Revue* fait autorité. On me traite en puissance; les ministres comptent avec moi.

« Je reçois toutes les semaines, et si Diane avait pu embellir, je la trouverais plus belle encore qu'autrefois. Ce n'est plus, du reste, la jeune fille placide et froide que tu as connue; elle s'est animée d'une façon complète. Elle a plus d'esprit qu'un homme spirituel.

Notre vie est facile, large, enviée. Diane doit se trouver heureuse, car elle arrive au niveau de ses ambitions. Je me trompe, Diane n'a point de but, et son imagination dépasse la mienne. Sa devise pourrait bien être celle de Fouquet: — « Où ne monterais-je pas? » — Il est juste que, pour une telle femme, rien ne soit impossible; elle donnerait du talent à un homme vulgaire, et pousserait vers l'innovation et le progrès ceux que le ciel doua de facultés vives.

On l'admire, on l'écoute. Diane possède un immense orgueil, dont je m'applaudis. Si Diane le voulait, elle prendrait la plume et ferait des articles d'une finesse rare et d'une vigueur que bien des hommes envieraient. Jusqu'à ce moment, elle appelle travers la manie qu'ont les femmes de produire des œuvres d'imagination. Diane en fait des inspiratrices et ne comprend pas qu'elles mettent en œuvre le roman rêvé, le drame conçu. Elle excède les qualités d'intelligence d'un homme sans les prétentieuses faiblesses de la femme.

« Tu la verras! car j'ai pris le chemin des écoliers et suivi le sentier du Chaperon-Rouge pour en venir à ma proposition. Est-ce par divagation naturelle d'esprit ou par pusillanimité que j'agis de la sorte? J'use de précautions oratoires, et te voilà trop prévenu que tu vas entendre une chose énorme, pour qu'elle ne te paraisse pas toute simple. Cela vaut infiniment mieux.

« Veux-tu revenir à Paris?

« Non! t'écrirais-tu d'abord. — Réfléchis. — Mais je n'ai plus de droit à faire; je suis marié, père de famille. — Raison de plus, accours à Paris pour y faire fortune.

« Ton père t'a laissé une maison de banque, jouissant d'une excellente renommée; mais en demeurant où tu es, et ce que tu es, tu n'arriveras jamais à la vraie possession de la richesse; en province, du reste, le moyen de la dépenser te ferait défaut. Tu peux acheter la moitié d'une charge d'agent de change, et tu deviendras une puissance de la Bourse. Un de mes amis, Morisson, a en mains un million de capital et il cherche un associé. J'ai pensé à toi.

« Cette proposition ne t'effraierait pas si tu étais seul;

mais ta belle-mère va jeter les hauts cris ; ce qui est plus grave, ta femme pleurera. — Tu manques d'esprit de conduite, dira-t-on. Sur le dé d'une espérance lointaine tu vas risquer une fortune honorablement acquise. Peut-être même parlera-t-on d'une façon détournée des dangers de Paris.

« Si la province t'a seulement entamé, tu discuteras ces arguments et tu défendras pied à pied le macadam et le bitume des boulevards ; si la province t'a plié, appauvri, atrophié, tu m'écriras une lettre de remercîments polie qui signifiera : — Pourquoi diable troubles-tu la sécurité de mon ménage ?

« Tout sera dit ; un Parisien à la mer !

Raisonne, cependant :

« Ce que tu possède, en profites-tu ?

« Dans la confortable maison que tu habites, tu reçois de braves gens dont l'esprit s'agite dans le cerveau à la façon dont l'écureuil tourne dans sa cage.

« Ta femme est charmante, mais elle se meurt d'ennui, et sans qu'elle sache pourquoi elle vieillira avant l'heure.

« Et ton fils ! que feras-tu de ton fils ?

« Il fera son droit comme nous avons fait le nôtre, et se trouvera exposé aux dangers que nous avons couru, et au crétinisme dans lequel Pothin est tombé.

« Cette époque est bien loin encore ? Je l'admets ; seulement, si la vie de Paris t'effraie aujourd'hui, si l'engrenage des affaires te cause le vertige, que sera-ce quand tu auras perdu souvenir de son mouvement, de ses fièvres, de ses fortunes soudaines, de ses ruines subites, des changements à vue qu'il ménage, des surprises qu'il multiplie ? L'âge ne t'aura point tellement affaibli que le besoin du travail ne se fasse sentir encore ; seulement tu auras perdu l'habitude de ces affaires, qui s'échafaudent sur rien, et se bâtissent à miracle.

« Faute de connaître la Bourse, tu y perds des fonds qu'il
eût été possible de doubler. La mauvaise humeur te pren-
dra, tu ne croiras plus à la possibilité de reconquérir les
sommes perdues, et tu ne sauras te consoler de les avoir
aventurés sur une nouvelle politique. Quand on est jeune
comme nous le sommes, on regarde devant soi ; les vieillards, eux, tournent la tête en arrière.

« Tu ne viendras point à Paris en inconnu. Ma position
est bien établie, et je suis entouré de quelques-uns de nos
amis de l'école.

« Prends huit jours pour réfléchir.

« Morisson, prévenu que je lui cherche un associé, attendra
avec une patience d'israélite.

« Diane supplie Madame Renée de ne point s'effrayer de la
vie mondaine de Paris, et se fait à l'avance un bonheur de
l'embrasser.

« Nous avons un appartement assez vaste pour vous céder
trois pièces lors de votre arrivée, afin que vous n'ayez pas
l'ennui d'habiter même provisoirement un hôtel meublé.

« Pèse bien tout ce que je viens de te dire, ne te hâte ni
d'approuver ni de refuser : demande l'avis de ta belle-
mère, et ne le suis jamais.

« A toi de cœur,

« ROCH. »

La lecture de cette lettre me jeta dans la surprise, puis
de la surprise, je tombai dans la stupeur.

Je la reprenais, je la méditais, je la repoussais. Si elle
renfermait quelque paradoxes, que de vérités ne conte-
nait-elle pas ?

Roch avait raison : je m'abrutissais dans la monotonie
de cette existence de mollusque collé au rocher de la province. Le travail m'écrasait sans profit. Je ne savais que

faire de mes soirées. Souvent je rentrais dans mon cabinet, faute d'avoir une distraction suffisante.

J'aimais toujours ma femme et Christian, mais ils m'occupaient d'une façon régulière, uniforme, sans ajouter beaucoup d'émotion à ma vie.

Le projet de Roch me parut réaliser mon rêve secret ; la seule chose difficile était de le faire adopter par Renée. Elle ne manquait pas d'intelligence, la chère créature ; elle possédait même un esprit élevé et juste ; mais à force de l'appliquer à la discussion de choses d'un médiocre intérêt, elle le paralysait. L'imagination demande autant d'exercice que le corps. Je me rendais parfaitement compte du progrès qui avait dû s'opérer dans toute la personne de Diane, et, à l'avance, je la comparais à Renée. Ma femme s'était doucement laissé couler sur la pente de l'habitude. La lettre de Roch répandait une soudaine lumière autour de moi, et dans ma maison tout changea subitement d'aspect.

A l'heure du déjeuner, je me fis un peu attendre ; ma préoccupation était visible ; je trouvai les mets sans saveur, et je me souvins de certaines sauces épicées de restaurants où je dînais autrefois avec Roch. Le peignoir de Renée me parut fané, je lui en fis la remarque.

— J'aurais pu en acheter un autre, me dit-elle, mais je fais des économies.

— Dont je pâtis.

— Je songeais à Christian, me dit-elle.

— Cette réflexion eût été bonne dans la bouche de Lia, ma chère : Rachel songeait à être agréable à son mari.

Renée baissa la tête et ne répliqua rien.

Ma mère me regarda d'un air surpris.

Je quittai la table rapidement et je sortis, j'avais besoin d'air et de liberté. Je me fatiguai pendant tout le jour ; le soir, je rentrai de meilleure humeur, et ce fut avec un bon mouvement de tendresse que j'embrassai ma femme.

— C'est aujourd'hui jeudi, me dit-elle, nous aurons, je crois, beaucoup de monde.

Je sentis tout mon contentement s'en aller.

Du monde ! Quel monde ! Des voisins abrutis par leur journal, des gens incapables de la moindre initiative, des femmes idiotes ou futiles comme Arthémise. D'habitude, j'attendais ce jour avec une certaine impatience. Il me rapprochait de vieillards qui avaient été les amis de mon père ; Renée retrouvait ses anciennes compagnes ; on ne parlait sans doute pas de choses bien intéressantes, mais on rappelait des noms estimables, des faits importants dans la vie de chacun; la vie se resserrait, et tout ce que la province possède d'excellent se condensait dans ces réunions intimes.

Ce soir-là, je me montrai d'une extrême maussaderie.

Renée se préoccupait de ma tristesse et manquait de l'aimable entrain dont je la complimentais ordinairement. Je tentai vainement de me faire violence, de grimacer quelques sourires, et de lancer quelques saillies ; l'effort se trahissait dans toutes mes paroles. Cette soirée me parut d'une interminable longueur.

Quand elle fut terminée, je dis rapidement bonsoir à ma mère et à ma femme, et je montai dans mon cabinet.

Je repris la lettre de Roch.

Je la lisais pour la centième fois, quand une ombre se fit sur mon bureau. Je tournai la tête ; Renée, que je n'avais point entendue venir, lisait par dessus mon épaule.

— Voilà ce qui te tourmente, Vital ? me demanda-elle d'une voix très-faible.

— Oui, Renée.

— Tu voudrais partir ?

— Roch a raison... Une fortune rapide, l'intérêt de Christian...

— Le seul intérêt de Christian est que nous soyons

heureux, car alors nos soins seront continus et attentifs...
Mais, poursuivit-elle en se rapprochant de moi davantage,
tu n'es donc pas heureux ? Cette lettre te bouleverse ; tu
reprends la nostalgie de ce Paris que je t'ai entendu mau-
dire. Quelques pages d'un homme qui est à peine ton ami,
et dont plus d'une fois tu as blâmé devant moi les principes relâchés, suffisent pour donner une autre direction à
tes pensées... Qu'est M. Roch, cependant ? Une sorte de
Méphistophélès dangereux dont l'influence malsaine t'a
fait souffrir déjà... Oublies-tu m'avoir confié un jour le
rôle qu'il joua dans une triste histoire. . Roch nous portera
malheur ! Je te le répète avec conviction, et cependant je
suis non-seulement prête à te suivre, mais à prendre devant notre mère l'initiative de ce départ. Je lui laisserai
croire que je m'ennuie là où je me trouve heureuse ; que
je suis tentée par ces plaisirs de Paris qui en réalité me
font peur ; que je te veux riche pour dépenser beaucoup,
et que la fièvre du luxe m'a saisie... Ne refuse pas ! il
vaut mieux que cela vienne de moi, moi la belle-fille, que
de toi, le fils, le Benjamin... Oui, Vital, je ferai cela pour
toi, pour ton bonheur que j'ai juré de rendre complet ;
mais le mien sera perdu, perdu sans ressources, et Paris
sera le tombeau de notre félicité.

Je rassurai Renée ; je lui montrai l'avenir sous les couleurs que lui donnait Roch et qui passaient dans mes yeux
aveuglés. Je trouvai dans son sacrifice une spontanéité,
une grandeur qui la relevèrent subitement, et lui ren-
dirent le prestige des anciens jours que Roch tentait d'a-
moindrir. Elle reçut avec une sorte de tristesse les remer-
ciments chaleureux que je lui adressai.

Plus je me montrais satisfait, plus elle devait souffrir,
car alors elle comprenait mieux la profondeur du mal auquel je cédais. Mes éloges sur sa générosité blessaient les
délicatesses de son âme ; ma reconnaissance l'offensait en

lui montrant le besoin que j'éprouvais de sortir du cercle étroit de la famille. Mais d'un coup d'œil elle avait jugé la profondeur de la blessure et compris que le seul remède à mon mal était de ne point condamner ma folie !

Pauvre Renée ! Elle restait accoudée sur la table, me regardant avec ses yeux bleus, tristes et résignés, et cherchant dans son amour la force de sécher ses larmes.

J'éprouvais une sorte de remords ; je me demandais ce que serait l'avenir ; je fus sur le point de déchirer la lettre de Roch et de ne plus songer à ce départ : mais je pensai que si Paris me fatiguait, il serait toujours temps de revenir.

Ma femme comprit à quel combat je me livrais.

Elle me prit le front dans ses deux mains :

— Je serai forte, Vital, compte sur moi.

Elle disparut comme elle était entrée, sans faire le moindre bruit.

La journée du lendemain fut triste.

Mon humeur, redevenue charmante, contrastait avec celle de Renée, qui subitement venait de s'assombrir.

Ma mère semblait surprise et peinée ; elle proposa à Renée de faire une promenade.

— Non, dit ma femme assez sèchement, je vous remercie, ma mère.

— Tu as du chagrin, Renée ?

— Moi ? oh ! mon Dieu, non ! Je ne me fais pas de peine pour si peu, et je comprends que Vital ne soit pas disposé à renouveler ma corbeille de noces...

— Qu'est-ce que cela veut dire ? demanda ma mère.

Mes yeux interrogèrent Renée, elle me rassura du regard.

— Cela veut dire qu'on me refuse un cachemire.

— Tu en as deux !

— Cela ferait trois.

— Une folie ! dit ma mère.

— Soit ! Je ne plaide pas la cause de ma raison, je de-

9.

mandais un cachemire, voilà tout... et je priais Vital de changer nos chevaux.

— Des bêtes excellentes !

— Ce qui n'empêche pas de renouveler son écurie.

— Mais, Renée...

— Encore une fois, ma mère, j'ai désiré, on me refuse, voilà tout... Mes amies ont des voitures à elles, des chevaux à elles; elles achètent des robes tous les jours... On a blâmé le mariage de Diane... c'était à tort... beaucoup de mariages d'inclination ne sont point aussi heureux, car M. Roch ne lui refuse rien.

— Voyons, Vital, dit ma mère, donne-lui le cachemire, j'achèterai les chevaux.

— Je vous remercie, ma mère, dit Renée en secouant la tête; il m'a refusée, je ne veux plus rien ! Je souffre, la vie me paraît lourde... je voudrais des distractions, de la liberté, du plaisir...

Elle ajouta comme si elle se parlait à elle-même :

— Diane est bien heureuse !

— Diane, répétai-je, mais Diane est à Paris.

— Eh bien ?

— Est-ce que tu voudrais y demeurer?

— Partons ! s'écria-t-elle en tombant dans mes bras et fondant en larmes.

— C'est un caprice d'enfant, dit ma mère.

— Auquel je réponds en tout cas par une résolution d'homme.

— Tu me quitterais?

— Ne viendrez-vous pas?

— Jamais, Vital; je suis née en province, c'est en province que je mourrai!

Et comme Renée sanglotait toujours, ma mère lui dit avec une adorable bonté :

— Allons, ne pleure pas, enfant gâtée, tu partiras et tu regretteras ceux que tu laisses ici...

— Entends-tu, Vital? me dit ma femme.

— Partons toujours, lui répondis-je.

Je n'avais pas l'intention de tarder à mettre mon projet à exécution. Pendant la soirée, les mesures furent arrêtées en commun. Le secrétaire qui me remplaçait souvent désirait prendre une situation, ma maison de banque lui convenait; la dot de sa femme suffisait presque pour la payer. J'écrivis tout de suite à Roch pour l'informer de ma résolution. Mes capitaux étaient faciles à réaliser. Ma mère continuerait d'occuper la maison, que nous habiterions pendant les trois mois de l'année que le Paris élégant consacre à l'émigration. Ma mère, voyant avec quelle promptitude j'exécutais les choses relatives au départ, eut peut-être une vague idée de la vérité. Elle me parla souvent de Renée avec une grande effusion de tendresse. Elle me supplia de la rendre heureuse, et de ne jamais attrister le cœur le plus dévoué qu'elle connût.

— Tu verras des femmes plus brillantes, me dit-elle, il n'en est point de meilleure! Elle se trouvera seule, toute seule dans ce grand Paris; ne lui manque pas, Vital, tu commettrais un crime.

Je promis tout ce que ma mère voulut, tout ce que, à la vérité, je pensais pouvoir tenir.

Quinze jours après avoir reçu la lettre de Roch, je me trouvais prêt à partir.

Avant de quitter la ville, je voulais faire une visite à la tombe de mon père.

J'y allai seul, le soir.

Le gardien me connaissait, et sans difficulté, il m'ouvrit la porte et me laissa plongé dans mes rêveries.

Je suivis une longue allée; à gauche je pris un sentier, et j'aperçus le tertre surmonté d'une croix.

Sur la pierre une femme était assise : l'un de ses bras entourait la croix, l'ombre tombait sur ses genoux ; la figure restait inclinée vers la terre.

Un moment, je me demandai si Renée n'avait pas eu la même pensée pieuse, et ne venait point dire adieu aux morts avant de quitter le pays natal.

Mais Renée n'avait point ce je ne sais quoi de céleste qui s'irradiait autour de la figure penchée.

Comment avais-je pu croire que je ne reverrais jamais cette ombre fraternelle? Je la reconnaissais enfin, c'était ELLE! ELLE qui, cette fois encore, se plaignait et m'accusait. Je me mis à genoux près de la tombe; elle se leva de la place qu'elle occupait et se prosterna à mes côtés. Ses regards ne me révélaient rien de sa pensée, mais je la sentis profondément triste. Quand j'eus fini mon oraison, elle arracha de la tombe une poignée de fleurs et elle me la tendit.

Leur parfum pénétrant me montait au cerveau et me troublait le cœur; et sa voix à ELLE, cette voix muette qui résonnait en dedans et parcourait toutes les fibres de l'être, me disait :

« Roch est le faux ami, le mauvais ange, le Yago qui tue Desdémone par la calomnie, le Jachimo qui se repaît du malheur d'autrui. Ne t'avais-je point ménagé un bonheur capable de suffire à tout homme? Quel ange que ton enfant! Reste ici! Où furent les berceaux, où demeurent les tombes, plane la bénédiction du ciel. Je suis la voix qui ne ment jamais, l'intuition céleste contre laquelle nul ne se révolte. Reste! reste! Si tu pars, Renée mourra! »

Je frissonnais de tous mes membres.

ELLE se leva; l'ombre mystérieuse des nuits l'entoura de ses voiles; de sa présence que rien ne trahissait plus hors des fleurs, il me resta un cruel malaise. Je savais trop ce qu'elle venait de me dire. Où Roch se trouvait, le mal ne

tardait pas à venir! Mais il était trop tard pour reculer de-
sormais, et je rentrai chez moi préoccupé, morne, mais décidé au départ.

Le lendemain, tout était consommé.

XXI

L'ivresse que Paris porte en soi me reprit. Roch m'entraîna dans son tourbillon. Je posai le pied dans un monde nouveau et brûlant avec une sorte de terreur intime que je combattis par l'étourdissement et la forfanterie.

Étudiant, j'avais goûté les plaisirs bruyants d'une jeunesse orageuse ; homme, je me laissai mordre par une passion plus âpre et plus difficile à satisfaire que celle de dépenser quelques milliers de francs avec des amis de mon âge ; la soif de l'argent me venait ; les fortunes rapides me tentaient ; je m'initiai avec une facilité incroyable à la langue de la Bourse et à la manipulation des affaires.

Le jeu terrible de boursier contre le hasard des événements, la loterie qui pouvait d'un seul coup m'enrichir ou me ruiner m'attirait comme l'abîme.

Ce que me proposait Roch était en réalité une bonne spéculation.

Je devins donc agent de change.

Roch gardait sans nul doute une arrière-pensée ; je ne

m'en préoccupai nullement. Je devinais trop ce caractère
égoïste pour croire qu'il fût capable de rendre un service
sans un avoir un intérêt dans la combinaison proposée;
mais peu m'importait. Roch devait tirer de la situation
qu'il me faisait tels avantages que je ne soupçonnais pas,
mais qui ne pouvaient me devenir préjudiciables, tout allait
donc pour le mieux.

Je trouvai Paris percé de voies nouvelles; les anciennes rues malsaines avaient disparu l'une après l'autre; les
squares mettaient dans chaque quartier un nid de verdure
pour les enfants; les anciens petits théâtres s'étaient écrou-
lés, on en élevait de nouveaux.; une seule chose devait
sembler un problème quand on considérait les maisons
bâties récemment : où pouvaient se loger les ouvriers et les
pauvres gens ?

Tandis que j'entrais dans les difficultés de ma situation
nouvelle, que Roch me présentait à ses amis et me créait
des relations, ma femme demeurait chargée de l'aménage-
ment de notre intérieur. Nous eûmes à ce sujet une discussion. Comme il lui répugnait de rien faire sans prendre
mon avis, elle me consulta pour savoir si je me contente-
rais des objets dont elle venait de dresser la liste. En province, cela eût semblé d'un luxe énorme; mais depuis huit
jours, j'entrais dans des hôtels merveilleux, et l'intérieur de
Roch me donnait la mesure de ce que je devais faire.

Tout me parut mesquin dans le choix fait par Renée, et
je l'accusai de manquer de goût. Elle se fût contentée de
papier sur les murailles, j'exigeai des tentures; j'indiquai
quelques bronzes, je déterminai le choix de certains objets,
et, comme ma femme me demanda si je ne craignais point
d'outrepasser notre fortune, je lui répondis par un de ces
sourires que je surprenais si souvent sur la figure de Roch.
Après avoir fait mes recommandations, je la laissai libre
d'agir. Au bout d'un mois, l'appartement se trouvait prêt.

J'avais refusé l'hospitalité de Roch et nous étions provisoirement à l'hôtel.

Mes affaires me retenant dans les bureaux de mon associé, ce me fut une surprise de visiter l'appartement préparé
par Renée. En y entrant je demeurais surpris. Sans m'en
rendre un compte exact, j'avais donné à ma femme des in-
dications qui, suivies à la lettre, auraient donné la copie
exacte de celui de madame Diane. Renée s'y était conformée
dans une certaine mesure. Mais les côtés dominants de son
caractère se retrouvaient dans la forme et la couleur de
chaque meuble, de chaque tenture.

Le bois doré lui parut trop brillant, elle adoucit la nuance
de la soie rouge du salon ; les glaces furent peu nombreuses,
les tapis sombres ; les bronzes d'un ton florentin et d'un
choix sévère. Je m'attendais à trouver chez moi les damas
éclatants, l'or et les miroirs de Venise qui étincelaient chez
madame Diane, et je restai désappointé. La chambre de Renée était blanche, et virginale comme le berceau de l'enfant.

— Ma chère, lui dis-je, voici qui ressemble à une cellule
de pensionnaire.

— Je ne sache rien de plus joli et de plus frais que la
mousseline, répondit-elle.

— Pour une jeune fille, sans doute, mais pour une jeune
femme...

Renée m'adressa une question du regard.

— Ne pouvais-tu, par exemple, choisir une brocatelle
rose, de l'ébène, des onyx et des pâtes tendres ?

— Tu oublies que je suis blonde, sans doute ; le rose ne
me siérait guère ; si tu as vu une chambre meublée comme
celle que tu décris, elle a sans doute été choisie par une
femme brune.

Je n'osai avouer que Roch, me montrant son appartement
complet en l'absence de madame Diane, m'avait ouvert

en effet la porte d'une chambre dont l'élégance me frappa.

— Mon Dieu, dis-je, le rose, le bleu, peu importe ! ce sont deux nuances charmantes ; ce qui me choque ici, c'est la simplicité.

Renée n'objecta rien, ferma la pièce blanche, et me fit entrer dans une chambre tendue de velours violet.

— C'est la tienne, Vital !

Cette fois, tout me parut d'un goût exquis.

Je me souvins cependant d'avoir recommandé de m'acheter un bronze que je n'apercevais pas.

— En revanche, répliqua Renée, voici un ivoire sur lequel tu ne comptais guère.

— Un crucifix ! dis-je, ce n'est pas la même chose...

— Qu'une bacchante... j'en conviens ; je trouve seulement que dans une chambre il faut toujours pouvoir mourir sans opérer un déménagement... voilà pourquoi j'ai changé quelque chose à ton programme... ce n'est pas dans un but d'économie ; la bacchante se trouve dans le fumoir, avec tes armes, auxquelles j'ai ajouté une arquebuse à rouet qui m'a paru curieuse, et tes pipes augmentées d'une fantaisie en terre cuite d'un sculpteur en vogue.

Je me trouvais désarmé ; la salle à manger me parut fort belle, le cabinet de travail obtint mon approbation.

Renée souhaita que je visitasse la cuisine.

Elle en avait fait une merveille.

Des carreaux de faïence à ramages bleus montaient jusqu'à la moitié de la muraille, garnissant la cheminée et les fourneaux merveilleusement disposés. Le cuivre brillait accroché à des dressoirs ; on se serait cru chez une ménagère hollandaise.

— C'est un peu mon royaume, dit Renée en ouvrant les armoires remplies de linge et les buffets regorgeant de cristaux et de porcelaine. Je suis encore provinciale dans ton Paris, il faut me le pardonner.

Je cessai de penser au luxe brillant et un peu tapageur de Roch, et je passai la soirée chez moi.

Le lendemain, je dinai en ville ; le surlendemain également. Je cessais de m'appartenir. Mes nouveaux amis me tyrannisaient ; mes connaissances de récente date multipliaient les avances. J'y cédai avec un certain remords en songeant à l'isolement de Renée ; puis, comme elle ne se plaignait pas, j'en conclus qu'elle ne souffrait point de mes absences et je les multipliai. Il en résulta que je cessai presque de la voir. Mes diners en ville se prolongeaient ; j'allais fréquemment au théâtre ; on soupait ; quand je rentrais, Renée était retirée chez elle ; je la trouvais le matin à l'heure du déjeuner, souvent pâle, et plus fatiguée que si elle eût passé la nuit au bal. Je lui demandais si elle souffrait ; elle me répondait non d'une voix basse et triste ; la conversation languissait, ma maison semblait recéler l'ennui.

Je prétextais mes affaires et je partais. Roch ne fut pas longtemps à comprendre la disposition de mon esprit. Il fallut bien l'inviter ainsi que sa femme à nous venir voir. Madame Diane témoigna à Renée une sorte de commisération. Elle lui trouva le teint pâle, la taille affaissée ; elle lui reprocha de veiller trop au chevet de Christian.

— Ne vous en défendez pas, ma chère, dit-elle, vous dormez fort mal ou vous ne dormez pas du tout... ce qui est plus grave, vous pleurez... Pourquoi : parce qu'il plaît à ce bébé tyrannique d'avoir une dentition difficile... Il faut songer à vous, Renée, car les hommes ne nous pardonnent point d'enlaidir.

Elle mit dans sa dernière phrase une intonation diabolique.

— Mais, dit Renée, la jeunesse n'est pas éternelle, la beauté non plus, les époux vieillissent ensemble... et...

— Il ne s'agit pas de vieillir ensemble, mais de vivre ensemble, et de vivre heureux...

Madame Diane me regarda.

— Fi ! dit-elle, monsieur, n'auriez-vous pas dû voir le premier que Renée a les yeux rouges !

— Mais je vous assure... répliqua ma femme.

— Pourquoi mentir ! M. Vital rentre tard, et vous l'at-
tendez... mon Dieu oui ! et comme l'absence se prolonge,
vous vous demandez où il est ? ce qu'il fait ? Votre petite
tête travaille, votre cœur se gonfle, vos yeux se mouillent...
Peines perdues ! Tandis que vous donnez le meilleur de
votre âme à ce fuyard de la maison, il dîne dans un restaurant à la mode avec des amis d'un jour ou s'appuie sur la
balustrade d'une avant-scène... Quand on s'aperçoit de ces
choses, ma chère enfant, il faut traiter le mari avec le
même système : il s'absente, on sort ; il s'amuse, on se dis-
trait ; il joue au cercle, on s'achète des robes... La tristesse
l'ennuierait, vos larmes le fatigueraient, vos reproches
doubleraient la longueur de ses absences, tandis que votre
conduite le piquera au jeu : il comprendra que s'il veut
que sa femme reste à la maison il doit au moins lui tenir
compagnie.

Je me sentis excessivement blessé des paroles de madame Diane, sans définir ce qui se passait en moi, ni m'expliquer ce qui me froissait. Que madame Diane interprétât
mes absences de façon à éveiller les susceptibilités de ma
femme, cela me touchait peu ; qu'elle m'apprît que Renée
veillait en m'attendant, je ne m'étonnai point que cela fût
vrai ; ce qui laissait en moi un fonds de mécontentement
et d'humilliation, c'était que cette coquette signalait avec
une justesse pleine de perfidie les changements survenus
dans Renée. Elle s'attachait à montrer sa pâleur et ses paupières fatiguées ; elle la dépréciait en feignant de l'exalter.
Elle élevait la mère et elle abaissait la femme. A chaque
minute, elle provoquait une comparaison qui, je dois le
dire, restait toujours à son propre avantage.

Quand j'avais vu et entendu la femme de Roch, je trouvais moins de charme au goût sévère, à la tenue modeste, à la tranquille douceur de Renée. J'appelais fadeur ce qui m'avait autrefois charmé. Sa patience me paraissait moutonnière. J'aurais voulu lui trouver un vice ou tout au moins une imperfection. Elle manquait de ressort et de vie ; sa placidité m'irritait ; j'analysais sa toilette avec un soin méticuleux ; elle ne parvenait pas à satisfaire le besoin d'élégance que j'éprouvais pour elle, en me souvenant de la recherche des autres femmes. Je lui en voulais de ne point faire de mémoires et de ne pas citer ses fournisseurs. Sa vie me semblait mesquine ; je me répétais qu'elle resterait provinciale, même à Paris. Mes boutades l'attristaient sans rien changer à sa façon d'agir, et je l'accusais alors de ne tenir aucun compte de mes observations.

— Je les écoute, me disait-elle ; je ne les suis pas.

— Par dédain ?

— Par convenance.

— Ne sais-je pas ce qu'il convient de faire ?

— Veux-tu dire que je l'ignore ?

— Peut-être.

— Non, mon ami, je le sais.

— Tu y mets de l'obstination.

— De la conscience, Vital.

L'entretien cessa subitement.

Je m'étonnai de trouver à Renée tant de perspicacité ; je ne lui pardonnai point de me montrer qu'elle lisait en ma pensée. Pas un mot de reproche n'était sorti de ses lèvres, mais elle s'apercevait qu'un changement s'opérait en moi. La fièvre des affaires d'un côté, le besoin de distractions de l'autre, les pernicieux conseils de Roch qui m'entraînait à des réunions d'où je sortais la tête en feu, l'esprit bouleversé, me changeaient de jour en jour. J'avais cessé de me plaire à mon foyer, je le désertais. Si par hasard, et pris de pitié pour l'isolement dans lequel je laissais ma femme, je formais le projet de ne point la quitter pendant une soirée, Roch venait me prendre, et je cédais à ses instances pour ne pas avoir l'air de plier sous le joug de Renée. Celle-ci ne s'opposait jamais à mes absences; elle me quittait en m'adressant un mot affectueux ; le lendemain elle m'abordait avec le sourire paisible qui lui était habituel. Je ne pouvais ajouter foi aux paroles de madame Diane, et croire que Renée se consumât dans les veilles. Quelle femme tourmentée et jalouse eût étouffé ses angoisses avec un tel courage.

Un soir pourtant, je quittai quelques amis vers onze heures, et je rentrai chez moi ; je souffrais d'une violente migraine.

J'aperçus de la lumière dans la chambre de Renée ; et, croyant qu'elle lisait encore, j'allais entrer, quand j'entendis un bruit de sanglots.

Je me baissai vivement, et j'appliquai mon œil à la serrure.

Les portières se trouvaient de mon côté. Renée n'en voulant point dans sa cellule, je pus embrasser du regard ce qui se passait. Ma femme était à genoux, les bras croisés sur le berceau de son enfant. Les sanglots qui brisaient sa poitrine imprimaient des secousses au lit de Christian, qui peut-être rêvait alors qu'un ange berçait son sommeil.

Des exclamations rares sortaient de la bouche de Renée; elles s'adressaient à Dieu, comme l'appel d'une créature défaillante. Mon nom revenait comme un refrain douloureux ; elle retombait ensuite dans le silence, puis subitement, et sa douleur se réveillant faisait une explosion nouvelle.

Je n'entrai pas.

Surprendre cette douleur eût été la profaner.

Je me sentis touché profondément, et le lendemain, le

surlendemain même, en dépit des tentatives de Roch, je restai auprès de ma femme. Elle se montra si heureuse de ce retour que sa joie éclaira mieux la profondeur de sa blessure que ne me l'avaient fait voir ses larmes. Elle eut des explosions de bonheur qui me surprirent. Je me trouvai de nouveau charmé par cette nature angélique; je comptais lui accorder deux jours de vie intime, je lui consacrai une semaine.

Au bout de ce temps, et pendant que je faisais une course, on m'apporta un billet.

Renée me le tendit.

Je le parcourus rapidement.

— Ma chère, dis-je, il s'agit d'un dîner d'affaires, et tu m'excuseras.

Renée rougit pour moi.

Un moment après je sortis.

En effet, il s'agissait d'un dîner, et d'un dîner d'actionnaires.

XXII

Ce que je n'avais pas dit, c'est que ce dîner avait lieu chez Roch.

Pourquoi en faisais-je un mystère à ma femme, je n'aurais pu me l'expliquer d'une façon suffisante. Je connaissais à Renée un don de seconde vue qui rarement la trompait. Son instinct lui révélait le danger d'une liaison suivie avec Roch. Sans approfondir quelle influence néfaste il avait jadis exercée sur Pothin Manjou, sur moi, ma femme comprenait que cet être odieux, dévoré d'ambitions dont beaucoup restaient encore à satisfaire, ne pouvait manquer de m'entraîner dans une mauvaise voie. Ce n'était pas seulement de l'avorton qu'elle se défiait, elle redoutait plus encore l'influence de Diane, et cette fois encore elle ne se trompait pas.

Diane ne lui pardonnait point son bonheur.

Sans doute madame Oufroy excitait l'envie d'un certain nombre de femmes, elle jouissait d'une situation qui lui permettait d'exercer une sorte d'empire. Très-belle, très-intelligente, avide de bruit et de louanges, elle régnait sur

une certaine coterie de gens de lettres dont elle devenait la
protectrice et l'Égérie. Mais la taille et la tournure de Roch
lui causaient des humiliations sourdes. Quand elle voyait
un ménage bien assorti, un couple élégant, une famille
unie, elle songeait à son foyer sans enfants, à l'avorton
ridicule dont elle avait accepté de devenir la compagne ;
puis tout à coup le succès d'un article de Roch, la direction habile donnée à sa *Revue* la consolaient ; elle oubliait
ses rêves et se jetait à corps perdu dans des succès de salons.

Mais là encore de nouvelles épreuves l'attendaient.

Les appointements de Roch ne constituaient point une
fortune et ne lui permettaient pas de tenir un grand état
de maison. Elle devait se passer de chevaux et de diamants. Un grand nombre d'hommes de mérite se pressaient chez elle, mais la plupart étaient pauvres. Le luxe
au milieu duquel Diane aurait voulu s'épanouir lui faisait
défaut, et Dieu seul savait combien de mois et d'années se
passeraient avant que Roch réalisât véritablement une
fortune. Il était même probable qu'il n'y parviendrait jamais

Le mari de Diane possédait cet esprit caustique, qui
tranche comme la lame affilée d'un rasoir, et décide souvent du succès de vente d'un journal. Mais les articles de
Roch n'arrivaient pas encore à la seconde transformation qui
seule leur communique la vie.

Sa colonne de journal ne se changeait pas en volume.
L'embryon ne devenait pas un être vivant. Dieu sait avec
quelle rapidité peut se fonder la réputation d'un critique.
Ses amis et ses adversaires y concourent à la fois. En un
mois tout Paris put le connaître, et la province apprend
son nom. Mais nul ne conserve les numéros de la feuille
contenant les articles remarqués. Diane espérait bien que
son mari arriverait plus haut ; cependant, quand elle le

comparait à ceux qui produisent des livres ou enfantent des drames, elle le trouvait au-dessous d'eux, et s'irritait contre Roch.

Un jour elle essaya de lui faire comprendre qu'il devait tenter de composer un livre sérieux qui marquerait sa place parmi les écrivains.

— Ma chère, lui dit-il, j'y ai bien songé, mais la réflexion m'a fait renoncer à ce projet.

— N'avez-vous donc point autant d'esprit que MM. Bidot et Clairjean dont les romans atteignent des chiffres d'éditions fabuleux.

— Oui, et non. Plus savant, plus fort dans l'acception réelle de ce mot, je possède cependant moins de savoir-faire. Il n'existe peut-être pas un critique qui me soit supérieur, mais le moindre garçon ayant l'habitude d'agencer les scènes d'un drame ou de préparer les péripéties d'un feuilleton m'en remontrerait dans l'art d'intéresser le lecteur ou le spectateur.

— Ainsi, demanda Diane, vous n'écrirez jamais de livre ?

— Je ne sais ; il se peut qu'un éditeur ait un jour l'idée de recueillir mes critiques éparses et de les rassembler sous une couverture, mais jusque-là je resterai ce que je suis. J'ai à vider une poche de fil, je la vide, voilà tout.

— Mais l'art ! s'écria Diane, l'art dans sa poursuite, dans ses recherches, ne vous tente-t-il pas ?

— Diane ; j'ai seulement soif d'influence et d'argent. Le reste, je le laisse aux niais !

— Le livre, les pièces sont de puissants moyens de fortune.

— Vous ne me comprenez pas parfaitement, Diane. Si j'eusse été beau comme quelques-uns, droit comme la plupart, sans nul doute j'eusse cherché dans la littérature les entraînements dont vous parlez... Mais la bosse physique

10

que je dissimule sans la supprimer m'a marqué d'un sceau
à part. Je me sens contrefait d'âme et de corps. Mon esprit
garde les mêmes déviations que mon épine dorsale. Con-
tentez-vous comme moi de ce que je réalise.

Diane ne poussa pas plus avant une conversation qui lui
laissa un pénible souvenir. Ce que d'abord elle avait cru
sans bornes lui parut soudainement rétréci. Elle avait quitté
la province pour Paris, et la vie calme de la ville de R...
pour le bruit de la capitale, et dans ce pays dont elle avait
fait le paradis de ses rêves, elle croyait se ménager une véritable royauté !

Par un certain côté j'en étais plus près que Roch.

Je connaissais de longue date le maniement des affaires,
et la rude école à laquelle me soumit autrefois mon père
avait porté ses fruits. Je possédais un instinct très-sûr des
combinaisons avantageuses, des rouages à mettre en œuvre;
mes inspirations pouvaient parfois passer pour de la divi-
nation. Je jouais à la Bourse, et mes débuts furent des
coups de maître. Sans doute, je commettais une grande imprudence, mais l'exemple m'entraînait. Mes bénéfices comme
agent de change me paraissant insuffisants, je me livrais à
toutes les spéculations qui se font autour de la corbeille.
Une nouvelle politique jetait souvent quatre cent mille
francs dans ma caisse. Je ne mettais guère de bornes à mes
convoitises. A force d'entendre parler de millions, j'étais
résolu à en conquérir. Les chiffres de fortune de mes rivaux
me jetaient dans un état fiévreux. Je voulais ma part de ce
luxe qu'ils affichaient, ma part de l'adulation servile qui
accueille et suit les rois de la Bourse.

J'avais opéré de grands changements dans ma maison,
et je ne devais pas tarder à en réaliser de nouveaux.

Un jour que, songeant à Renée, je refusais une invita-
tion de Roch, Diane me demanda d'une voix dont la douceur cachait un artifice :

— Est-ce que vous devenez ermite ?

— Nullement, mais si je sortais par trop fréquemment, la solitude pourrait devenir lourde à ma femme.

— Qu'elle ouvre ses salons, elle ne sera plus seule.

— Elle n'aime pas le monde.

— Elle le verra par complaisance d'abord, par entraîne-ment ensuite.

— Renée est restée fort timide.

— Un défaut de provinciale qui passera !

Je suivis le conseil de Roch et de sa femme, j'ouvris mes salons, et je crus expier une partie de mes torts en présen-tant à Renée un certain nombre de femmes dont je l'enga-geai à faire ses amies.

On parla de mes réceptions, on cita la grâce de ma femme, et la beauté de Mme Onfroy qui devint l'âme de nos réunions. Diane se rapprocha de Renée, et parut l'en-tourer d'une sorte de protection. Celle-ci n'osait se montrer trop hostile aux avances de Mme Onfroy, mue d'ailleurs par son affection pour moi, elle multipliait les concessions afin d'empêcher que je montrasse de l'humeur.

Elle n'avait plus même le temps de pleurer, je ne le lui laissais pas.

Chaque jour voyait s'augmenter le chiffre de ma dépense.

J'eus des chevaux de race, des voitures de style ; on cita le bon goût de mes équipages.

Dès lors, j'exigeai que Rénée allât chaque jour au bois. Cette promenade qui, à vrai dire, n'est qu'une exposition, la fatiguait et l'ennuyait ; je prétextai d'abord la santé de l'enfant ; elle me fit observer qu'on pouvait aussi bien res-pirer au bois de Vincennes. Il me fallut convenir que ma situation exigeait que l'on pût admirer mon luxe et celui de ma femme.

— Tu aides à ma fortune en la dépensant, lui dis-je.

Sa voiture croisait parfois la voiture de louage de Diane.

celle-ci nous saluait d'un sourire, et Renée devenait très-pâle
en rendant à la femme de Roch cette banale politesse.

Renée ne pouvait plus être heureuse !

Diane s'imposait en quelque sorte à Renée, et le courage
me manquait pour protéger ma femme contre ce supplice.
Renée étouffait de douleur, mais les larmes montaient à
ses paupières, quand, rayonnante de beauté, Diane ne pouvait même lui laisser, pur de toute angoisse, le bonheur de
la maternité.

—Comme Christian semble débile et frêle ! dit-elle un jour.

— Oh ! taisez-vous ! s'écria Renée, que deviendrais-je,
si....

— Oh ! je n'ai point voulu vous alarmer, répondit Diane;
cet enfant est pâle et triste, mais il n'est peut-être point
malade...

Chaque jour, c'était une nouvelle blessure, une attaque
plus vive. Je ne me révoltais pas. J'en étais venu à cette
lâcheté de laisser torturer ma femme devant moi.

Les détestables principes de Roch, l'incrédulité de Mme
Diane me gagnaient. Les passions dont j'étais dévoré me
rendaient sourd.

Depuis que Roch Onfroy m'avait jeté en plein volcan
parisien, je ne croyais plus en Dieu, je n'accompagnais plus
ma femme à l'église. Les saintes joies de la foi, les heures
délicieuses que la piété nous donne affaiblissaient dans mon
âme jusqu'à leur souvenir. Le culte de l'argent desséchait
en moi les sources de la sensibilité. Je ne songeais qu'à
augmenter une fortune déjà considérable. La fièvre parti-
culière aux hommes de bourse s'emparait de moi. Entre
des combinaisons d'affaires, je trouvais à peine le temps de
me reposer. Je voyais s'accroître chaque jour la tristesse de
ma femme, et je me croyais quitte envers elle, quand sous
prétexte de la distraire, je donnais un grand bal ou je lui
apportais un riche bijou.

Elle me parla plus d'une fois avec tendresse, non pas de son bonheur personnel, car on eût dit qu'elle en portait le deuil, mais des plus grands intérêts de la vie : de mon âme, de ma réputation, de l'avenir de notre fils.

— Vital, me dit-elle un jour, je ne souhaite pas que Christian soit riche, j'ai fait l'expérience que la félicité n'existe pas dans les milieux brûlants et tapageurs. Promettez-moi seulement de lui laisser une aisance modeste, et une situation à l'abri du besoin.

— Quoi ! dis-je à ma femme, c'est au moment où vous voyez ma situation assez prospère pour exciter l'envie de tous ceux qui me connaissent, que vous nourrissez des inquiétudes à mon sujet, et que vous venez pour ainsi dire m'accuser d'imprévoyance ! Cela est odieux ! cent fois plus odieux que prudent. Mais ce n'est pas aujourd'hui seulement que je constate votre injustice. Si vous pouviez enrayer mon succès, vous le feriez inévitablement, et j'ai parfois la terreur que mes progrès dans la voie de la fortune, vous causent une irritation secrète.

— Vous vous trompez, Vital, me répondit Renée, ce n'est pas de l'irritation que j'éprouve, mais du chagrin. Je ne regarde pas seulement le présent, j'interroge l'avenir. Il ne me suffit point de constater que vous multipliez les opérations heureuses, je vois autour de moi se succéder tant de désastres, que je tremble sans cesse pour vous. Ce que donne la Bourse, la Bourse peut le reprendre ! On a vu des situations plus brillantes que la vôtre, s'effondrer avec scandale. Et ce n'est pas seulement alors l'argent qui s'épuise, la misère qui vient, c'est l'honneur compromis, la vie perdue... Voilà pourquoi, Vital, je vous supplie de songer à Christian.

— Ma chère, répondis-je avec une ironie dont elle sentit toute l'amertume, je ne vous savais point aussi prévoyante. Vous avez raison, après tout ! Et je ne sais pourquoi je me

10.

blesserais de votre sollicitude pour l'avenir de Christian, et de votre inquiétude pour le vôtre, soyez tranquille, avant trois jours j'aurai régularisé votre situation.

— Vital ! me dit-elle avec des larmes aux yeux, Vital, vous êtes fâché contre moi.

— Allons donc ! fis-je, ce serait bien à tort, car voici la première fois que vous me paraissiez entendre quelque chose aux affaires.

Je lui tendis la main avec une sorte de condescendance, et je la laissai en pleurs.

Cependant, après avoir feint d'oublier à quelle humilia'ion Renée venait de me soumettre, je tins ce que je lui avais promis, et je commençai à régler l'avenir de ma famille. Je lui apportai trois jours après un acte à signer ; elle ne me demanda point ce que je prétendais faire, mit son nom à la place que je lui indiquai du doigt, et me regarda avec une soumission qui me désarma.

— Vous avez une plus forte tête que je ne l'aurais cru d'abord, lui dis-je. Soyez sans crainte. Désormais, si je viens à mourir, ou dans quelque état difficile que puissent un jour se trouver nos affaires, tout est réglé pour vous et pour Christian.

— Je vous remercie, Vital, vous ne m'en voulez plus ?

— Au contraire, vous me voyez ravi d'avoir exécuté, ce qui d'abord me parut inacceptable. Pour vous le prouver, après avoir reporté cette pièce chez le notaire, je rentrerai ici, et nous passerons la soirée ensemble.

Un éclair de joie rayonna dans les yeux de ma femme.

Je ne la trompais point en affirmant que quels que furent les événements qui surviendraient plus tard, son existence et celle de Christian se trouvaient à l'abri. J'avais mis en lieu sûr sa dot, d'abord, puis fait en son nom des placements importants. Si je venais à mourir ou si une crise mettait ma situation en danger, les cinq cent mille francs

de Renée resteraient insaisissables. Je les retirais à partir
de ce jour des capitaux aventurés dans mes affaires.

Lorsque je rentrai je trouvai le salon plein de fleurs,
Renée habillée d'une façon charmante, et Christian joli
comme un chérubin. On me fit fête dans la famille. J'y
fus traité comme une sorte de prodigue dont le retour pro-
voque la joie générale. Cette réception me toucha. Je com-
parai cette soirée paisible au coin du feu, à la clarté adoucie
de la lampe, à ces autres soirées dépensées dans des réunions
bruyantes ou dans des théâtres de fantaisie. Je maudis
l'influence de Roch et de sa femme, je me promis de les
fuir, de rentrer davantage dans cette maison dont la saine
atmosphère me réjouisait. Je pris Christian sur mes genoux,
je l'interrogeai, j'admirai les progrès de cette jeune intelligence, la candeur de cette petite âme dans laquelle déjà
se réflétait Dieu. Le cher enfant eut, lui aussi, ses coquet-
teries, il me récita des fables, il fit ses prières enroulé
sur les genoux de sa mère, et je remerciai du fond du cœur
Renée d'avoir enseigné à Christian l'amour pour Dieu et le
respect pour son père. Durant trois jours je tins ma promesse, je sortis strictement pour mes affaires, et je rentrai
chez moi plus heureux qu'il n'est possible de le décrire.
Nous étions au samedi soir, ma femme en parlant de l'emploi de la journée du lendemain me dit avec un sourire :

— Nous assisterons demain à la messe à dix heures,
Christian et moi...

— Ah ! fis-je.

Je la regardai et j'ajoutai avec un sourire :

— Te souvient-il qu'à R... ma mère m'amena un matin
à l'Église ?

— Oui, me dit-elle, mais ta mère avait plus d'influence
sur toi que je n'en possède aujourd'hui.

— Tu te trompes, Renée, et pour te le prouver, je
t'accompagnerai demain.

— Ah! me dit-elle avec un touchant élan de reconnaissance, c'est le bonheur qui rentre ici avec la tendresse et la foi.

Ma femme alla coucher Christian, puis elle me rejoignit. Nous restâmes ainsi, nous oubliant dans une rêverie intime, jusqu'à près de minuit. Entraîné par sa grâce, par sa beauté, séduit par les tableaux de paisible bonheur qu'elle faisait rayonner à mes yeux, je lui promis presque de me défaire de ma charge, de réaliser ma fortune, et de ne plus vivre que pour elle et pour mon fils.

Cette nuit-là, le sommeil fut doux dans la maison!

XXIII

Le lendemain j'étais levé de bonne heure, et sous l'impression de la soirée de la veille, je rangeais quelques papiers, quand Roch entra sans être annoncé.

— Déjà au travail, me dit-il, c'est tout simplement admirable ! Dites donc après cela que la fortune vient en dormant. Je parierais ma tête que tu arriveras à posséder vingt millions. En attendant, je viens t'apporter une affaire. C'est la première que je découvre, et je n'ai pas besoin de te demander si tu me feras une part. Cette affaire, d'une simplicité limpide, peut nous faire gagner en moins de huit jours, à toi dix millions, à moi trois cent mille francs ! Il s'agit de mines de plomb très-importantes... Viens déjeuner à la maison, le propriétaire des filons à exploiter sera chez moi à onze heures.

— Ne peux-tu remettre l'affaire à ce soir ?

— Ce soir M. Valmurg sera parti ; as-tu des projets pour ce matin ?

— Oui, mes heures sont prises.

— Nous ferons tes courses ensemble.

J'allais répondre qu'il s'agissait d'aller à la messe avec ma femme ; la perspective de gagner des millions en quelques jours l'emporta sur la pensée du regret que j'allais lui causer. Je voulus même me persuader que le succès de cette affaire inattendue me permettrait de tenir ma promesse, et de renoncer à la Bourse d'une façon absolue, je traçai un billet pour Renée, et j'allais le lui faire remettre quand elle parut dans mon cabinet, son livre d'heures à la main, et suivie par Christian qui me répétait :

— Viens-tu, petit père ?

Je ne pus m'empêcher de rougir.

D'un côté, il m'en coûtait de causer à Renée une peine à laquelle la douce femme était loin de s'attendre, de l'autre je me sentais irrité de voir que Roch savait par l'indiscrétion de l'enfant pourquoi j'avais tenté de retarder son rendez-vous d'affaires.

— Pardonne-moi, dis-je à Renée, une course imprévue, un rendez-vous indispensable...

Ma femme me regarda douloureusement, prit la main de son fils, et lui dit d'une voix dans laquelle tremblaient des larmes :

— Petit père ne peut nous accompagner ; viens, mon chéri !

Pendant un moment un silence contraint régna entre Roch et moi. Celui-ci regarda sa montre et prit son chapeau :

— Nous n'avons pas de temps à perdre, dit-il.

L'affaire que me proposait Roch Onfroy était réellement bonne. Je pouvais disposer des capitaux nécessaires au propriétaire des mines de plomb du Nassau, et nous rédigeâmes séance tenante un projet d'association qui mettait dans le portefeuille de Roch un chiffre suffisant pour lui assurer l'indépendance. Mais de cette première affaire datait le commencement d'une sorte d'association. Sa situation

littéraire lui amena d'autres spéculateurs, il résolut de
consolider dans les affaires une position commencée dans
les lettres. Deux ou trois succès l'enhardirent, et nous rap-
prochèrent d'une façon pour ainsi dire indissoluble. Ma
femme avait tenté vainement, et dans l'unique but de m'être
agréable, de faire de son salon un centre de relations utiles
pour mes amis et pour moi. Sa timidité, l'effroi naïf que
lui causaient les combinaisons hasardeuses, dont sa conscience s'effrayait, ne lui permirent point de réaliser
ce que j'avais conçu. Madame Diane, au contraire, semblait
créée pour ce rôle. Elle le jouait avec une supériorité dont
je m'émerveillais. L'idée qu'eut Roch de se mêler d'affaires
commerciales lui fut suggérée par sa femme.

Les premiers bénéfices de Roch furent employés à l'ac-
quisition d'une terre. Diane le voulut ainsi ; on décora le
directeur de la *Revue universelle* ; un article de lui défit un
ministère. A partir de ce jour, on le regarda comme une
puissance, et il songea à se faire nommer membre du conseil général de son département.

Nous étions devenus presque inséparables, et ce n'était
plus qu'à regret, et comme si j'accomplissais un acte de
condescendance que je reprenais de temps à autre la vie de
famille dont je me déshabituais d'une façon complète.

Roch m'avait mis au cœur une nouvelle passion.

Plus que jamais Renée fréquentait les églises. Son calme
et doux visage prenait l'expression de la sérénité dans la
douleur. Sa douceur pénétrait davantage. Les présidentes
des œuvres de charité, dont elle faisait partie, lui recon-
naissaient un don spécial pour consoler. Elle réduisait sa
dépense personnelle le plus possible et doublait ses cha-
rités.

Christian grandissait.

C'était un bel enfant, intelligent, doux, caressant et bon.
Dès qu'il voyait un pauvre, il courait à lui les mains rem-

plies de ses bonbons ou de l'argent qu'il possédait. Il lisait
déjà, et sa mère l'instruisait sans qu'il comprît ce que c'é-
tait que s'instruire. Quelquefois, je l'interrogeais, m'émer-
veillant de ses réponses, enchanté de le voir si charmant,
mécontent de me voir forcé de dire que sa mère lui donnait la raison précoce, la générosité franche qu'elle possédait. L'enfant se montrait si caressant et me témoignait un
tel respect que je reconnaissais dans les moindres détails
l'influence de sa mère.

L'époux se donnait tous les torts, le père de famille demeurait irréprochable aux yeux de l'enfant.

Christian me questionnait sur mes travaux, qui lui paraissaient gigantesques.

— Tu dois être bien fatigué, petit père! me dit-il un jour.

— Pourquoi serais-je fatigué, Christian?

— Parce que tu travailles beaucoup.

— Pour quelle raison le père travaille-t-il?

— Oh ! je sais, fit-il d'un air capable.

— Dis-le moi.

— Tu veux que je sois bien riche! bien riche!

— Et quand tu le seras, que feras-tu ?

— Quand je serai riche! Eh bien! il n'y aura plus de
pauvres!

J'embrassai Christian et je regardai Renée.

Elle se baissa vers le foyer pour relever un peloton de
laine, mais je crus qu'elle voulait me cacher une larme.

Madame Diane haïssait Christian.

Elle sentait que cette chère petite créature était un lien
puissant, me rattachant à Renée.

Elle luttait contre la femme, l'humiliait, la torturait, elle
n'atteignait pas la mère! Quand Renée se trouvait en face
de Diane, l'une avec son impudent orgueil, la fascination
de son regard et de son sourire, l'autre son enfant sur ses
genoux, Renée inspirait le respect et Diane la défiance.

XXIV

Je ne parle plus d'ELLE. Les pages de ce récit se suivent, et son image qui rayonna sur quelques moments de ma vie, et rendit les autres graves et solennels, ne se présente plus à moi. M'a-t-elle abandonné? Mes erreurs l'ont-elles chassée? Ai-je pu me débarrasser de sa présence! Non! non! pour ma damnation et mon malheur, elle m'a suivi, elle m'accompagne; à l'heure où je m'imagine qu'ELLE s'est exilée dans quelque céleste région, ELLE se dresse devant moi, courroucée, menaçante.

ELLE est maintenant une femme parvenue à sa forte jeunesse, mais dont les épreuves ont altéré le visage et détruit la fraîcheur. Des larmes limpides ne coulent plus sur ses joues semblables à celle d'une vierge rougissant pour la première fois. Ses paupières sont brûlées par le feu des pleurs. Sa poitrine se soulève sous de brusques sanglots. Elle est armée comme la justice et menaçante comme un archange. Son regard évoque des ombres : Mon père mort, hélas! et oublié; ma mère à qui je n'écris plus... ELLE amène devant moi ma femme, telle que je la vis sous sa robe de mariée... Une nuit ELLE alla plus loin que le présent...

On eût dit que Dieu lui permettait d'évoquer l'avenir.....

CELLE que je ne nomme pas, celle dont j'ignorais l'origine, parut à une extrémité de ma chambre.

Mes yeux suivirent la direction que m'imposait sa volonté, et je vis...

Que vis-je d'abord ?

On eût dit des catacombes immenses sillonnées par des vols d'orfraies, traversées par des reptiles ; cette nuit s'éclaira ; l'azur parut au fond ; puis je vis dans la pénombre des formes vagues et lumineuses. On eût dit des couples d'oiseaux célestes. Ils se groupaient autour d'une femme dont je ne distinguais encore que la robe flottante. On sentait qu'elle allait mourir, et mourir moins de son mal que de l'agonie de l'enfant qui expirait sur ses genoux...

Je pouvais lire dans le cœur de la malade, et j'y trouvais une résignation céleste jointe à une immense amertume.

De temps en temps, elle se soulevait comme si elle attendait quelqu'un, et le cherchait de son regard affaibli.

Alors les esprits l'entretenaient de choses divines, sans parler et seulement grâce à l'échange de leurs regards et à l'émanation de lumière qui transperçait leur poitrine.

En mettant son âme endolorie au niveau de leurs pensées, elle se calmait... Mais si elle cessait de tourner les yeux vers les choses étrangères, elle ne pouvait s'empêcher de pleurer sur l'enfant... l'enfant ! pauvre petit, était en proie à des convulsions violentes ; il se tordait, il criait ; il tendait les mains vers la mourante et vers les messagers des éternelles demeures ! J'éprouvais le sentiment que cette scène navrante m'intéressait au dernier point, mais je ne parvenais pas à voir les visages ; je souhaitais et redoutais en même temps d'apprendre quelle était cette femme, à qui appartenait cet enfant, et pourquoi ne paraissait point celui que l'agonisante attendait.

Une voix intérieure me cria :

— Qu'il vienne pour sa condamnation !

Je gardai mon immobilité apparente ! et cependant quelque chose de subtil se dégagea de moi et rejoignit la troupe d'êtres supérieurs.

Je vis celle qui expirait, et je la reconnus :

Je reconnus aussi l'enfant que les anges attendaient !

Horreur !

C'étaient ma femme et mon enfant.

Je voulus crier et me débattre.

Le son ne traversait point ma gorge contractée; la paralysie gagnait mes membres.

Je crois que je m'humiliai devant ELLE, afin qu'elle chassât les spectres, et me rendît le repos; mais ce fut en vain.

Je ne pus me rendormir, et le lendemain ma fatigue était extrême.

Je pris des nouvelles de Renée; elle se portait bien.

Je jetai un regard sur la pelouse du petit jardin anglais, Christian jouait avec le grand chien des Pyrénées.

J'ai dit que Roch m'a jeté dans une nouvelle passion.

En effet, j'étais devenu joueur.

XXV

L'habitude de la Bourse m'avait accoutumé à risquer les
parties les plus hasardeuses ; il ne m'en coûtait pas plus de
jeter de l'or sur un tapis que de risquer des sommes énormes
sur un chiffre. Il me semblait, d'ailleurs, que la chance ne
pouvait m'abandonner ; j'étais lié à un démon, mais avec
ce démon j'avais conclu un pacte. Sans doute jusqu'à
l'heure où le tapis vert me prit le reste de mes nuits, après
que la corbeille accaparait mes jours, j'avais encore res-
senti les intermittences du regret et du remords. Je ne
m'absolvais pas de ma conduite. Des retours rapides me
ramenaient malgré moi vers le bien, vers la famille ; à
partir de l'heure où je jouai, tout fut fini. Je n'appartins
plus qu'à cette passion, la plus tyrannique de toutes. Mes
chances tantôt heureuses, tantôt néfastes me causèrent une
fièvre intense, continue. Mais bientôt les alternatives de
gain devinrent plus rares, les pertes s'accentuèrent, et je
dus les chiffrer en partie double. Le tapis vert dévora sa
part après que la Bourse eut enlevé la sienne.

Je ne trouvais plus la timidité qui guida mes premiers

pas, je exaltais sur mes prévisions, je m'oubliais sur un rêve, l'hallucination me prenait, cette hallucination du joueur qui le rend à demi fou.

Bientôt le secret de mes pertes transpira. Je suis certain que Roch, qui semblait s'engraisser de mes dépouilles et dont la situation devenait florissante à mesure que la mienne périclitait, fut un des premiers à répandre le bruit des pertes énormes que je subissais. Il s'était servi de moi pour arriver à gagner un demi-million, mais depuis qu'il le possédait, peu lui importait que je tombasse sans retour.

Je crois qu'il le souhaitait, et je suis sûr que madame Diane s'en réjouissait à l'avance. Ces deux êtres me portaient une haine mal définie, mais cette haine existait.

On parle souvent des dangers de Paris, on cite parfois dans les journaux le nom d'un tripot fermé par la police, mais la police ne ferme pas les cercles où les pertes se soldent parfois dans une soirée par une perte de cent mille francs. Or, je m'étais fait admettre dans un cercle, et chaque nuit me retrouvait à ma place, avide, inquiet, les poches remplies d'or et de billets, les yeux brillants, le front assombri.

Avec quelque soin que l'on crible les hommes se présentant pour faire partie d'un cercle, il arrive souvent qu'une brebis sinon galeuse, du moins douteuse, se glisse dans le troupeau. Les portes des clubs s'ouvrent aux étrangers avec une facilité incroyable. Puis, tel qui a été blackboulé deux fois se fait admettre à une troisième tentative, en profitant d'un moment opportun. Depuis deux mois l'on avait reçu au cercle, dont j'étais membre, un Moldave de très-grand air, dont les dépenses accusaient une grande fortune, et dont la hauteur dédaigneuse imposait à plusieurs d'entre nous. Je ne sais pourquoi il me déplaisait. Peut-être sa chance constamment heureuse entretenait-elle contre lui mon irritation. Jamais je ne consentais à l'accepter comme partner; je le fuyais comme un *jettatore*, et mon attitude à son égard finit par devenir d'une telle insolence qu'il dut s'en apercevoir assez vite. Avec beaucoup de patience il dissimula l'irritation que lui causaient mes procédés, mais je ne fus pas dupe de sa réserve; je sentais qu'il ne me pardonnait pas l'espèce de suspicion dans laquelle je le tenais.

Un soir que les pertes de la journée me laissaient dans un état dont je dissimulais mal la violence, je me trouvai forcé par suite de combinaisons imprévues de jouer en face du Moldave, et d'accepter qu'il taillât les cartes.

Au moment où il prenait un jeu neuf, je crus remarquer un mouvement qui excita ma défiance, et me levant avec brusquerie, je quittai la table.

Le Moldave qui, depuis longtemps, attendait l'occasion d'éclater, et qui, je le crois, souhaitait vivement une affaire, me regarda fixement et me demanda :

— Pourquoi quittez-vous le jeu, Monsieur ?

— Je ne vous reconnais pas le droit de me le demander.

— Vous vous trompez, car votre façon d'agir me semble une impertinence.

— Les appréciations sont libres.

— Vous avouez donc avoir l'intention de m'outrager.

— J'ai, du moins, la volonté de ne pas tenter la chance contre vous.

Le sourire qui accentua ces mots fut tel, l'insulte était si sanglante que je reçus le gant du Moldave en plein visage.

Celui-ci fut immédiatement entouré par ses amis, tandis que Roch m'entraînait dans un angle du salon.

— Or de folie, me dit-il, se battre pour la dame de pique.

— Et se battre à mort, répondis-je.

— Dispose de moi, ajouta Roch,

— En ce cas, va trouver de ma part Lucien Dalboy, il ne refusera point d'être mon second témoin. Pour les détails de la rencontre, vous vous entendrez tous deux avec les intermédiaires de ce Moldave damné.

Il était onze heures environ, quand je rentrai chez moi.

Je fus surpris de voir encore de la lumière chez ma femme. Je passai chez elle ; si indifférent que je fusse devenu à son égard, à la veille de me battre, je ne pouvais me dispenser de lui dire adieu. J'éprouvai comme un besoin subit de me faire pardonner.

Renée, enveloppée dans sa robe de chambre de cachemire bleu, tenait Christian couché sur ses genoux. L'enfant était agité, ses grands yeux trahissaient une fièvre lente ; la mère avait pleuré, et à la façon dont elle rapprochait l'enfant de son cœur je compris qu'une profonde angoisse lui troublait l'âme.

— Vital, me dit-elle avec l'accent d'une tendresse alarmée, Vital, j'ai peur. Je crois qu'une sorte d'intuition lui révélait le danger que j'allais courir, mais à cette heure elle ne voyait que son fils. Regarde Christian, Vital, il souffre, rien ne m'ôtera de l'esprit qu'il va tomber malade, bien malade....

Je me penchai vers l'enfant avec un sentiment de crainte profonde, mais il me sembla que la couleur de ses joues devait me rassurer. Sa mère s'alarmait sans cause.

A cette heure, ce n'était pas son fils qu'elle devait plaindre, que risquait Christian ? Une de ces maladies enfantines qui ne laissent aucune trace dans l'organisme, tandis que moi j'allais me battre dans quelques heures ! Ainsi Renée ne voyait rien, ne devinait rien ! Mon visage était altéré cependant, je le sentais envahi par une mortelle pâleur. Décidément Renée ne m'aimait plus, son fils avait pris toute son âme. Au moment où j'allais risquer ma vie je voulais la trouver coupable de quelque chose ; je ne pouvais me résoudre à en être continuellement réduit à me blâmer, à m'accuser moi-même. Et cependant, quand je songeais que le lendemain je pouvais mourir, et qu'à cette jeune femme délaissée, on apporterait peut-être un cadavre dans quelques heures, le cœur me saignait, et une révolte de mes derniers bons sentiments contre les mauvais commençait au fond de mon âme.

Et pourtant Renée ne serait-elle point heureuse d'être débarrassée par la mort d'un mari qui ne l'aimait plus.

Mais Christian! cet innocent qui me souriait de sa bouche rose et de ses yeux brillants! Eh bien! Christian garderait sa mère, un ange! L'existence de Renée ne pouvait être brisée à jamais. Quel âge avait-elle? Vingt-trois ans! Son deuil durerait deux ans sur ses habits, peut-être un peu plus au fond de son cœur; mais rien n'est stable : elle se souviendrait de mon indifférence progressive, de ces soirées solitaires, de ces heures d'attente, de ces nuits d'angoisse, et le tableau de ce qu'elle avait eu à souffrir lui aiderait à supporter ma perte. Elle seule d'ailleurs était digne d'élever Christian ; quel mentor aurais-je été pour ce petit être doux et sensitif comme sa mère ? Je restai ainsi à côté de ma femme, perdu dans la pensée de ce que j'allais quitter peut-être, et du drame qui se passerait le lendemain.

— Vital, me dit Renée, j'ai oublié de vous montrer cette lettre.

— De ma mère ?

— Oui, Vital.

Je lus. A travers les phrases affectueuses que ma mère adressait à Renée, je ne pouvais méconnaître une profonde angoisse. Je ne crois pas que ma femme eût fait des confidences complètes, mais elle ne savait guère dissimuler, et malgré elle, Renée avait laissé voir la blessure de son âme. Que répondre à une jeune femme qui pleure, à une jeune mère qui s'inquiète pour la santé de son enfant ?

CAHIER (S) OU PAGE (S) INTERVERTI (S) A LA COUTURE
RETABLI (S) A LA PRISE DE VUE.

DE LA PAGE ⅃89
A LA PAGE 2⅃2

Renée croyait au danger de Christian, elle le laissa voir et ma mère écrivit : « Je serai à Paris demain. » — Ainsi elle allait venir, à l'heure où je me battrais, elle serait là, dans la maison que j'avais désertée. Cela valait mieux ! oui vraiment cela était providentiel.

Je restais muet, absorbé par les fluctuations de mille pensées diverses.

— Serv   ous bien aise de revoir votre mère, Vital?

— Oui, répondis-je avec sincérité, je ne puis vous dire assez combien je me réjouis de son arrivée.

Quand minuit sonna, je me levai, Christian était endormi dans les bras de sa mère. Je l'embrassai sans le réveiller, et j'attirai ma femme sur sa poitrine.

— Ah ! si tu voulais ! me dit-elle.

— Va reposer, lui répondis-je, et attendons pour faire des projets.

Pendant toute la matinée, dans la prévision d'un malheur, je m'occupai à ranger des papiers ; la force me manqua pour écrire à ma mère et à Renée. Vers onze heures Roch entra chez moi.

— Tout est arrangé, me dit-il.

— Eh bien !

— Vous vous battez sur la frontière belge, le Moldave a choisi l'épée.

— A quelle heure le départ ?

— A trois heures ; nous passerons la nuit dans une auberge voisine de la frontière, et le duel aura lieu dès le matin. Nous serons tous rentrés dans la soirée à Paris. As-tu dit quelque chose à ta femme?

— Non, rien !

— Tu as bien fait. Si tes affaires sont en ordre, viens déjeuner à la maison où ton autre témoin t'attend. Tout s'est passé d'une façon courtoise entre nous et les mandataires du Moldave.

11.

Je me laissai entraîner ; le courage me manqua pour dire adieu à mon fils.

Lucien Dalboy m'attendait dans le salon de madame Diane ; quelques heures plus tard nous étions sur la route de Belgique.

Nous descendîmes dans une auberge assez misérable, et le repas qui nous fut servi n'était pas de nature à nous égayer. Les saillies de Roch ne me déridèrent pas ; Lucien Dalboy restait grave, et je me sentais oppressé par la crainte d'un grand malheur. Chacun de nous se retira de bonne heure chez soi.

Mais à peine avais-je tiré mes verrous que je m'aperçus que je n'étais pas seul dans ma chambre.

ELLE se tenait à mes côtés, armée, casquée, la main sur la poignée d'un glaive ; ses yeux lançaient des éclairs.

Je me dirigeai vers ELLE.

ELLE bondit et m'étreignit. Ce fut une lutte épouvantable, obstinée, terrible. Son souffle me brûlait le visage, ses doigts semblaient des tenailles. L'ange qui lutta contre Jacob devait avoir cette souplesse, cet élan, cette ardeur soutenue. Tandis que je m'épuisais en vains efforts, ELLE attaquait à coup sûr. Je sentais que sa colère provenait de mes projets homicides. ELLE voulait me vaincre et obtenir que je renonçasse à ce duel. De quels rayons ses yeux me brûlaient ! Jusqu'à ce jour ELLE s'était contentée de prier, de pleurer ; je la préférais irritée, vengeresse, terrible. Nous avions tous deux des armes. Oh ! la belle guerrière ! Oh ! la sainte et merveilleuse combattante ! Plus la lutte se prolongeait, plus je sentais la nécessité de la victoire. Enfin, ses genoux fléchirent. ELLE était blessée, elle tenta de m'arracher l'épée dont je m'étais saisi et se coupa profondément les doigts...Son armure était bossuée et brisée. Je la vis se traîner vers le seuil. Elle s'étendit en travers comme un lévrier fidèle, et presque à l'agonie, ELLE y demeura...

A six heures, j'étais sur pied, Roch m'attendait avec Lucien Dalboy; le Moldave avait amené un médecin de Paris. Nous nous rendîmes en voiture à l'endroit qu'un homme du pays nous désigna comme servant d'habitude pour ces sortes de rencontres.

Je me sentais froid, calme et maître de moi d'une façon absolue. Sans nul doute l'apparition de la veille m'eût impressionné davantage, si, au fond de ma conscience, je n'eusse gardé la conviction que le Moldave contre lequel j'allais me mesurer était un grec habile. Nous jetâmes nos habits sur l'herbe et nous nous mîmes en garde. Le jeu de mon adversaire était plus fougueux que prudent. Je le soupçonnai de connaître certains coups mystérieux et traîtres, et je me couvris avec plus de soin que je ne mis de vigueur dans l'attaque. Cette tactique l'exaspéra. Après avoir essayé de m'irriter, puis de m'éblouir par le jeu de son épée, il finit par entrer dans une véritable colère, et tandis que je me couvrais de mon arme, il se jeta sur moi, s'enferra et tomba en poussant un grand cri. La poignée de l'épée s'échappa de mes mains, et le Moldave tomba à la renverse.

Le médecin s'inclina vers lui.

— C'est un homme perdu ! fit-il en se redressant.

Il ajouta en secouant la tête :

— Mauvaise affaire, Monsieur, mauvaise affaire !

Nous n'eûmes qu'une hâte, gagner le chemin de fer, et nous montâmes dans le premier train partant pour Paris.

Le voyage s'accomplit comme un rêve.

Au moment où je rentrais chez moi, la femme de chambre descendait l'escalier d'un air effaré.

Comme je traversais l'antichambre, je heurtai le valet de chambre qui appela d'une voix terrible une vieille servante que Renée avait amenée de province.

— Qu'y a-t-il donc ? demandai-je.

— Monsieur, me répondit Pierre, Josette vient d'aller chercher le médecin...

— Pour qui ?

— Pour M. Christian.

Je courus à la chambre de ma femme, où couchait Christian.

Renée, enfoncée dans un fauteuil, l'œil fixe, les lèvres frémissantes, regardait le pauvre petit ange, dont le visage enfiévré faisait mal à voir.

Je m'assis près de la mère désolée.

— Qu'a donc Christian ? demandai-je.

Renée fondit en larmes.

Peu après le médecin entra.

Ma femme se leva et, soulevant Christian dans ses bras, elle répéta avec des sanglots : « Guérissez-le, docteur ! guérissez-le ! »

— Son état de santé exige beaucoup de soins, madame, répondit le médecin.

— Oh ! docteur, quand une mère veille elle-même sur son enfant !...

— C'est que... répondit le docteur, je ne vous permettrai pas de le soigner... vous-même... votre santé est délicate, affaiblie même depuis quelque temps, et je craindrais...

— Docteur, s'écria Renée, je veux savoir la vérité tout entière... je suis délicate, c'est vrai, mais mon amour pour mon enfant doublera mes forces... personne ne l'approchera que moi, moi seule, entendez-vous... Sans cela, aurais-je une seule minute de tranquilité ?...

— Monsieur, ajouta le médecin en m'attirant à l'écart, j'ai besoin de votre aide pour obtenir que madame se montre soumise à mes prescriptions.

— Quelle raison s'oppose à ce que ma femme soigne Christian ?

Le docteur me répondit tout bas :

— L'enfant a la petite vérole !

XXVI

J'ai défié la destinée, j'ai tenté Dieu !

Suis-je satisfait au moins ? Ai-je réalisé dans le mal ce que le mal promet ?

En pressurant un fruit maudit, me suis-je abreuvé du poison cuisant de l'ivresse.

Sais-je le bonheur en connaissant le crime ?

Le plaisir est-il le dernier mot de la vie ? L'instinct domine-t-il notre nature d'une façon assez absolue pour éteindre en nous le remords ?

Le remords !

Je ne sais pas ce que ce mot signifie, je ne veux pas éprouver de remords ; je n'en ai pas.

Le remords est fait pour les âmes pusillanimes ; je me sens fort, je me roidis, je puis tout braver !

J'ai nié la loi divine, raillé la morale, descendu tous les degrés de l'abaissement ; quand un obstacle s'est présenté pour m'arrêter, sans même l'écarter, je m'en suis servi comme d'un marche-pied.

Mais mon enfant, mon pauvre enfant !...

Cela n'est pas, cela ne peut être... on a beau me l'affirmer...

Il y a dans ma maison un seuil que je ne puis franchir... Il y a chez moi une chambre où je n'entre pas...

Celle de ma femme et celle de Christian !

Tous deux à l'agonie...

Et pour m'en défendre l'entrée, ce n'est plus le médecin que je trouve, c'est ma mère !

Au moment où j'interrogeais mon domestique sur ce qui se passait à la maison, ma mère, reconnaissant ma voix, sortit d'une pièce voisine. Elle pâlit en m'apercevant.

— Ne demandez point à voir Renée ni Christian, me dit-elle, cela est impossible...

— Impossible !

— Le danger est grand...

— Eh bien ! m'écriai-je ! je le partagerai.

— Il eût mieux valu prévenir le mal.

— Ma mère, ma mère, dis-je, pour que vous me parliez avec cette sévérité, il faut...

— Que votre femme se meure, Vital...

— Renée !

— Et que votre enfant soit à l'agonie.

— Maudit ! m'écriai-je, je suis maudit !

Et j'allai tomber sur un meuble brisé, anéanti, l'esprit perdu.

— Il faut qu'elle me pardonne, dis-je, il le faut...

— Renée ne voit plus et ne peut plus entendre.

— Que faire ? que faire ? mon Dieu !

— Attendre... répondit ma mère.

— Ah ! m'écriai-je, que devenir pendant ces mortelles heures !...

— Que faites-vous depuis deux jours, Vital ?

Je baissai la tête, le sentiment de mes fautes m'écrasait.

Puis, avec une sorte d'énergie puisant sa source dans

un profond désespoir, je tentai d'écarter ma mère et de pénétrer malgré elle dans la chambre de ma femme et de mon enfant.

Mais alors parut sur le seuil un homme qui me produisit l'effet de l'ange vengeur chassant Adam du paradis.

Gatien, le bras tendu vers moi, me dit d'une voix dont jamais je n'oublierai le timbre grave et menaçant :

— Votre vue mettrait en danger la vie de deux êtres faibles que j'ai mission de sauver. Je remplis à cette heure un mandat sacré, éloignez-vous, Vital, car, moi vivant, vous n'entrerez pas.

J'allais supplier ma mère de se montrer moins inflexible, mais elle m'a entraîné en ajoutant :

— Voulez-vous tuer Renée d'un seul coup ?

Je me suis reculé contre la muraille, comme si la foudre venait de m'atteindre.

Ma mère me tenir un pareil langage ! Mes fautes ont lassé sa patience, elle a pris contre moi le parti des opprimés, me voilà seul, tout seul, dans ma maison en deuil !

Je courus m'enfermer dans ma chambre, puis l'horreur de ce qui se passait autour de moi me saisit avec une telle puissance que je sortis, ne sachant que faire de mon temps et quel emploi donner à mes heures. Je sentais ma tête vide ; les souvenirs de ce qui s'était passé depuis deux jours devenaient vagues pour moi. Il me semblait tantôt que la mort du Moldave était vieille comme un souvenir, tantôt que j'avais encore des taches de sang sur les mains. Je me demandai pour la première fois si la fin terrible de ce duel n'entraînerait pas une action judiciaire ? Je ne pouvais plus me dissimuler la gravité de ma position.

Roch me semblait le mauvais génie de mon existence, et cependant ce fut chez lui que je courus. Il m'accueillit avec

une sorte de compassion affectueuse, et accueillit la nouvelle que je lui appris avec l'apparence de la sensibilité.
Madame Diane parut également compatir à mon agonie.

Quand arriva l'heure de la Bourse, Onfroy me dit avec
'nsistance :

— Les affaires sont les affaires, que diable ; on te chasse
de ta maison, accepte la moitié de la mienne. Je te dois en
somme une partie de ma fortune.

Je me laissai entraîner à la Bourse, et tout en me disant
que je devais m'abstenir, je conclus sur une nouvelle politique une affaire colossale. Une sorte de folie me gagnait.
Je me disais : je cours à ma perte, et cette perte il semblait
que j'avais hâte de la consommer. Mes collègues, mes amis,
me regardaient avec une sorte de commisération. On se demandait si je ne courais pas à une formidable débâcle.

Je dînai chez Roch que j'accompagnai ensuite au cercle.
On joua un jeu d'enfer ce soir-là. Je perdis les vingt mille
francs que j'avais sur moi, et le double sur parole. Puis
ivre de douleur, surexcité par les liqueurs dangereuses
auxquelles je demandai une énergie factice, je rentrai chez
moi, où je trouvai les domestiques consternés.

Je n'osais rien dire, rien demander. Il me semblait que
les serviteurs eux-mêmes m'accusaient.

Au moment où le valet de chambre posait la lampe sur
mon bureau, il me désigna une lettre :

— On a apporté ceci pour Monsieur, me dit-il.

Immédiatement mes yeux se fixèrent sur un cachet
administratif.

— Du parquet... cette lettre me vient du parquet...

Je savais dès lors ce qu'elle contenait. D'un geste
je renvoyai le domestique, et dès que je fus seul je fis sauter
le cachet :

Le juge d'instruction m'invitait à passer le lendemain
dans son cabinet.

Cette formule, si simple en apparence, me troubla profondément. On allait me demander compte de la mort d'un homme. Sans nul doute les conditions du combat avaient été scrupuleusement observées, j'avais même moins tenté de tuer le Moldave que de me défendre contre son jeu à demi perfide, mais enfin il était mort, et la justice était en droit de me traduire à son banc. Cependant, si grave que me parut cette affaire, elle semblait un point au milieu des autres événements qui me pressaient à m'écraser. Depuis l'heure où imprudemment et sur un télégramme qui pouvait être une invention perfide, j'avais hasardé une somme considérable, je m'interrogeais sur ma situation pécuniaire. Elle me parut dangereuse. Après avoir récapitulé mes pertes successives au jeu, à la Bourse, je demeurai épouvanté. Si la spéculation faite pour la fin du mois était mauvaise, je pouvais me trouver compromis.

Ce fut en vain que je cherchai le sommeil, j'avais des hallucinations, de l'ouïe et de la vue ; je croyais entendre les cris douloureux de ma femme et de mon fils, les sanglots de ma mère, la voix courroucée de Gatien que j'avais évité de revoir depuis mon retour à Paris, et qui surgissait devant moi comme un juge.

Vers le matin seulement je trouvai dans l'accès de la fatigue une sorte d'assoupissement, et lorsque je sortis, l'heure était venue de me rendre au palais de justice.

Les longs couloirs me causèrent une impression de froid. Quand l'huissier m'appela par mon nom, je chancelai, et ma pâleur devait être livide lorsque je pénétrai dans le cabinet du juge d'instruction.

C'était un homme presque jeune, aux yeux d'un bleu sombre ; leur regard paraissait être fort doux et pouvait prendre une expression austère.

Sa voix était mordante, incisive.

Il s'assura de mon identité, puis il me demanda des détails

sur le drame qui s'était terminé en Belgique par la mort
du Moldave.

Je ne déguisai rien.

— Vous êtes joueur, me dit le magistrat, et bon nombre
de personnes ajoutent que vous allez rapidement à votre
perte. Marié à une femme pieuse et digne de tous les res-
pects, vous la laissez dans l'isolement, vous n'aimez pas
même votre fils...

— Monsieur !... m'écriai-je.

— Laissez-moi poursuivre... Non, vous n'aimez ni votre
femme ni votre enfant... Tous deux sont mourants, m'a-t-
on dit, et le crime que vous venez de commettre, car le
duel est un crime et ce mot déguise mal le meurtre, va
plonger dans une douleur sans nom une honorable famille.

— Je me suis battu loyalement, lui dis-je.

— Voilà l'excuse de tous ! la phrase banale mise en cir-
culation dans le monde par les ferrailleurs et les duellistes.
Vous vous êtes battu loyalement, c'est-à-dire que votre
arme n'était pas empoisonnée, et que vous avez suivi les
leçons de votre professeur d'escrime... Mais vous oubliez
que, le premier vous avez insulté l'homme que vous deviez
tuer deux jours après.

— Je le suspectais de tricher au jeu.

— La loi punit les escrocs de ce genre ; vous pouviez du
reste le faire surveiller au cercle, et si vous acquériez
une preuve qui vînt corroborer vos soupçons, l'en faire ex-
clure avec ignominie... Non ! vous ne vous êtes pas battu
parce que vous le suspectiez ; vous avez cédé en l'insultant
à l'espèce de fièvre qui saisit les joueurs... Un excès en attire
un autre ; la colère, cette colère aveugle, succède trop souvent à des pertes importantes. Le jeu pas plus que l'ivresse
ne pallient le crime d'avoir versé le sang, et de celui-là vous
aurez à rendre compte.

Je n'essayai plus de lutter. J'assurai au magistrat que je

me tiendrais à la disposition de la justice. Je priai seulement qu'on me laissât ma liberté. J'en avais besoin dans la double situation que me créaient ma famille et mes affaires.

— Bah ! me dit Roch quand je lui racontai ce qui s'était passé, on n'est pas déshonoré pour s'être battu en duel. Quoi qu'en ait dit le juge d'instruction, le Moldave était suspect ; des membres du club témoigneront de la défiance qu'il inspirait, et on t'acquittera.

Comme la veille, j'allai à la Bourse et je dînai chez Roch.

Quand je rentrai, le valet de chambre m'attendait.

— Donnez-moi des nouvelles, Pierre, demandai-je d'une voix étouffée.

— Le docteur Galion est inquiet, Monsieur.

— Il y a danger, danger de mort ?

— Le prêtre est venu tantôt.

Le prêtre était entré dans ma maison ; les sacrements avaient été apportés à ma femme et je n'étais pas là ! En ce moment je portai contre moi-même une accusation plus terrible encore que celle du juge d'instruction. Oui, décidément, j'étais un misérable !

Je ne saurais dire ce qui se passa durant les cinq jours suiv 's. Mon cerveau me semblait vide, je ne parvenais pas à saisir complétement l'usage de mes facultés. Ma gorge était brûlante ; il m'était impossible de rien prendre sauf quelques bouillons que Pierre m'apportait dans ma chambre. La tête me faisait un mal horrible.

Je raisonnais encore, cependant, j'analysais ma situation d'esprit et mon état physique.

Mais, comme un bruit de cloches monotones, j'entendais retentir ces deux noms que me causaient l'effet d'un martellement du crâne :

— Renée, Christian ! Christian, Renée !

Et j'ajoutais au fond de ma conscience :

— Ce n'est pas la maladie qui les tue... je les assassine comme j'ai assassiné le Moldave... pour tuer, le chagrin vaut une épée.

XXVII

La fin du mois amena la *liquidation*.

Ce fut ma ruine ! Cette catastrophe venant à la suite de tant d'autres ne me surprit pas. Je l'attendais. J'en étais à un point de désespoir et de terreur que la certitude de ce dernier malheur me parut presque un soulagement. C'était la fin, une fin logique et navrante. J'avais mérité ma perte et j'étais perdu... Après avoir raillé Dieu je reconnus qu'il était juste dans ses châtiments effroyables.

Qu'allais-je faire ? Je viens de le dire, je ressentis une sorte de soulagement en me voyant perdu sans ressource. A la fiévreuse agitation de la quinzaine qui venait de s'écouler succéda une tranquillité lucide. Mes accès de folie furent remplacés par un calme dont je ne puis me rendre compte. Je pris mes livres, je calculai mes pertes de Bourse, et j'y fis face avec ce que je possédais de valeurs disponibles. De ce côté, du moins, l'honneur était sauf. En sautant je n'entraînai la ruine de personne. On pouvait rire de mon imprudence, mais personne ne gardait le droit de me mépriser.

Ma situation une fois régularisée je me rendis chez un jeune homme intelligent et riche, très-désireux d'entrer par les affaires dans ce grand chemin de la fortune, nous nous entendîmes vite pour la cession de ma charge ; la gravité des circonstances dans lesquelles je me trouvais fit agréer mon successeur qui me remit neuf cent mille francs comptant.

Alors je me livrai à un second travail, je pris dans le tiroir où je les entassais les mémoires de mes fournisseurs, je les additionnai, je réclamai les notes qui me manquaient encore, et je trouvai un total dont je demeurai confondu. Je devais deux cent mille francs. Tout fut soldé dans la journée. Mon propriétaire, qui pour moi était un ami, consentit à résilier mon bail moyennant une indemnité de quinze cents francs.

Je m'informai près de la femme de chambre de ma femme si celle-ci avait quelques dettes :

— Non, monsieur, me répondit Julie, madame paie comptant... Depuis quinze jours seulement plusieurs personnes à qui elle a coutume de faire l'aumône sont venues pour implorer sa charité... On a également apporté des billets de loterie, j'ai dû refuser tout le monde jusqu'au rétablissement de madame.

— Ce sont des dettes comme les autres, répondis-je, dressez-en une liste, voici deux mille francs, vous enverrez payer.

Julie m'a regardé avec un soupir renfermant la plus cruelle des accusations.

Peut-elle croire en effet que le mauvais fils, le mauvais mari, le mauvais père soit capable de songer aux indigents.

Je me suis alors enfermé chez moi, et j'ai songé.

Que vais-je faire ?

Je suis ruiné. Ce qui me reste de la vente de ma charge

représente seulement le chiffre de la fortune de ma femme et de mon fils, cette fortune qu'elle m'avait un jour supplié de placer à l'abri de toutes les éventualités, pour que le cher petit ne connût jamais la misère...

A l'égard de Renée et de Christian, en ce qui concerne les affaires d'intérêt, je suis donc en règle.

Me voilà descendu tout au fond de l'abîme; ma ruine est complète, puisque ce qui me reste ne m'appartient pas... et dans trois semaines je paraîtrai devant la cour d'assises.

Que me reste-t-il à faire, maintenant?

Ni ma mère ni ma femme ne me pardonneront.... Non! non! Je mens, je sais bien qu'elles gardent au cœur l'indulgence inépuisable que donne la foi chrétienne, mais leur pardon serait une humiliation trop forte... Elles pourraient croire que la perte de ma fortune me rapproche seulement de ceux que j'ai négligés, dédaignés.

Il ne me reste plus qu'à mourir, et je mourrai.

N'est-ce pas le dernier, le seul service que je puisse rendre à cette Renée dont j'étais incapable de faire le bonheur.

Oui, je mourrai. Et qu'est-ce après tout que d'en finir avec une existence maudite qui projette une ombre sinistre sur tous ceux que je connais, sur tous ceux que j'ai aimés. Depuis trois ans je vis dans la fièvre et je subis une suite non interrompue de tortures. Il faut en finir, au moins la mort me reposera... Je veux le croire, oui, je veux me persuader que rien ne survit de nous quand le cœur a cessé de battre...

J'énumérai ensuite les divers moyens de suicide que possèdent les désespérés. Dans mon bureau se trouvaient des pistolets; mais la peur du bruit que ferait une détonation m'effraya. Un poignard de forme bizarre qu'un de mes amis m'avait rapporté des Indes, me parut un moment propre à l'accomplissement de mon dessein, mais j'eus comme une vision rapide de sang répandu, des flaques

brunes tachant le tapis de couleur gaie pareille à une riche
corbeille de fleurs.

Cette idée me causa une sensation de répugnance. Alors
je pris un petit flacon renfermant un poison violent, et je
le serrai convulsivement dans mes mains.

Je savais enfin ce que je voulais.

Je voulus me lever, afin de poser sur la cheminée le
testament que je venais d'écrire, mais j'éprouvai une sensation de résistance.

Deux mains qui, cependant m'effleuraient à peine, me
clouaient à ma place.

ELLE! c'était ELLE.

Je l'ai vu souvent, elle ne m'a guère quitté... C'est mon
ombre, mon spectre... Elle m'a connu enfant, elle a grandi
avec moi... Je la hais... Cette fois je compris qu'il ne
fallait en avoir aucune pitié... La rage dont j'avais été
saisi lors de ses précédentes apparitions augmenta encore.
Je la trouvais non plus jeune et belle, mais mourante et
sans souffle... Néanmoins, ses regards à demi éteints con-
servaient la puissance de me troubler...

— Va-t'en ! lui dis-je.

Ses yeux m'implorèrent et parurent me répondre :

— Repens-toi !

— Non ? fis-je, je n'ai plus ni fortune, ni avenir, ni
bonheur possible.

ELLE leva les mains vers une miniature de Christian.

Je regardai cette charmante image, mais en même temps
je pris le flacon mortel, et à mesure que je le serrais dans
mes doigts, le portrait pâlissait davantage, et ELLE, ELLE
perdait ses contours et s'évanouissait comme une nuée...
Cependant le portrait de Christian luttait encore contre
moi... Tout à coup, rassemblant ses forces, ELLE m'étreignit dans ses bras... Ses sanglots répondaient à mes blasphèmes; ELLE voulait arracher de mes mains la fiole mau-

dite... Le salut de l'enfant en dépendait, et à mesure qu'elle prenait de l'avantage, la figure de Christian s'avivait sur l'ivoire ; quand je retrouvais mes forces, l'image de mon fils fondait jusqu'à s'évanouir. ELLE m'enlaçait avec une force renaissante, et quand sa main touchait sa poitrine, elle me galvanisait subitement. L'idée de sa victoire me paraissait odieuse, et cependant je comprenais que ma défaite serait pour moi un bonheur.

Pour le sacrifice du poison où j'étais prêt à puiser la mort, ELLE était prête à m'absoudre, et son pardon précéderait celui de Dieu... Je ne puis suivre la multiplicité de mes projets combattus, ces tentations tenaient du cauchemar par la douleur et de la vision par l'état physique.

Le phénomène que je subissais est-il un fait isolé ou se reproduit-il pour d'autres individus ?

A force d'y réfléchir, je me suis convaincu que chacun de nous garde à ses côtés ce guide mystérieux, cet adversaire né du mal. Chacun possède comme moi une compagne, tour à tour souriante et désolée, ardente comme une guerrière ou calme comme une vierge... Au moment dont je parle, elle ressemblait à cette création que Prudhon a si magnifiquement lancée dans un ciel d'orage, le glaive en main, l'éclair au front, poursuivant le crime épouvanté.

En ce moment, un cri parvint jusqu'à moi, il était poussé par ma mère.

Le fantôme leva les mains et parut appeler les foudres du ciel... Je m'acharnai sur lui, je le renversai, je piétinai son corps avec fureur ; j'ajoutai blessure à blessure ; je voulais cette créature morte, livide, froide... je la voulais anéantie.....

Je la vis, en effet, ruisselante de sang et glacée...

Je poussai un cri de triomphe et portant le flacon à mes lèvres et j'en avalai le contenu.

Je l'ai tuée enfin ! Tuée par une série de fautes, je l'ai

anéantie par une perversité constante; elle n'est pas immortelle comme on essaie de la faire croire...

Je suis maudit et damné, mais ELLE est morte!
Pourvu que je ne la retrouve pas en enfer!

XXVII

Je suis dans mon lit ; j'ai la fièvre, le délire... que se passe-t-il autour de moi ; je ne sais pas... On aurait dû me jeter dans un cabanon comme un fou, ou dans un cachot comme un criminel... Gatien est venu près de mon lit, il m'a tâté le pouls en secouant la tête... Je ne sais plus pourquoi je suis malade, il me semble que je vais mourir... J'ai aperçu ma mère comme en rêve, elle pleurait... Sur moi, ou sur ceux que je n'ose plus nommer.

Ma tête est très-faible, et penser me fatigue. Je ne veux voir personne, personne... je regarde en moi, tout au fond, et j'ai peur... je cherche... mes yeux redemandent une forme connue, un être accoutumé à moi ; mon cœur bat d'une façon régulière comme l'horloge stupide dont le bruit me martèle le cerveau... Mais le ressort en doit être brisé... le moteur manque, je conserve une apparence de vie, et cependant, je n'ai plus d'âme, plus d'âme...

De quoi me servait-ELLE depuis longtemps ? quel cas en faisais-je ? dans quels sentiers perdus ne l'ai-je pas traînée ? quels buissons n'ont pas déchiré sa robe ? quels cailloux n'ont pas meurtri ses pieds? quelles fanges ne l'ont pas souillée? Je veux douter d'ELLE comme je doute de tout aujourd'hui; je demande le cachot, la nuit, le néant et après...

. . . .

La force me manque pour me lever, la fenêtre est ouverte, des senteurs d'arbustes fleuris m'arrivent par bouffées... Je ne suis donc plus à Paris... Quel long sommeil, quelle léthargie! Il y a des oiseaux dans le jardin, leurs trilles, et leurs mélodies charment mes oreilles... Ils me font souvenir du parc de la maison paternelle où j'aimais à courir, des abeilles qui bourdonnaient sur les fleurs, des rossignols nichés dans les haies, des vols de papillons passant sur les parterres... Je tends les bras à ma jeunesse, et je lui crie :

— Reviens! Reviens!

Comment ai-je été transporté ici? Je ne sais, il reste un vide dans mon cerveau.

J'entends du bruit.

On vient.

— Ma mère! ma mère!

. . . .

Les larmes m'ont soulagé... j'ai pleuré avec elle, elle a pleuré sur moi!

Je lui prenais les mains, je la regardais troublé par la joie; mes regards lui adressèrent une question éloquente, ses doigts serrèrent plus fort les miens.

— Renée! Renée? demandai-je.

— Vivante!

— Christian?

— Sauvé!

— Ma mère, ajoutai-je, tu sais tout...

— Tout! me répondit-elle.

— Aussi, mes folies, ma ruine, ma tentative de suicide?

— Pauvre enfant ! répondit-elle.

Ce fut tout, elle ne trouva que ce mot : pauvre enfant !

— Mais, repris-je, j'ai tué un homme...

— En duel, loyalement, tu es acquitté !

— Dieu soit loué de m'avoir gardé l'honneur pour Renée, pour Christian ; moi, je veux réparer le mal commis ; il faut que mon fils soit riche, que je lui reconstitue une fortune ; j'y ai songé dans mes moments lucides... Dès que je serai guéri je partirai pour les Indes.

— Et ta femme ?

— Je l'ai rendue si malheureuse...

— Est-ce une raison pour la rendre veuve !

Je cachai mon front dans mes mains.

— Mon fils, reprit-elle, tu as à régler des comptes graves, je le sais, entre Renée et Dieu ; ta faiblesse passée t'oblige à montrer de la force dans l'avenir. Pour avoir voulu mourir, tu seras obligé de vivre. Le dissipateur travaillera, mais le père ne quittera jamais son enfant, le mari ne se séparera point de sa femme.

— Renée me pardonnera-t-elle ?

— Elle est chrétienne ! répondit ma mère.

— Où m'a-t-on conduit, et où suis-je ?

— Tu es à R..., dans une chambre réparée, arrangée pour toi.

— Ma femme...

— Est ici avec Christian.

— Je ne les ai pas vus !

— C'est vrai, mais la cloche du dîner sonne, on servira le repas de famille dans ta chambre.

Mes yeux se troublèrent... j'allais voir Renée ! mon fils ! La maladie ne les avait-elle point changés ? j'avais peur de me trouver en face de ma femme, et cependant le courage me manqua pour refuser ce que m'offrait ma mère.

12.

Un frôlement de robe se fit entendre ; je me soulevai sur le coude et j'attendis plein d'anxiété.

Mon regard avide se tourna vers la porte.

Renée parut ; elle tenait Christian par la main.

— Embrasse ton père, mon chéri, dit-elle d'une voix douce.

Christian se jeta sur mon lit et m'étouffa de baisers.

Je pris la main de Renée, et j'y mis non pas une caresse des lèvres, mais une larme.

Ma mère rapprocha la table de mon lit ; elle se plaça auprès de moi ; Christian qui venait de se nicher dans mes bras ne voulut point quitter cette place.

Le repas fut animé par les saillies de l'enfant et la causerie de ma mère. Renée était sérieuse. Moi, je ne voulais ni n'osais lui parler.

Le dîner fini, la table enlevée, le domestique approcha un guéridon sur lequel il plaça la lampe.

Ma mère prit un ouvrage de femme.

Christian ouvrit un livre illustré.

— Je souhaiterais vous parler, dis-je à Renée.

Elle avança son fauteuil près de mon lit.

— Je vois avec bonheur, lui dis-je, que vous êtes toujours belle ; votre santé reviendra, et vos peines vont finir...

Ses yeux bleus m'interrogèrent.

— J'ai pris une résolution inébranlable ; votre vie auprès de moi est un supplice, il va cesser : mes fautes vous ont gravement offensée ; ma vue doit vous être odieuse... je ne m'absous pas ; je me condamne... Reprenez votre liberté, et... gardez votre enfant...

Renée trembla, se leva et demeura immobile au pied de mon lit.

— Vous me bannissez ? demanda-t-elle enfin.

— Non ! répondis-je, je m'exile...

— Mais... ajouta-t-elle, sans garder la force d'achever sa pensée.

— Vous avez pour vous DIEU et la LOI!

Renée s'appuya sur le dossier de son fauteuil et baissa la tête comme le condamné qui vient d'entendre son arrêt.

En ce moment, Christian leva les yeux qu'il tenait fixés sur le livre, et me regardant, me demanda d'un air sérieux :

— Père, qu'est-ce que c'est que la conscience?

Subitement, comme par magie, et répondant à l'évocation de cette bouche innocente, ELLE parut devant moi forte et vivace, resplendissante de beauté, rayonnante de jeunesse.

ELLE que je croyais morte, ELLE que je m'imaginais avoir tuée...

Son visage était doux, encourageant; ses yeux charmaient...

Oh! comme mon cœur, qui l'avait haïe, salua avec ivresse la miraculeuse ressuscitée!

Christian répéta sa question.

Alors, me soulevant, les bras tendus vers ELLE, je répondis d'une voix dans laquelle vibrait l'espérance :

— La conscience, c'est l'IMPÉRISSABLE!

Non, la CONSCIENCE ne saurait mourir, nous tentons vainement de l'effrayer, de la bannir, compagne céleste donnée par Dieu à l'homme, ce voyageur si vite fatigué de la route, elle le soutient, le surveille, le console. Elle se montre parfois irritée, ses reproches ont pour le cœur coupable une force que rien ne saurait égaler. Oh ! CONSCIENCE, témoin de la vie! Heureux qui n'a rien fait pour te chasser de sa voie, mais heureux encore celui qui après ses faiblesses te retrouve purifiée par son repentir, et par l'indulgence céleste!

Oui, ma CONSCIENCE s'éveillait d'un sommeil de mort, elle surgissait du fond du sépulcre où je croyais l'avoir laissée, et au moment où mon cœur battait de joie en la remerciant, l'abbé Delmetz franchissait le seuil de ma chambre.

— Comment allez-vous ? mon enfant, me demanda-t-il.

— Je reviens de la mort, lui répondis-je, mais avec la grâce d'en haut, j'espère bien vivre désormais.

Puis me tournant vers ma mère et ma femme :

— Nous ne retournerons jamais à Paris.

LE
CHARPENTIER DE GOËTHE

Un jour, le sac de touriste au dos et le bâton à la main, Goëthe aperçut un singulier groupe sur l'escarpement d'un sentier.

Deux garçons vêtus de jaquettes de couleur assez semblables à des tuniques, sautaient l'un après l'autre sur les sommets des roches.

Sur la tête de l'aîné flottaient de riches boucles de cheveux blonds ; le regard s'y portait tout d'abord, puis s'arrêtait à des yeux d'un bleu limpide et se promenait ensuite complaisamment sur sa taille élégante. Le second, qui avait plutôt l'air d'être son ami que son frère, portait des cheveux noirs et lisses qui descendaient sur ses épaules ; la couleur de ses yeux semblait être le reflet de sa chevelure. Le voyageur s'arrête surpris et charmé, mais son étonnement augmente en voyant un jeune homme solide et vigoureux, de taille moyenne, court vêtu, au teint brun, aux cheveux noirs, qui descendait les rochers avec assurance et précaution, tenant en bride un âne qui montrait d'abord sa tête soigneusement brossée et laissa voir ensuite l'aimable fardeau qu'il portait.

Une femme, à la physionomie douce et agréable, était

assise sur une grande selle bien rembourrée ; sous le manteau bleu qui l'enveloppait, elle tenait un enfant nouveau-
né qu'elle serrait contre sa poitrine et considérait avec une
indicible tendresse.

Goëthe resta tout surpris de cette apparition, et il vit le
groupe disparaître derrière la muraille de rochers. Sa curiosité le porta à presser le pas, il voulut questionner le
chef de la famille voyageuse, il la rejoignit à un endroit
où le chemin, moins rapide, lui permit de la contempler
à loisir.

Le jeune homme robuste portait sur son épaule une
hache et une longue équerre en fer; les enfants tenaient
de grosses bottes de roseaux qui ressemblaient à des palmes,
et les rendaient pareils à des anges, tandis que les petites
corbeilles pleines de provisions de bouche qu'ils traînaient
derrière eux, rappelaient ces messagers qui passent et re-
passent chaque jour dans la montagne.

En considérant la mère de plus près, il vit qu'elle portait
sous son manteau bleu une robe de rose tendre, de sorte
qu'il lui sembla trouver, dans la réalité, la fuite en Égypte,
qu'il avait vu si souvent représentée en peinture.

On se salua. L'auteur de Faust s'intéresse à cette famille ;
« — Venez chez nous ! dit l'homme.

— Venez, répète la femme, en détournant de l'enfant
son aimable et affectueux regard pour le reporter sur l'é-
tranger.

— Nous serons arrivés au logis avant le coucher du
soleil, ajoute le charpentier. Nous vous attendrons demain
matin. »

L'homme et la bête se mirent en marche, et le cortége
était prêt de disparaître derrière un pan de rocher, quand
l'étranger cria de toutes ses forces :

« — Qui dois-je demander ?

— Demandez Saint-Joseph ! lui répondit une voix du

fond du ravin, et l'apparition se perdit dans l'ombre bleuâtre des rochers. »

Un chant pieux s'éleva alors dans le lointain...

Le lendemain, l'hôte futur de la famille voyageuse se mit en route accompagné d'un guide. Il laissa derrière lui et au-dessus de lui les rochers escarpés, et après avoir parcouru des bois bien ombragés, de vastes prairies, il arriva enfin sur une déclivité d'où l'on découvrait les ruines d'un grand monastère.

— Voilà Saint-Joseph, dit le guide ; quel malheur que cette belle église soit dans cet état ! Voyez donc comme à travers les arbres et les buissons les colonnes et les piliers sont encore bien conservés, il y a cependant plusieurs siècles que l'église s'est écroulée.

— En revanche, le monastère me paraît être en bon état.

— Oui, répondit le guide ; il est habité par un économe qui dirige l'exploitation et recueille les redevances et les dîmes. »

En parlant ainsi, l'étranger franchit la porte et pénétra dans une vaste cour entourée de bâtiments sévères, qui annonçaient la présence d'êtres paisibles.

Alors on l'introduisit dans la pièce que l'on appelait la *Salle*.

Après avoir franchi une grande porte, notre voyageur se trouva dans une chapelle très-propre et très-bien conservée, mais qui avait été appropriée aux usages de la vie domestique.

D'un côté était une table, un fauteuil, des chaises et des bancs ; de l'autre côté, un dressoir sculpté, couvert de poteries de couleur, de cruches et de verres ; çà et là des bahuts et des coffres.

Si bien rangés que fussent ces objets, on y reconnaissait l'empreinte d'une existence simple et aisée. La lumière venait des hautes fenêtres percées sur les côtés.

Mais ce qui attira le plus l'attention du voyageur, ce furent les fresques qui se déroulaient comme des tentures sur les parois de la chapelle au-dessus des fenêtres, et descendaient jusqu'à la boiserie garnissant le reste de la muraille jusqu'au sol.

Ces peintures représentaient l'histoire de saint Joseph.

Ici, on le voyait travailler à son établi de charpentier, là, il rencontrait Marie, et un lys sortait de terre entre eux deux tandis que des anges voltigeaient alentour. Puis, c'était le mariage suivi de la salutation angélique. Plus loin, Joseph s'est arrêté au milieu de ses travaux, il dépose sa hache, et pense au moyen de répudier Marie. Enfin l'ange lui apparaît en rêve; ses sentiments changent; il contemple avec dévotion l'enfant qui vient de naître dans l'étable de Bethléem, et l'adore. Le tableau qui suit est merveilleusement beau; on y voit différentes pièces de bois travaillées et destinées à être assemblées. Le hasard fait que deux d'entre elles sont disposées en croix; l'Enfant est endormi sur cette croix; la mère, assise à côté de lui, le considère avec amour et le père nourricier suspend son travail pour ne pas troubler le sommeil de l'enfant. A ce tableau succède la Fuite en Égypte! Notre voyageur ne put s'empêcher de sourire, il trouvait sur la muraille la répétition du tableau animé qui l'avait tant de fois surpris la veille.

Il n'eut pas le loisir de continuer plus longtemps son examen, car le maître de la maison entra; c'était bien l'homme qui conduisait hier la petite caravane. Ils se saluèrent cordialement, mais l'attention de Goëthe ne pouvait se détacher des peintures.

Son hôte s'en aperçut, et lui dit en souriant :

« Je suis sûr que vous êtes surpris du rapport qui existe entre cette demeure et ceux qui l'habitent ?

— Vous seriez encore plus étonné, si je vous disais que

c'est la maison qui a fait les habitants ; car, si un objet inanimé peut acquérir la vie, il peut également la produire.

— Ah ! oui, je l'avoue. Racontez-moi votre histoire, pour que je sache comment il est possible que sans jonglerie et sans artifice vous soyez arrivés à faire ainsi revivre le passé.

En ce moment une voix amie prononça dans la cour le nom de Joseph.

En même temps, le voyageur aperçut la jeune femme de la veille causant avec son mari. Ils se séparèrent enfin, la femme se dirigea vers le bâtiment opposé.

« Marie ! lui cria l'hôte, encore un mot. »

— Elle s'appelle Marie, pensa l'étranger, lui, Joseph...

Il se mit à songer à cette vallée sévère et isolée au milieu de laquelle il se trouvait ; à ces ruines, à ce calme, à ce silence ; il se sentit comme saisi par l'antiquité chrétienne.

Il était temps que l'hôte et ses enfants rentrassent.

Ceux-ci invitèrent le poëte à venir se promener avec eux, tandis que leur père terminait quelques affaires. Quand on rentra le soir, une vieille servante apporta un repas bien apprêté.

Après le dîner, on se dispersa, et l'hôte conduisit l'étranger dans les ruines, à une place ombragée, d'où l'on pouvait embrasser tout le panorama de la vallée et voir fuir les unes derrière les autres, les collines inférieures avec leurs penchants fertiles et leurs croupes boisées.

« Il est juste, dit l'hôte, que je satisfasse votre curiosité, d'autant plus que je vous crois capable de prendre au sérieux le merveilleux, dès qu'il repose sur un fondement réel. L'établissement religieux dont vous voyez les débris était voué à la sainte famille, des miracles nombreux en avaient fait un lieu de pèlerinage célèbre. L'Église était sous l'invocation de la Mère et du Fils. Voilà plusieurs siècles qu'elle est détruite. La chapelle dédiée à Saint-Joseph

13

s'est conservée ainsi que les bâtiments d'habitation du couvent.

« Saint Joseph, quoique son culte soit aujourd'hui trop abandonné dans ce pays, s'est toujours montré si bienveillant envers nous qu'on ne doit pas être surpris si nous lui sommes particulièrement dévots. De là mon nom de Joseph qui, jusqu'à un certain point, m'a tracé ma vie. Je grandissais, et si j'accompagnais mon père dans ses tournées de recettes, j'aimais encore mieux suivre ma mère, qui distribuait autant d'aumônes que lui permettaient ses revenus; et qui, connue et chérie dans la montagne pour sa bienfaisance et sa bonté, m'envoyait tantôt ici, tantôt là, faire une commission, porter un secours, soigner un malheureux. Je me formai bien vite à ce pieux exercice.

« La vie de la montagne garde quelque chose de plus humain que la vie de la plaine : les habitants sont plus rapprochés et en même temps plus éloignés ; ses besoins sont moindres, mais pressants ; l'homme reste abandonné à lui-même ; il faut être sûr de ses bras et de ses jambes. L'ouvrier, le guide, le portefaix, doivent se confondre en un seul individu; on est plus près de son voisin, on vit avec lui dans une sorte de communion.

« Comme j'étais jeune, et que je n'avais pas encore les épaules assez solides pour porter de lourds fardeaux, j'imaginai de mettre mes paniers sur le dos d'un petit âne et de parcourir les sentiers escarpés en le poussant devant moi.

« Dans la montagne, l'âne n'est pas un animal aussi dédaigné que dans la plaine, où le valet de charrue qui laboure avec des chevaux se croit bien supérieur à celui qui laboure avec des bœufs.

« J'avais d'autant moins de scrupule à marcher ainsi derrière mon âne, que j'avais déjà remarqué sur les peintures de la chapelle qu'il avait eu l'honneur de porter Dieu et sa mère.

« Cette chapelle n'était pas, à cette époque, dans l'état où vous la voyez maintenant, elle servait de remise et presque d'écurie ; on y entassait pêle-mêle bois à brûler, perches, tonneaux, échelles, ustensiles d'agriculture. Heureusement les peintures sont placées assez haut, et la boiserie est solide.

« Dès mon enfance, je m'amusais à grimper sur des tas de bois, et à considérer les peintures dont personne ne pouvait me donner l'explication. Tout ce que je savais, c'est que le saint dont la vie était représentée sur ses murailles était mon patron, et je l'aimais comme s'il eût été mon oncle.

« Mon père était tonnelier et fabriquait lui-même tout ce qui concerne son état, ce qui était avantageux pour lui et pour les autres. Mais je ne pus me résoudre à m'associer à ses travaux ; j'avais un penchant irrésistible pour la profession de charpentier dont je voyais les outils représentés avec tant de détails à côté de mon saint patron. Je manifestai mon désir : on ne me fit point opposition, d'autant plus que pour nos nombreuses constructions nous avions souvent besoin du charpentier, et qu'entre les mains d'un ouvrier habile cette profession, surtout dans nos pays de forêts, touche de bien près à la menuiserie et à la sculpture sur bois.

« Ce qui m'affermissait dans mes idées, c'était une peinture qui est malheureusement presque entièrement effacée. En sachant ce qu'elle représentait, vous parviendrez à discerner quelque chose lorsque je vous la montrerai.

« Saint Joseph a été chargé de faire un trône pour le roi Hérode. Le siége doit s'élever entre deux colonnes indiquées d'avance. Joseph prend soigneusement la mesure de la hauteur et de la largeur et se met à fabriquer un trône magnifique. Mais quel est son étonnement, son embarras lorsqu'il veut mettre le trône en place? Il est trop haut et pas assez

large: Le roi Hérode, comme vous le savez, n'entendait pas
la plaisanterie. Le pieux charpentier ne sait que faire. L'enfant Jésus, qui l'accompagnait partout, s'amusant à lui porter humblement ses outils, voit sa détresse et vient aussitôt
à son secours; il lui dit de prendre le trône d'un côté, lui-
même le saisit de l'autre, et tous deux se mettent à tirer.
Comme s'il était de cuir, le trône s'élargit; il prend de la
hauteur en proportion, et s'adapte parfaitement à la place
indiquée, à la grande joie du pauvre charpentier et à l'entière satisfaction du roi.

« On voyait encore très-bien ce trône dans mon enfance,
et aux fragments qui en subsistent, vous pouvez juger qu'on
n'y avait pas épargné les ornements, et qu'un charpentier
eût été fort embarrassé d'exécuter ce qu'avait composé l'imagination du peintre.

« Mais cela ne m'arrêta pas et ne fit qu'augmenter mon
enthousiasme pour le métier auquel je m'étais voué, aussi
je n'eus pas de repos que l'on ne m'eût mis en apprentissage; cela fut fait, car il y avait dans le voisinage un
maître charpentier qui travaillait pour tout le pays, et occupait un grand nombre de charpentiers et d'apprentis.

« Ainsi se passèrent plusieurs années. J'appris rapidement mon métier, et mon corps fortifié et formé par le travail fut bientôt en état d'entreprendre tout ce qu'on peut
demander à un charpentier. Je n'en continuai pas moins à
remplir mon ancien service à l'égard de ma bonne mère,
ou plutôt de ses malades et de ses nécessiteux. Je parcourais la montagne, poussant ma bête devant moi, faisant
ponctuellement ma distribution, et achetant pour recharger
mon âne les provisions dont nous manquions.

« Mon maître et mes parents étaient contents de moi.
J'avais déjà le plaisir de voir dans mes excursions mainte
maison que j'avais construite ou ornée, car les sculptures
de poutres, les découpures, les ornements gravés avec le fer

rouge, les enluminures, ces ouvrages qui donnent un air
de gaîté aux châlets m'étaient spécialement confiés, parce
que j'étais assez ingénieux, ayant toujours en tête ce trône
d'Hérode avec ses ornements.

« Mes connaissances et mon habileté d'ouvrier m'avaient
donné une certaine influence dans ma famille. J'en profitai
pour déblayer ma chère chapelle. En peu de jours elle fut
en ordre, à peu de chose près, telle que vous la voyez aujourd'hui ; je fis mon possible pour rétablir et rassortir les
portions absentes ou endommagées de la boiserie. Vous
croyez peut-être que les battants de la porte d'entrée sont
de l'époque ; ils sont mon ouvrage. Pendant plusieurs années j'ai passé mes heures de loisir à les sculpter, après
avoir solidement assemblé ces forts madriers de chêne.
Tout ce qui, en fait de peintures, n'était ni endommagé ni
effacé à cette époque subsiste encore aujourd'hui, et je
prêtai gratuitement mes services au maître vitrier, à la
condition qu'il rétablirait les vitraux de la chapelle.

« Si ces tableaux, ces souvenirs de la vie des saints avaient
occupé mon imagination, toutes ces impressions devinrent
plus vives encore chez moi, lorsque je pus considérer ce
lieu comme un sanctuaire, y passer des journées, surtout
en été, et rêver à mon aise à ce que j'y voyais ou imaginais.

« Un désir irrésistible me poussait à imiter les saints, et
comme il n'est pas facile de faire revivre les événements
de leur vie, je voulais au moins leur ressembler en com-
mençant par les petites choses. La guerre, ou plutôt les
malheurs qu'elle amène, avaient désolé nos montagnes,
des bandes de vagabonds s'étaient plusieurs fois livrés à
des actes de violence et de désordre ; la bonne organisation
de notre milice, des battues bien dirigées eussent bientôt
dissipé ces rassemblements, mais on se départit trop tôt de
la vigilance nécessaire, et avant qu'on fût sur ses gardes
de nouveaux troubles se reproduisirent,

« La tranquillité était depuis longtemps rétablie dans le pays et je parcourais de nouveau avec mon âne les sentiers accoutumés, lorsqu'un jour, traversant une clairière nouvellement ensemencée, je trouvai sur le bord d'un fossé une femme assise ou plutôt couchée ; elle paraissait endormie ou évanouie. Je vins à son secours ; elle rouvrit les yeux, se souleva à demi et s'écria :

« Où est-il ? l'avez-vous vu ?

— Qui ? demandai-je.

— Mon mari, répondit-elle.

« Cette réponse me surprit, car cette femme avait l'air très-jeune. Je redoublai de soins. J'appris que les deux voyageurs voulant éviter la longue côte de la route avaient quitté leur voiture pour prendre par la traverse. Ils avaient été assaillis par des hommes armés : son mari s'était écarté pendant la lutte, elle n'avait pu le suivre, et s'était évanouie, elle ignorait combien de temps elle était restée dans cet état. Elle me pria instamment de la quitter et de courir à la recherche de son mari. Elle se leva, et je vis devant moi la plus belle et la plus aimable personne. Elle paraissait dans un état de grossesse avancé. Nous eûmes quelque peine à nous accorder. Je voulais commencer par la mettre en sûreté, elle voulait d'abord des nouvelles de son mari, et mes représentations auraient peut-être échoué, si un détachement de notre milice, qui s'était mis en mouvement au bruit de nouveaux désordres, n'était passé près de nous.

« Je fis différentes questions à la jeune femme ; elle me répondait avec douceur et complaisance, en personne qui s'efforce de dominer son affliction. Lorsque nous arrivions à une éclaircie, elle me priait de m'arrêter, de regarder de tous côtés, de prêter l'oreille, et, dans ces moments, son regard profond sortait si suppliant d'entre ses longs cils noirs que je faisais tout mon possible pour la satisfaire, et que je finis par grimper à un vieux pin, haut et dépouillé de ses branches.

« Jamais je n'avais mis autant d'ardeur dans cet exercice, grâce auquel j'avais si souvent gagné des rubans et des foulards dans nos foires et nos réjouissances publiques. Malheureusement, cette fois je ne rapportai rien ; je ne vis et n'entendis rien. Enfin, elle me cria de descendre en me faisant signe de la main ; je me laissai glisser le long du tronc, et lâchant prise à une grande hauteur, je sautai à terre ; elle poussa un cri, et un sourire de douce bienveillance éclaira son visage lorsqu'elle vit que je ne m'étais point fait de mal.

« Vous dirai-je les mille attentions par lesquelles j'essayai de la distraire pendant la route ?

« Comment le pourrais-je, car le propre des attentions est de faire tout de rien !

« Les fleurs que je lui offrais, le paysage que je lui montrais, les montagnes, les forêts dont je lui disais les noms, étaient pour moi autant de trésors que je mettais à ses pieds en guise de présents, pour établir une intimité entre nous.

« Quand j'arrivai chez madame Elisabeth, la meilleure amie de ma mère, il fallut nous séparer.

« J'aidai la jeune étrangère à descendre, je montai l'escalier et je criai à la porte de la salle :

« Madame Elisabeth, voilà une visite !

« La bonne dame sortit, et je vis la belle jeune femme gravir les degrés avec une tristesse touchante et une dignité douloureuse.

« Elle embrassa ma vieille amie et se laissa conduire dans la meilleure chambre.

« Elles s'enfermèrent, et moi, je restai devant la porte avec mon âne, comme un roulier qui vient de décharger de précieuses marchandises, et qui se retrouve aussi pauvre qu'auparavant.

Indécis sur ce que j'avais à faire, j'allais m'éloigner quand madame Elisabeth reparut et me dit de prier ma mère de venir, puis de battre le pays et de rapporter si cela était possible des nouvelles du mari de la voyageuse.

« Puis-je lui dire un mot? demandai-je.

— C'est impossible ! répondit madame Elisabeth.

« Nous nous séparâmes.

« Je fus bientôt chez nous. Le soir même ma mère était prête à partir et à aller porter des secours à la jeune étrangère.

« Je descendis dans la plaine, comptant apprendre quelque chose du bailli, mais il ne savait rien encore, et comme il m'invita à coucher chez lui, cette nuit me parut interminable.

« A chaque instant j'espérais recevoir des nouvelles.

« Le détachement qui s'était dispersé dans le pays vint à son point de rassemblement, et les bruits contradictoires que l'on recueillit nous démontrèrent que la voiture avait été sauvée, mais que le mari avait succombé à ses blessures dans un village voisin.

« J'appris en outre qu'on était allé porter cette triste nouvelle à madame Elisabeth, je n'avais donc plus rien à faire pour la voyageuse ; cependant une inquiétude indéfinissable me ramena devant sa porte. Il faisait nuit, la maison était fermée; je voyais de la lumière dans la chambre, des ombres s'agiter derrière les rideaux ; j'étais vis-à-vis de la porte sur un banc, toujours sur le point de frapper, et toujours retenu par mille considérations.

« Mais pourquoi vous raconter avec détail ce qui n'est d'aucun intérêt pour vous ?

« Bref, le lendemain, lorsque je me présentai on ne me reçut pas. On savait la nouvelle, et on n'avait plus besoin de mes services; on me renvoya chez mon père à mon travail. On ne répondit pas à mes questions, on voulait se débarrasser de moi.

« Au bout de huit jours, madame Elisabeth me fit appeler.

— Entrez doucement, mon ami, me dit-elle, et n'ayez pas peur.

« Elle me conduisit dans une chambre fort propre, et je vis dans un coin derrière les rideaux entr'ouverts la jeune femme assise sur son lit.

« Madame Elisabeth s'approcha pour m'annoncer, et prit sur le lit un objet qu'elle me présenta : c'était un bel enfant enveloppé dans des langes d'une entière blancheur.

« Je pris l'enfant dans mes bras, et je déposai un tendre baiser sur le front du nouveau-né.

— Que je vous remercie d'avoir ainsi pitié de ce pauvre orphelin, dit la mère.

Madame Elisabeth me reprit l'enfant et trouva un prétexte pour m'éloigner.

« A travers mes courses dans nos montagnes et nos vallées, le souvenir de cette époque me sert encore aujourd'hui de compagnon de route. Je me souviens des plus petites circonstances, mais je vous en épargnerai le récit.

« Marie se rétablit, je pus la voir plus souvent : Nos relations n'étaient qu'un échange de bons services et d'attentions. Sa position vis-à-vis de sa famille lui permettait de vivre où elle voulait. Elle demeura quelque temps chez madame Elisabeth, puis elle vint nous voir pour nous remercier, ma mère et moi, des services que nous lui avions rendus. Elle se plaisait chez nous, et je me flattais d'être pour quelque chose dans ses visites.

« Je n'avais encore osé rien lui dire; l'occasion se présenta un jour que je la conduisis dans la chapelle dont j'avais déjà fait une salle habitable.

Je lui montrai et lui expliquai les peintures les unes

13.

après les autres, je lui parlai avec tant de chaleur et de vivacité des devoirs du père adoptif que les larmes lui en
vinrent aux yeux, et que je ne pus continuer l'explication
des tableaux. Je me considérais comme assuré de son affection, sans avoir toutefois la présomption d'effacer si vite le
souvenir de son mari.

« Je me décidai enfin à entretenir ma mère de la chose
qui me tenait tant au cœur. Elle me confia que Marie profondément affligée de la mort de son époux n'avait été
soutenue que par la pensée du devoir qui l'obligeait à vivre
pour son enfant.

« Elle n'ignorait pas mon affection et s'était déjà
faite à l'idée de vivre avec nous. Marie habita quelque
temps dans le voisinage, puis elle s'établit chez ma mère,
et nous fûmes bientôt les plus pieux et les plus heureux
fiancés.

« Enfin on nous maria.

« Le premier sentiment qui nous avait rapprochés ne
nous abandonna pas. Les devoirs et les joies de la paternité
s'ajoutèrent à ceux de la paternité adoptive. Notre petite
famille en s'augmentant ne tarda pas dépasser en nombre
ses modèles ; mais nous continuâmes à les imiter religieu-
sement pour ce qui est de la fidélité et de la fermeté d'âme.

« Nous prîmes l'habitude de conserver cette ressemblance
extérieure, que nous devons au hasard, mais qui s'accorde
si bien avec nos sentiments. Tels vous nous avez vus hier,
tels on nous connaît dans toute la contrée, et nous sommes
fiers de nous conduire de manière à ne pas faire honte
aux saints personnages que nous nous efforçons d'imiter. »

Telle est l'histoire que Goëthe n'a pas inventée et qui
suffit pour parfumer un livre.

LES BALANCES DE DIEU

I

La retraite choisie par le solitaire était une de ces ca-
vernes sombres dans lesquelles la mort a laissé ses souvenirs. La main des hommes avait creusé la roche pour y
ménager des hypogées vides maintenant de leurs cadavres
momifiés, et à la place des emblèmes de Neith, la sombre
déesse de la Vérité, se dressait un crucifix. Les stèles couvertes de caractères mystérieux restaient aux yeux du
vieillard habitant ce caveau funèbre une langue dont il ne
cherchait point à déchiffrer le sens, et sur des rouleaux de
papyrus couverts de caractères tracés à l'aide des roseaux
dont la tige bruit sur les rivages du Nil, il avait transcrit
la loi nouvelle apportée à la terre par le Dieu sauveur, les
Épîtres des apôtres et quelques lettres écrites par de pieux
anachorètes.

Depuis plus de quarante ans le solitaire vivait seul, perdu dans la contemplation des choses du ciel, torturant son
corps par les saintes rigueurs de la pénitence, jeûnant,
priant, et s'efforçant de gravir un à un les mystérieux degrés de cette échelle de Jacob dont le pied touche la terre
des larmes, et dont le sommet se perd dans les cieux.

Il n'interrompait son silence contemplatif que pour chan-

ter les louanges du Seigneur, et le soir, couché sur sa
natte de joncs, il s'endormait le cœur rempli d'une paix
ineffable.

A de rares intervalles, d'autres solitaires comme lui venaient partager l'hospitalité de sa demeure. Il les accueillait
joyeusement, s'entretenait avec eux des choses du ciel, et
s'excitait à une sainte émulation. Fortifiés mutuellement
par ces visites, retrempés au feu de la charité, les cénobites
se séparaient, échangeant, en témoignage d'affection et de
respect, le bâton qui soutenait leur marche débile ou le
manteau d'écorce couvrant leurs membres affaiblis.

II

Le solitaire Paphnuce, dont les macérations excitaient la
pieuse admiration de ses frères, se demanda un jour à quel
degré de perfection il était parvenu ? Ne pouvait-il attendre
du Seigneur une prédilection marquée après tous les sacrifices accomplis pour sa gloire ? Paphnuce pouvait se dire,
sans mentir au Saint-Esprit, que, pour l'amour du Christ,
il avait rejeté les joies du siècle, distribué ses richesses aux
pauvres, renoncé aux joies de la famille, aux honneurs promis à son talent, aux joies que prodiguent les amitiés sin-
cères et durables. Il lui semblait avoir suivi tous les conseils de l'Évangile, et comme les apôtres dans les premiers
temps de leur vocation, il s'inquiétait de sa gloire future
dans le royaume du Père céleste.

Tandis qu'il demandait à Dieu de vouloir bien lui révé-
ler quelle récompense avaient méritée ses vertus, il aperçu
devant lui un ange enveloppé de vêtements blancs, et dont
les deux ailes palpitantes reflétaient de mystérieuses
lueurs.

— Paphnuce, lui dit le messager céleste, Dieu permet que tu connaisses le degré de mérite que tu as acquis par quarante ans de prières et d'austérités. Quitte ta solitude, prends la route d'Alexandrie, et cherche dans cette ville un homme appelé Anestor. La perfection que tu possèdes est égale à la sienne, questionne-le, et tu sauras ensuite quelle est ta hauteur devant Dieu.

III

L'anachorète bénit le messager divin, ceignit ses reins d'une corde, prit le bâton du voyageur, et partit pour Alexandrie.

Il ne s'arrêta point à regarder la magnificence des palais, les profanes splendeurs des bains de Cléopâtre, les aiguilles couvertes de caractères hiéroglyphiques, ni les gigantesques figures soutenant les entablements des palais, entre des sphinx immobiles. Il pensa que dans la partie de la ville réservée aux chrétiens ou plutôt lentement conquise par eux, il trouverait cet Anestor dont lui avait parlé l'ange. Mais quand il prononça son nom, il vit une sorte d'effroi passer sur le visage des gens qu'il questionnait ; on lui désigna un quartier perdu dans la cité superbe, et il reprit sa marche à travers les faubourgs où de misérables esclaves, des portefaix, des mercenaires et des lutteurs habitaient dans des demeures sordides.

— Il faut, pensa Paphnuce, que cet homme dont la perfection me donnera la mesure de la mienne possède à un haut degré la mortification et l'humilité, pour consentir à vivre au milieu de tels misérables.

Le solitaire questionna un enfant sur Anestor, et cet enfant, lui désignant du doigt une maison peu éloignée, répondit :

— Vous le trouverez là.

A mesure que Paphnuce avançait, il s'étonnait davantage.

De la demeure qu'on venait de lui indiquer sortaient des chants grossiers, mêlés de temps à autre d'éclats de voix pleins de colère. Des esclaves titubant d'ivresse apparaissaient sur le seuil, et des lutteurs quittant le misérable bouge commençaient une rixe dont la populace de ce quartier maudit donnait le signal par ses huées et ses applaudissements.

Quelque répugnance qu'éprouvât Paphnuce à franchir le seuil de l'espèce de taverne en face de laquelle il se trouvait, il y entra, en recommandant son âme à Dieu.

Son vêtement d'écorce, sa longue barbe blanche, ses cheveux flottants sur son dos, sa démarche incertaine, sa maigreur, tout concourait à faire de Paphnuce un être étrange pour ceux qu'il venait de surprendre au milieu de leurs grossiers plaisirs. Des railleries s'échappèrent des lèvres des buveurs, et l'un d'eux, se levant tout chancelant des libations précédentes, s'approcha du solitaire, en lui tendant sa coupe.

Tout en la repoussant, Paphnuce répéta le nom d'Anestor.

— Que pouvez-vous lui vouloir? demanda celui qui persistait à présenter sa coupe au solitaire.

— Je voudrais lui demander un moment d'entretien! répondit le vieillard.

— Vous! un entretien avec Anestor, par Osiris, l'idée est plaisante... mais le bon vin adoucit l'humeur de l'homme, parlez donc sans crainte, je suis cet Anestor que vous cherchez.

Paphnuce recula de deux pas.

IV

L'homme qui se trouvait en face de lui représentait de la façon la plus complète et la plus hideuse le type de la créature humaine avilie, défigurée par des excès de toutes sortes. L'œil couvait de sourdes colères, la bouche tordue semblait prête à vomir le blasphème, le front bas, les cheveux mal plantés indiquaient une nature sauvage et bestiale.

Anestor, vêtu d'une façon relativement somptueuse, portait des armes à sa ceinture ; un bracelet d'or massif cerclait son poignet, et la bourse posée devant lui, sur la table, prouvait qu'il ne manquait pas d'argent. L'effroi s'emparait de l'âme du solitaire, à mesure qu'il étudiait davantage l'expression du visage d'Anestor, semblable à une médaille d'abord précieuse, dont une main coupable aurait à plaisir défiguré l'effigie.

Cependant il ne pouvait refuser de suivre l'ordre de l'ange, et pensait que peut-être le misérable assis devant lui, la raison à demi noyée dans l'ivresse, avait jadis accompli quelques-unes de ces actions méritoires dont il appartient à Dieu seul de connaître le prix et de mesurer la récompense.

Surmontant donc sa répugnance et sa terreur, Paphnuce leva les yeux sur son terrible interlocuteur et lui répondit :

— Je rends grâce à Dieu d'avoir permis que je vous trouvasse ici... Où pourrions-nous causer sans crainte d'être interrompus ?

— Vous avez donc à me proposer... une affaire? demanda le bandit dont l'œil étincela.

— Il me faudrait d'abord un renseignement, répondit l'anachorète.

Anestor souleva une natte, Paphnuce entra dans un réduit écarté garni d'une table, d'une amphore de vin et de
deux siéges, et s'étant assis en face de l'ermite :

— Je vous écoute, lui dit-il.

V

— Mon ami, dit Paphnuce, j'ai appris par une révélation
divine que mon âme se trouvait être devant Dieu l'égale de
la vôtre... depuis quarante ans j'essaie de marcher dans la
voie de la perfection, et je viens vous demander à quel
degré vous en êtes de la prière, de la macération et du
jeûne.

Anestor laissa échapper un formidable éclat de rire.

— Le jeûne ? dit-il, je suis ivre tous les jours... la
prière ? je maudis les dieux de toutes les nations... la macération ? je repose mes membres quand ils sont las, je les
couvre le mieux possible, et je dors autant que j'ai sommeil.

En proie à un étonnement facile à comprendre,
Paphnuce regarda son interlocuteur. Il comprenait que celui-ci ne mentait pas, et que jamais Anestor n'avait condamné à une pénitence quelconque ce corps usé par la débauche.

— Quel rapport, pensait Paphnuce, existe-t-il donc entre
moi et cet homme ? Depuis quarante ans, je fais un repas
unique après le coucher du soleil... Je prie pendant la
moitié des nuits, et ma poitrine porte la trace des cailloux
avec lesquels je l'ai meurtrie...

Il reprit cependant l'entretien.

— N'avez-vous point été baptisé ? lui demanda-t-il.

— On me l'a dit, répondit le misérable ! mais j'ai bien

vite effacé co signe du Christ du front sur lequel la main d'un prêtre l'avait marqué... j'ai raillé plus d'une fois les cérémonies de votre culte, car vous devez appartenir à la religion dont vous parlez ! j'ai pour dieux tous mes vices, et c'est assez, je vous l'assure, car je leur offre chaque jour le plus de sacrifices que je puis...

— Renégat, sacrilége ! balbutia Paphnuce.

Le courage manquait au vieillard pour reprendre son interrogatoire ; mais enfin il était venu à Alexandrie afin de voir Anestor et de connaître la valeur de son âme devant le Seigneur Jésus ; il résolut donc d'aller jusqu'au bout.

— Quelle est votre profession ?

— J'accapare le bien des autres.

— Voleur ! pensa Paphnuce, il ne lui manquerait plus que d'avoir assassiné.

« Mais au moins, reprit-il plus lentement, la vie de vos semblables vous a toujours été sacrée ? »

— Il y a des gens qui défendent leurs trésors, répondit Anestor, et de ceux-là je vous jure qu'on se défait sans pitié. Je ne pourrais même compter d'une façon certaine le nombre d'hommes, de femmes et d'enfants qui ont péri par mes mains...

— Voleur, débauché, meurtrier, sacrilége ! répéta Paphnuce.

— Ecoutez, dit celui-ci, fouillez dans votre mémoire, cherchez dans les souvenirs de vos jeunes années, vous avez dû accomplir un acte héroïque, capable de balancer le mal dont vous vous accusez... c'est cet acte de vertu que je veux connaître.

Anestor secoua la tête :

— Je ne me rappelle rien ! rien ! dit-il.

VI

Un profond soupir souleva la poitrine du solitaire, il regarda Anestor avec l'expression d'une cruelle angoisse.

— Voyons, reprit-il, si vous n'avez pas un acte héroïque à enregistrer dans votre souvenir, vous vous rappelez au moins un service rendu...

— Oui, dit le brigand avec un large rire, en effet.

— Parlez, parlez ! dit Paphnuce.

— C'était il y a dix ans, à peu près, à quelque distance de cette ville, nous avions assailli pendant la nuit une maison isolée, habitée par des femmes chrétiennes. Après avoir fait main basse sur tous les objets ayant une certaine valeur, nous allions nous retirer, quand un des nôtres déclara qu'une des jeunes filles allait le suivre et devenir sa femme. C'était, sans lui donner d'orgueil, le plus hideux de la bande, où nul ne se vante d'être d'un extérieur agréable... La mère, désespérée, essaie de défendre sa fille, mon camarade lui porte sur la tête un coup violent et la jette pour morte sur les dalles. Les sanglots de la malheureuse fille se mêlent à ses cris d'effroi ; elle se précipite sur le cadavre de sa mère, la supplie de revenir à elle, de la protéger ; la mère ne devait plus jamais ouvrir les lèvres... alors la malheureuse enfant tourna vers moi un regard dont je n'oublierai jamais l'expression... Tout bandit que je suis, ce regard d'agneau me toucha... Je m'avançai vers le compagnon qui s'efforçait d'entraîner la jeune fille, et je lui cherchai une querelle à propos du partage du butin.... Furieux il se retourna contre moi, et tandis que nous luttions à coups de poignard, la pauvre fille quittait en hâte le théâtre du crime... Le compagnon aurait bien voulu la poursuivre, mais je le maintins jusqu'à ce que l'infortunée se trouvât hors d'atteinte.

VII

En écoutant ce récit, Paphnuce sentit s'alléger son cœur : c'était quelque chose en effet d'avoir sauvé cette vierge chrétienne, et de ne pas avoir ajouté un nouveau crime à ceux dont Anestor s'était souillé. Il espéra que le misérable trouverait encore au fond de sa mémoire une action capable de plaider sa cause devant Dieu.

En effet, Anestor se frappa le front et reprit :

— Un soir, j'habitais alors une cabane de feuillage dans une sorte d'oasis composée d'un palmier entouré de minces touffes d'herbes et d'une source à peine suffisante pour désaltérer un homme.

« Je guettais de là le passage de caravanes opulentes signalées par mes complices.

« Il faisait une chaleur torride ; le sable ressemblait à de l'argent en fusion; le ciel était d'un bleu intense et la terre brûlait sous les pieds ; la petite source diminuait de minute en minute aspirée par le soleil, et peut-être pouvais-je craindre qu'avant la fin du jour il ne me restât pas une goutte d'eau. J'avais inutilement creusé le sable pour y trouver ces plantes bulbeuses dont le suc rafraîchit le voyageur ; je n'avais rien découvert, et je commençais à me sentir fort inquiet. Je me tenais près du seuil de mon refuge, surveillant l'horizon, et me demandant si à mes craintes présentes n'allait pas se joindre la peur plus terrible encore de voir le sable se soulever sous le souffle orageux du simoun... Tout à coup, j'aperçus un homme marchant avec peine et s'appuyant sur un long bâton blanc,

Son vêtement se composait d'une tunique grossière en fil de palmier ; sa coiffure de roseau ombrageait un visage vénérable. Il paraissait exténué de fatigue et se traînait péniblement sur le chemin.

« Je ne sais pourquoi l'image de mon père se présenta subitement à mon souvenir. Je crus le voir, avec sa barbe blanche, ses longs cheveux, son grand âge, et une grande pitié m'étreignit le cœur.

« Le vieillard m'aperçut et murmura : « De l'eau ! » — Je regardai la source, elle se trouvait presque tarie... cependant la compassion l'emporta sur l'égoïsme, je remplis une coupe de bois et je la portai au voyageur. Il remercia avec effusion, et après s'être reposé il s'éloigna lentement... Je le suivis des yeux jusqu'à ce qu'il eût disparu...

— Après ? demanda Paphnuce.

— C'est tout, voilà les deux seules œuvres accomplies par moi... j'ai sauvé la vie d'une jeune fille et j'ai donné à boire à un vieillard...

Paphnuce remercia vivement Anestor, lui adressa de salutaires avis, et reprit le chemin de la solitude.

VIII

Il marchait la tête courbée, triste jusqu'au plus profond de son âme.

Que lui avaient servi soixante ans de pénitence, de tortures volontaires, si à cette heure il se trouvait seulement être l'égal d'un pécheur endurci, d'un voleur, d'un assassin, d'un sacrilége ?

Tout en s'efforçant de ne pas devenir orgueilleux, Paphnuce se demandait avant le voyage entrepris d'après le conseil de l'ange s'il ne pourrait pas un jour égaler saint

Paul dans sa perfection cénobitique? Et voilà qu'il apprenait combien mince était sa valeur devant Dieu et devant les hommes.

Un immense découragement s'empara de son cœur. A mesure qu'il approchait de sa solitude, il s'effrayait davantage d'y rentrer. Quel charme trouverait-il dans l'oraison, si le Seigneur faisait si peu de cas de lui ? Que lui dirait-il dans sa prière, s'il ne se trouvait pas plus près de son cœur que l'assassin Anestor ? Ne valait-il pas mieux retourner dans la grande ville, prendre sa place au milieu des hommes dont on vante la sagesse, enseigner la jeunesse, que de rester seul, tout seul dans cette Thébaïde, en attendant la mort, et quelque lion du désert pour fossoyeur ?

Cependant Paphnuce ne céda pas à cette tentation. Il regarda la salle funéraire qui lui servait d'abri, et se prosternant devant son crucifix, il lui demanda la force et la lumière.

Alors apparut de nouveau l'ange qui avait donné à Paphnuce de la part de Dieu le conseil d'aller près d'Anestor afin de se rendre compte du degré de perfection qu'il avait acquis...

En apercevant le messager céleste, le solitaire courba la tête avec humilité, mais il sentit en même temps dans son cœur une profonde désespérance.

— Pourquoi te troubles-tu dans le secret de ton âme ? lui demanda l'ange ; est-il permis à la créature d'entrer dans les conseils du Seigneur, et de peser la valeur d'une action charitable accomplie par l'homme qui nous semble le plus pervers ? Anestor, ce brigand, cet assassin, ce misérable, a eu, comparativement à ses passions féroces, plus de mérite à sauver la vie d'une femme et à faire l'aumône d'un verre d'eau, que tu n'en as eu à multiplier les oraisons et les pénitences... Ne sonde point la miséricorde de Jésus, plus immense que la mer, plus vaste que les cieux, et dont la seule mesure nous fut donnée sur la croix par l'effusion de son sang divin...

Et l'ange ajouta après un moment de silence :

— Défends-toi surtout de l'orgueil, qui rendrait stérile toutes tes autres vertus...

Quand Paphnuce releva sa tête courbée et chercha le messager du ciel à travers le voile de ses larmes, celui-ci avait disparu.

DANS UN CACHOT

La France subissait alors le régime de la Terreur. Ceux que n'atteignait point la mort étaient réservés aux lentes souffrances de la déportation ; et l'exil sur la terre de la Guyane devait avoir raison des constitutions les plus robustes. Mais du jour où l'ère du martyre parut revenue, quelque chose du magnanime courage dont les premiers chrétiens donnèrent l'exemple ressuscita dans les âmes, et la plupart de ceux qu'atteignirent les décrets des tribunaux de la Convention se trouvèrent dignes de mourir pour Dieu et le roi. Tandis que le sang ruisselait sur la place de la Révolution de Paris, certaines villes de province, comme Nantes et Lyon, s'efforçaient d'accumuler des horreurs dignes de balancer les massacres de l'Abbaye.

Lyon eut ses fusillades, et les noyades de la Loire laissent encore un sinistre souvenir.

Un digne prêtre, l'abbé de Gervaudun, que le tribunal de Carrier n'avait osé envoyer à la mort, tant on craignait que la reconnaissance des pauvres secourus par lui excitât une émeute, venait de s'entendre appliquer la peine de la déportation par les représentants de la Terreur à Nantes.

Aucune émotion n'altéra son visage, il se contenta de faire le signe de la croix et de bénir ses juges.

Reconduit à la prison et jeté dans une étroite cellule, il commençait à goûter un repos que les émotions de la jour-

née n'avaient pas le pouvoir de rendre moins calme, quand
des cris, des blasphèmes, des pierres heurtées et des chaînes
retentissantes l'arrachèrent à son premier sommeil. Le tumulte succéda au tapage croissant. Gardiens et guichetiers
couraient éperdus dans les corridors, et la peur à laquelle
ils étaient en proie se trahissait dans le son de leurs voix
effarées.

L'abbé de Gervaudun, inquiet des suites de cette scène
nocturne, heurta à la porte de son cachot, que le guichetier
entr'ouvrit.

— Que se passe-t-il ? demanda le vieux prêtre.

Le gardien haussa les épaules, et parut hésiter avant de
répondre.

C'était un homme d'un naturel bon et doux, que la
crainte avait porté à accepter cette place, et qui la remplissait avec une bienveillance dont plus d'un malheureux pouvait se louer.

— Monsieur l'abbé, répondit-il, car il se trouvait trop
éloigné de ses collègues pour que son ton respectueux lui
fût imputé à crime, il ne s'agit de rien qui soit digne de
vous occuper.

— Vous semblez troublé cependant.

— Affaire de métier, voyez-vous ! Nous n'avons pas seulement ici des saints comme vous et vos amis, et tout le
monde ne regarde pas la guillotine comme un degré conduisant au ciel. On nous a amené assez tard deux misérables coupables de tous les crimes, et qui, après avoir
volé, pillé, tué, allumé vingt incendies, se révoltent contre
la sentence qui vient de les frapper. Ce ne sont plus des
hommes, mais des bêtes fauves. Ils poussent des hurle-
ments effroyables, et menacent de tuer le premier d'entre
nous qui pénétrera dans leur cellule. Ils le feraient comme
ils le disent, leur désespoir ayant centuplé leurs forces, ils
sont parvenus à briser leurs fers, et dépavent maintenant

leur cachot. Le bourreau qui vient d'entrer se demande comment il accomplira sa mission. Cette fois le condamné pourrait bien massacrer l'exécuteur...

— Les malheureux ! murmura le prêtre.

Le vieillard réfléchit un instant, puis il demanda au guichetier :

— Vous croyez qu'il y a danger pour le premier qui pénétrera près d'eux.

— Danger de mort, oui, monsieur l'abbé !

— Mon ami, reprit le prêtre, vous êtes père de famille, et vous rendez ici aux prisonniers de signalés services ; l'exécuteur des hautes-œuvres exerce son métier, je suis, moi, condamné à un lent supplice ; si je succombe, Dieu m'appellera près de lui... mais il me gardera, croyez-le... Ouvrez-moi la porte du cachot de ces deux hommes, je suis sûr non-seulement de réussir à les calmer, mais encore de les amener à accepter leur sort avec une entière résignation.

— Vous voulez tenter l'impossible, mon père !

— Rien n'est impossible au nom de la croix.

— Si ces misérables vous assassinaient...

— Mon devoir est d'essayer de toucher leurs âmes.

— Je me regarderais comme responsable du malheur qui vous frapperait.

— Si vous me refusiez, vous répondriez de leur damnation.

Le guichetier tira son bonnet à queue de renard, s'effaça devant le vieillard, et lui dit d'une voix respectueuse :

— Passez, monsieur l'abbé.

II

Jomard n'exagérait rien en comparant les deux condamnés à des bêtes féroces. A l'heure de régler un compte ri

goureux avec la société et de payer par le dernier des supplices des crimes longtemps impunis, l'amour de la vie les
ressaisissant, avec une force brutale, ils ne pouvaient supporter l'idée de voir brusquement finir une existence aban-
donnée d'abord à la débauche, puis au crime. Avant de
tomber entre les mains du bourreau, ils voulaient se venger
de l'arrêt du tribunal, et une force herculéenne venant en
aide à leur perversité, ils se faisaient une arme de tout ce
qui se trouvait à portée de leurs mains. Acculés dans un
angle de leur cachot, et gardant devant eux un amas de
décombres, ils se tenaient prêts à les lancer à la tête de
quiconque pénétrerait près d'eux.

La présence d'un homme, quel qu'il fût, devait exaspé-
rer les misérables; celle d'un prêtre souleva dans leur
âme une indicible colère, et tous deux bondirent vers lui
en poussant des cris de mort.

Le vieillard les attendait, les bras croisés sur sa poitrine:

— Que me voulez-vous, mes amis ? demanda-t-il d'une
voix douce.

— Ce que nous voulons, répondit le plus jeune en accompagnant ces mots d'un blasphème, te chasser de ce cachot
où nous ne t'avons pas appelé.

— Ce n'est pas en qualité de prêtre que j'y entre.

— Pour quelle raison, alors?

— Je suis un condamné comme vous, répondit l'abbé de
Gervaudun.

Pour la première fois les assassins remarquèrent que les
mains du prêtre étaient entravées.

Alors le plus âgé s'élança vers le coin le plus obscur du
cachot, et revenant armé d'une lime :

— Nous serons donc trois pour nous défendre, dit-il, je
vais couper tes menottes.

— A quoi bon ! répondit le prêtre, j'accepte avec résignation les décrets de la Providence... Ma vie est entre

les mains de Dieu, il en disposera suivant sa volonté.

— Dieu ! s'écria Marc Augu, le plus jeune des condamnés, il y a longtemps qu'il cesse de s'occuper de nous, si jamais nous avons été l'objet d'une seule de ses pensées ! Jean Roulier, mon camarade, et moi, nous en avons fait assez pour ne rien attendre de lui.

— Vous vous trompez, répondit le prêtre ; quelque conduite que puissent tenir les hommes créés à son image, si corrompus qu'ils deviennent sous l'influence de leurs passions, ils n'ont jamais la possibilité d'effacer de leur front le signe d'enfants du ciel, ni de divorcer sans retour avec celui qui les créa... Pauvres égarés ! vous vous croyez forts parce que vous êtes devenus impies ! Mais le vrai courage à cette heure serait de vous repentir, de subir avec fermeté le supplice que vous avez trop mérité, et d'attendre de la bonté de mon Dieu qu'il vous prît en miséricorde.

Marc Augu laissa tomber la lime qu'il serrait entre ses doigts crispés.

— Vous venez de dire une chose terrible, murmura-t-il à voix basse, nous avons peur de la mort... Songez-vous à cette machine odieuse qui coupe brusquement la tête et fait de l'homme deux débris sanglants...

— Ceux que vous avez tués ne redoutaient-ils point aussi le trépas que vous leur avez fait endurer ?

Les deux hommes baissèrent la tête.

— Écoutez, dit le prêtre en saisissant les mains du plus jeune, rien ne saurait vous soustraire au juste châtiment qui vous menace. On a envoyé vers vous les gardiens et quelques soldats, on fera entrer vingt hommes dans ce cachot, s'il le faut, cinquante, s'il en est besoin, et votre résistance échouera devant le nombre. Brisés, blessés, demi-morts, vous serez traînés à l'épouvantable machine dont le nom seul vous épouvante, et l'effroi doublera votre supplice... Que faire devant l'inévitable ? l'accepter. Cependant, s'il ne s'agissait que de céder à des hommes représentants de la loi qui vous frappe, je comprendrais peut-être une lutte acharnée, une défense sans espoir... Mais votre révolte perdra sans retour votre âme, sans garder ce pouvoir de racheter votre vie.

« Ecoutez un ami, un père, un condamné comme vous, un homme qui, après avoir dépensé toute sa vie à soulager ses semblables, se voit assimilé à ceux qui l'ont souillée d'une façon horrible... La mort ne peut nous effrayer ainsi, la mort, c'est le retour au Dieu qui nous créa, c'est l'échange d'une existence misérable contre une vie de bonheur sans ombre... Si je vous eusse parlé de la sorte quand vous étiez libres, maîtres de votre vie, vous m'eussiez repoussé bien loin, vous demandant quel intérêt me poussait vers vous... Mais le monde que vous regrettez ne peut plus rien pour votre délivrance... Le seuil de cette prison ne peut être franchi par vos amis, vos anciens complices ne sauraient aider à votre évasion... Vous êtes seuls dans ce cachot, seuls avec moi, qui vous aime encore, le dernier être qui ait le droit de vous parler d'espérance à l'heure où le bourreau vous attend pour l'expiation. »

Augu baissa la tête et s'assit sur l'amas de décombres amoncelés dans l'angle de son cachot. A sa colère succédait l'étonnement. Il regrettait de se sentir troublé par les paroles du prêtre : mais il n'avait plus le pouvoir de se soustraire à son influence.

— Est-ce que tu vas te laisser attendrir ? demanda son compagnon d'une voix rude. Un prêtre doit nous dire ces choses, c'est son métier; mais des gens comme nous savent ce que pèsent les mots... Quand nous aurons cédé à l'autorité, la guillotine n'en sera que plus près. Ce n'est pas le vieux Jean Roulier qu'on prendrait avec des paroles creuses.

— Etait-ce donc des phrases vides de sens que les prières

apprises jadis sur les genoux de votre mère, et qu'elle vous faisait chaque soir adresser à la vierge Marie : *Priez pour nous maintenant et à l'heure de la mort...*

— J'étais un enfant alors, murmura Jean Roulier.

— L'homme reste toujours l'enfant du Père céleste, même quand la mère est morte, la mère qui lui enseignait le travail et la foi.

— Taisez-vous ! tonnerre du ciel ! taisez-vous ! s'écria Roulier en soulevant une pierre énorme comme s'il voulait s'en servir pour écraser le front de l'abbé de Gervaudun.

Mais si celui-ci resta immobile, Marc Augu, s'élançant vers son compagnon, lui saisit le poignet avec une telle vigueur que la pierre roula pesamment dans le cachot.

— Quel mal te fait cet homme ? demanda le plus jeune des assassins à son complice.

— Pourquoi me parle-t-il de ma mère...

— Nos mères ! répéta Marc, elles sont mortes, heureusement pour elles... Dieu sait combien la mienne m'aimait, et de quelle honte j'ai payé sa tendresse...

— Vous le regrettez ? demanda le prêtre.

— Oui, répondit Marc, elle ne méritait pas tant de douleur.

— Et vous ? reprit l'abbé de Gervaudun en s'adressant à Roulier.

— Je vous ai défendu de rappeler son souvenir et de prononcer son nom ! sous peine de mort, entendez-vous ? sous peine de mort !

— Je suis condamné, et j'accepte ma condamnation. Pour moi le trépas ne garde aucune amertume, je voudrais vous le faire envisager comme la fin de la lutte et de la souffrance et le commencement d'une vie nouvelle à laquelle ont droit tous les hommes repentants de leurs fautes... Vous vous attendrissez au souvenir de votre mère, tant mieux,

vous êtes déjà bien près de vous émouvoir au nom de Dieu
votre père... Il vous a créé, il mourut pour vous... Au lieu
de redouter la mort, lui innocent, il courut au devant
d'elle, et subit le trépas pour racheter votre âme de la
damnation... Il vous attend, il vous appelle, il vous tend
les bras, *maintenant*, à cette heure terrible et suprème...
Ne le repoussez pas, c'est un père, ne l'éloignez pas de
vous, c'est le divin martyr expiant vos crimes sur le bois
de la croix...

Les deux hommes écoutaient immobiles ; Marc, le front
caché dans ses mains, sentait fondre son âme dans le repentir, Jean Roulier luttait encore.

L'abbé de Gervaudun, tirant un crucifix de sa poitrine,
vint s'agenouiller près de Marc.

— Voici votre maître et votre Dieu, lui dit-il, ses bras
cloués sur un bois infâme ne peuvent vous repousser, je-
tez-vous sur son cœur entr'ouvert... Vous pleurez, vous
regrettez les égarements de votre vie... Encore un effort,
le dernier, avouez-moi les crimes dont votre existence fut
souillée... Vos juges les connaissent... Moi, votre frère, je
les ignore, et je dois les entendre pour vous les pardonner.

Attendri par le souvenir de sa mère, enhardi par les paroles du prêtre, Marc commença le récit terrible de sa vie,
puis au milieu de ses sanglots il entendit le prêtre prononcer sur son front la sentence de l'absolution. Un changement complet s'opéra dans tout son être. Il se jeta dans
les bras de l'abbé de Gervaudun, et lui parla de son repentir et de sa reconnaissance avec un tel élan, que, vaincu
par ce spectacle, Jean Roulier, domptant ses dernières révoltes, se jeta dans les bras de la miséricorde divine avec un
élan de ferveur qui arracha des larmes à son confesseur.

Une heure plus tard, dans ce cachot qui avait retenti de
blasphèmes et de menaces, on n'entendait plus que la voix
du repentir implorer la divine bonté.

Pour encourager les malheureux, l'abbé de Gervaudun ne cessait de leur rappeler la parabole de l'enfant prodigue et l'histoire du larron pénitent. Il les assurait du pardon du ciel, il ravivait en eux de célestes espérances, il les rapprochait à la fois de son cœur brûlant de charité et de son Dieu prêt à les accueillir, et quand sonna l'heure où gardiens, soldats et bourreau se demandaient quel drame sanglant allait se jouer dans le cachot des misérables, le prêtre en ouvrit lui-même la porte, et s'avança en soutenant les deux condamnés qui, calmes et soumis, attendaient l'exécution de la loi.

Marc et Jean se laissèrent lier par le maître des hautes-œuvres, ils implorèrent une dernière fois la bénédiction du prêtre, et après lui avoir promis de mourir en chrétiens, ils marchèrent vers la place où se dressait le lugubre instrument de supplice.

La foule, dont la curiosité s'avivait de l'espoir d'être témoin d'une résistance désespérée, vit les deux complices s'agenouiller sur la dernière marche de l'échafaud et répéter les paroles que leur mère leur avait apprises : — *Priez pour nous maintenant et à l'heure de notre mort.*

Abbeville. — Typ. et Stér. A. Retaux.